KB154541

Scarlet
스카-렛

Scarlet
스칼렛

사랑을 알아가는 순간

사랑을 알아가는 순간

1판 1쇄 찍음 2011년 10월 24일
1판 1쇄 펴냄 2011년 10월 27일

지은이 | 서 우
펴낸이 | 정 필
펴낸곳 | 도서출판 **뿔미디어**

기획총괄 | 이주현
기획 | 손수화
편집장 | 이재권
편집책임 | 주종숙
편집 | 심재영, 문정흠, 이경순, 이진선
관리, 영업 | 김기환, 임순옥

출판등록 | 2002년 9월 11일 (제1081-1-132호)
주소 | 부천시 원미구 상3동 533-3 아트프라자 503호 (우)420-861
전화 | 032)651-6513 / 팩스 032)651-6094
E-mail | BBULMEDIA@paran.com
카페 | http://cafe.daum.net/scarletR

값 9,000원

ISBN 978-89-6639-361-9 03810

※파본은 구입하신 서점에서 교환하여 드립니다.

※이 책은 (도)뿔미디어를 통해 독점 계약되었습니다.
저작권법에 의해 보호를 받는 저작물이므로 무단 전재와 무단 복제를 엄금합니다.

SCARLET ROMANCE NOVEL

서우 장편 소설

사랑을 알아 가는 순간

Scarlet
스칼렛

차 례

"안녕하세요?"

"어떻게 오셨습니까?"

"K대 사회복지학과 문 교수님 추천을 받고 왔습니다."

"아? 그래요……. 일단 들어오세요."

30대 중반의 남자가 당황한 얼굴로 그녀를 안으로 맞았다.

그가 친절하게 차를 대접하는 동안 정윤은 사무실을 둘러보았다. 잠시 후, 남자가 탁자 위에 분홍색 찻잔을 내려놓았다. 그 찻잔 위로 따뜻한 커피향이 은은하게 퍼져 올랐다.

"감사합니다."

"성함이?"

"이정윤입니다."

"반갑습니다. 어려운 길 오셨는데……. 참…… 난감하네요."

"왜, 왜요?"

"저희는 남자 직원이 필요합니다. 전달이 잘못되었나 보네요. 여자 직원은 지금으로도 충분하거든요."

"아, 그래요?"

정윤의 얼굴에 서운함이 살짝 내비쳤다. 그가 빠르게 말을 이었다.

"제가 아는 시설이 있는데, 그쪽 원장님이 참 친절하시고 따뜻하시거든요. 괜찮으시다면 그쪽으로 연결을 시켜 드릴 수도 있습니다. 마침 그곳에서 여직원을 구한다고 하니까요."

"네에……."

"어떻게, 생각이 있으십니까?"

"네, 물론입니다."

남자는 미소를 지어 보이곤 자리에서 일어났다. 그러고는 책장을 뒤적이더니 다시 서류를 들고 그녀의 맞은편에 앉았다. 서류 속에는 '쉼터'라고 쓰여 있는 건물을 배경으로 아이들과 나이가 지긋한 원장이 함께 찍은 사진이 스크랩되어 있었다.

"이곳 원장님이 올해 75세 되십니다. 그래도 정정하세요. 이곳만 유일하게 입양이 불가합니다. 원장님이 재정 상태가 안 좋아도 아이들을 자기 자식처럼 키우시거든요. 이곳에서 근무하시면 배울 점도 많고 좋을 겁니다. 참, 거리가 좀 멀어서 숙식을 하셔야 하는데, 괜찮겠습니까?"

"전 상관없습니다."

정윤은 사진 속의 아이들에게서 눈을 떼지 못했다. 아이들의 표정이 너무 밝아 금방이라도 그 속으로 빠져들 것만 같았다. 주름진 원장의 얼굴에서도 똑같은 빛을 볼 수 있었다.

"저 여기서 근무하고 싶어요."

정윤은 저도 모르게 중얼거렸다.

"정윤 씨만 괜찮으면 그쪽에선 대환영일 겁니다. 우리와 반대로 그쪽은 여직원을 애타게 찾고 있으니까요. 제가 바로 연락해 보겠습니다."

그가 쉼터와 연락을 취하는 사이, 정윤은 그곳에 관한 기사를 읽으면서 내내 흐뭇한 미소를 지었다. 잠시 후 통화를 마친 남자가 그녀에게 그곳 주소와 전화번호를 필기한 쪽지를 건네주었다.

"오늘은 너무 늦은 것 같다면서 내일 오라고 하시네요. 그곳이 경기도 외진 산길에 위치한 곳이라 금방 어두워지거든요."

"알겠습니다."

"11시로 약속 잡았습니다."

"신경 써 주셔서 감사합니다."

"저도 가끔 그곳에 들르니까 또 얼굴 보았으면 좋겠습니다. 그럼 안녕히 가십시오."

남자의 배웅을 받으며 정윤은 들뜬 마음으로 그곳을 나섰다.

❋   ❋   ❋

다음 날 아침, 정윤은 숙식을 해야 한다는 것 때문에 면접을 보기도 전에 부모님의 반대에 부딪혔다.

"정윤아, 다른 곳을 알아보는 게 어떻겠니? 급하게 서두르면 체하는 법이다. 좀 더 시간을 두고 찬찬히 알아보자."

모친의 말에 정윤이 해맑게 웃으며 재빠르게 입을 열었다.

"전 그곳에서 근무하고 싶어요. 그리고 원래 사회복지사는 숙식을 하기도 해요."

"안다. 하지만 집 밥을 먹고 다녀야 힘든 일도 하는 거지. 객지 생활이 얼마나 힘든 줄 아니? 가뜩이나 야위어서 내 걱정이 이만저만이 아닌데……."

"아빠도 참……."

부친의 만류에도 역시나 정윤은 자신의 고집을 꺾지 않았다.

"저한테 선택권이 있는 거 아니잖아요. 절 필요로 하는 곳이라면 전 너무 행복할 거 같은데요. 지금 생각하는 것만으로도 너무 기분 좋아요. 빨리 가서 아이들도 보고 싶고요. 엄마도 봉사일 해 봐서 아시잖아요. 그래서 저한테 사회복지학과를 권하셨고요."

항상 딸의 미소를 보며 하루하루를 열심히 살았던 그들이었다. 그녀의 미소는 그 무엇과도 바꿀 수 없는 보석과 같은 것이었고, 그녀의 미소라면 다른 이들에게 희망과 행복을 충분히 줄 수 있다고 믿었다. 그래서 좋은 일을 하면서 살았으면 하는 마음에 사회복지학과를 권한 것도 사실이었다.

하지만 막상 객지 생활을 한다고 생각하니 물가에 내놓은 어린애처럼 걱정이 앞섰다. 그것도 잠시, 그녀가 온갖 제스처를 해가며 빛이 날 정도로 해맑게 웃어 보이자 그들은 조건을 따졌던 자신을 탓하며 결국 두 손을 들었다.

"알았다. 조심해서 다녀오너라."

"다녀올게요."

그렇게 10여 분만에 정윤은 부모의 걱정스런 눈빛을 받으며 집을 나설 수 있었다.

스산한 바람 냄새가 조금 열린 창문 사이로 들어와 정윤의 코끝에 닿았다.

두 시간 가까이 지하철과 마을버스를 탔지만, 정윤의 얼굴에 피곤함이라고는 조금도 찾을 수 없었다.

그녀는 창문 밖을 쉼 없이 바라보며 무심하게 지나쳐 가는 간판과 사람들, 그리고 미처 눈 속에 담지 못하는 그 어떤 것들을 좇느냐고 무척이나 바쁘게 눈을 굴렸다. 얼굴에는 여전히 미소를 지은 채.

하지만 콩닥거리는 심장을 들킬세라 안 그런 척 태연하게 굴어 보지만, 그녀의 마음은 쉼터 생각에 설레고 긴장되고 있었다. 아이들을 만나면 어떤 표정을 지을까, 아니 어떻게 인사를 나눌까…… 하며, 같은 생각을 하고 또 하고 있었다.

그러는 사이 버스는 목적지에 다다랐다.

"감사합니다."

버스에서 내린 정윤이 주머니에서 약도가 그려진 종이를 펼쳐

보았다. 그녀는 그것을 유심히 보면서 쉼터를 찾기 위해 마을로 걸어 들어갔다. 남자의 말대로 쉼터는 마을을 지나 한참이나 안으로 더 들어가야만 했다. 덕분에 그녀는 수목원에 온 것처럼 맑은 공기를 마실 수 있었다.

얼마쯤 걸었을까. 그녀의 눈에 쉼터의 정문이 보였다. 그러자 잠시 평온해졌던 심장이 다시 쿵쾅거리기 시작했다.

정윤이 발걸음을 재촉했다. 입구에 들어서니 별다른 이름 없이 그냥 검정색 글씨로 큼지막하게 '쉼터'라고 쓰여 있는 나무 푯말이 눈에 들어왔다. 정겨웠다. 투박하지만 글씨체가 예뻤고 심플한 것이 마음에 쏙 들었다.

활짝 열려진 철문을 지나 안으로 들어가니 먼저 널찍한 운동장이 그녀를 반겼다. 운동장에서는 사내아이들이 축구를 하고 있었다. 아이들의 모습 하나하나에서 생동감을 느낄 수 있었다. 잠시 넋을 잃고 아이들을 바라보던 정윤은 휴대폰 알람이 울리자 정신을 차리고 발걸음을 재촉했다. 약속 시간을 알리는 소리였다.

직사각형의 건물을 향해 서둘러 걷던 그녀의 앞에 별안간 축구공이 굴러 왔다.

"공 좀 던져 주세요!"

"어! 그래!"

정윤은 걸음을 멈추고 발밑에 있는 공을 주워 모여 있는 아이들 틈으로 힘껏 던져 주었다.

"고맙습니다."

아이들이 손을 흔들어 보이자 그녀도 웃으며 고개를 끄덕여 주었다. 처음에는 '나는 이정윤이야. 앞으로 잘 부탁해.'라고 말할 생각이었지만, 이들과 함께할 수 있을지 아직 알 수가 없어 그렇게 말하지 못했다. 그녀를 채용할 사람은 원장이었으니까.

다시 그녀가 발걸음을 재촉하며 아이들을 바라봤다. 하지만 녀석들은 공을 받았음에도 불구하고 다시 굴릴 생각을 하지 않았다. 자기들끼리 뭔가 쑥덕거리며 정윤을 빤히 바라봤다. 키득거리는 녀석도 있었고, 도리질을 하는 녀석도 있었다. 급기야 주머니에서 동전을 꺼내는 걸 보니 아마도 내기를 하는 모양이었다.

정윤은 그런 녀석들에게 시선을 떼지 않은 채 건물을 향해 계속 걸어갔다. 그러다 뭔가와 '쿵' 부딪혀 하마터면 뒤로 자빠질 뻔했다.

"어머!"

큰 나무에 그대로 얼굴을 들이받힌 정윤을 보고 녀석들이 박장대소하기 시작했다.

"괜찮으세요?"

한 녀석이 웃으며 물어왔다.

"응. 근데 원장실이 어디야?"

이마를 매만지며 정윤이 미간을 찌푸린 채 낮은 목소리로 뱉어 냈다. 혹이라도 난 것처럼 욱신거렸다. 쓰러지지 않은 게 용할 정도로 충격이 꽤나 큰 탓이었다. 괜스레 나무가 원망스러웠다.

"바로 앞에 보이는 창문이요. 그 방이에요."

"으응? 어, 고맙다."

정면으로 보이는 창문에는 '원장실&상담실' 이라고 쓴 시트지가 붙여져 있었다. 그녀는 아이에게 한 번 더 웃어 주고는 빠르게 건물 안으로 들어갔다.

정윤은 막상 원장과 만나려고 하니 괜스레 떨려 왔다. 그녀는 옷의 먼지를 털고 옷매무새를 가다듬었다. 머리도 매만지고, 헛기침도 하면서 마음을 다잡았다. 무슨 일이 있어도 이곳에서 근무를 하고 싶었으므로 하나라도 흠이 잡히면 안 될 일이었다.

이윽고 정윤이 크게 심호흡을 하고는 '똑똑' 노크를 하고 안으로 들어갔다. 하지만 안에는 아무도 없었다. 허탈함이 한순간에 밀려오는 것도 잠시, 정윤이 고개를 갸우뚱거리며 다시 나와 길게 뻗어 있는 복도를 바라보았다. 역시나 쥐 죽은 듯이 고요하기만 하다. 그녀는 원장을 찾기 위해 긴 복도를 따라 걸어 들어갔다. 하지만 식당과 공부방을 지나고, 아이들의 방을 지날 때까지도 개미 한 마리 구경할 수가 없었다. 어쩔 수 없이 그녀는 다시 밖으로 나와 신나게 공놀이를 하고 있는 녀석들에게 원장의 행방을 물을 수밖에 없었다.

"방에 안 계시면 뒤쪽 텃밭에 계실 거예요."

정윤은 그들에게 또다시 고맙다는 말을 남기고 서둘러 건물을 돌아 뒤쪽으로 가 봤다. 녀석들 말대로 한 남자가 배추를 뽑고 있었다.

사랑을 알아가는 순간

"안녕하세요?"

정윤이 해맑게 웃으며 남자에게 인사를 해 보였다.

"누구십니까?"

챙이 넓은 모자를 쓰고 러닝셔츠와 반바지를 입은 사진 속의 원장이 그녀를 향해 웃고 있었다. 그녀가 좀 더 가까이 다가갔다. 그 순간 정윤은 앞에 서 있는 남자가 사진 속의 원장이 아니라는 것을 알 수 있었다. 모자의 챙에 가려 얼굴이 잘 보이지 않은 탓이었다. 남자는 원장의 아들쯤으로 보이는 젊은 남자였다.

"이정윤입니다. 면접 보러 왔습니다."

"아, 그래요? 지금 원장님이 안 계신데……. 급한 일로 잠시 외출하셨어요. 선생님 연락처를 알 수가 없어서 미리 연락을 못 드렸습니다."

"네."

정윤이 대답을 하고는 그의 모습을 유심히 바라봤다. 바로 농촌 총각의 모습이 떠올랐다. 밭에 있으니 더욱 그렇게 보였다. 11월의 쌀쌀한 날씨임에도 불구하고 그의 어깨에는 구슬땀이 맺혀 있었다.

정윤은 그 모습이 정겹게 느껴졌다. 모자를 쓰고 있어 얼굴을 자세히 볼 수는 없었지만, 마음을 놓고 편하게 대해도 될 것 같았다. 그리고 원장님만큼이나 따뜻한 사람인 것 같았다.

남자는 생각보다 키가 훤칠했다. 잠시 후 남자가 모자를 벗었다. 그러자 까무잡잡한 피부와, 모자 속에 숨겨져 있던 서글서글한 그의 눈빛이 먼저 눈에 들어왔다. 남자는 손등으로 콧잔등을 쓱 한 번 닦고는 손을 내밀어 이력서를 달라고 했다. 흙이 잔뜩 묻은 장갑을 낀 채로 말이다.

"장갑은……."

"장갑? 아……. 빼야죠."

그는 서둘러 장갑을 빼고 바지 주머니에 아무렇게나 찔러 넣었다. 정윤은 한순간 주머니 속으로 잔뜩 들어갔을 흙이 떠올랐다. 인상을 찡그리는 것도 잠시, 그가 무척이나 털털한 사람 같아 그것마저도 마음에 들었다.

정윤은 그가 자신을 빤히 바라보고 있자 서둘러 이력서를 내밀었다. 찬찬히 남자의 행동을 좇던 정윤의 눈에 이력서를 펼쳐 보이는 그의 투박한 손이 들어왔다. 손은 여기저기 긁힌 상처로 거칠어져 있었다.

남자는 이력서를 읽어 내려가며 틈틈이 정윤을 바라봤다. 면접 보는 날이면 없던 일까지 만들어 일을 보러 나가는 아버지 때문에 남자는 난처할 때가 한두 번이 아니었다. 좀 전에도 한창 배추를 뽑고 있었는데, 곧 있으면 면접을 보러 올 거라며 뜬금없는 말씀을 하셨다.

"아버지, 저보고 또 보라고요? 저 사람 보는 눈 없습니다. 선생님들 며칠 안 다니고 다 그만두었잖아요."

"그래도 봐. 그 선생님이 좋다고 하면 무조건 채용이다. 알겠지? 그럼, 난 다녀오마."

"아버지!"

그렇게 해서 또다시 면접을 보게 된 남자는 다른 사람보다 더 세밀하게 그녀를 관찰했다. 채용했는데 이 여자마저도 그만둔다면 더 이상은 아버지는 물론, 아이들에게도 면목이 없을 것 같았다.

아담한 체구지만 얼굴엔 생기가 가득하고 선해 보였다. 고집은 있어 보이지만 생글생글 웃는 모습이 마음에 들었다. 저 미소라면 아이들의 마음을 단번에 사로잡을 수 있을 것 같았다. 많이 야위었지만 체력적으로 힘든 일은 자신이 하면 그만이었다. 정윤은 아이들에게 정성만 쏟으면 된다. 헌신과 봉사를 할 수 있을 만큼 마음이 넓은 여자 같았다. 남자는 이번만큼은 자신의 생각이 맞을 것 같았다. 왠지 느낌이 좋았다.

한참만에야 그가 입을 열었다.

"원장님께서 선생님이 좋다고 하시면 바로 채용하라고 하셨습니다. 어떠세요?"

"저는 이곳에 근무하고 싶습니다."

"좋습니다. 숙식을 해야 하니까 이번 주 내로 짐을 챙겨 오시죠. 방은 마련해 두겠습니다."

정윤은 어리둥절해서 바로 대답을 하지 못했다. 면접을 보고 채용이 되기까지 불과 10여 분밖에 흐르지 않았다. 일이 이렇게 빠르게 진행되자, 나중에 문제가 생기지 않을까 싶어 불안해졌던 것이다.

설마 정식 직원이 아닌 계약직으로 채용된 건 아닌가 싶어 정윤이 빠르게 물었다.

"혹시 저 계약직인가요?"

"네? 아닌데요."

"아, 그래요……."

정윤이 속으로 안도의 숨을 토해 내는 동안 남자가 다시 입을 열었다.

"무슨 문제라도?"

"아뇨, 없습니다. 말씀 잘 알아들었습니다. 그렇게 하겠어요. 나중에 뵐게요."

그녀가 뒤돌아 가려고 하자 그가 다시 불러 세웠다.

"참, 저는 최호준입니다. 이곳에 근무하고 있고요. 앞으로 잘 지내봅시다."

"네.

"좋습니다. 그럼, 이만 가 보십시오. 난 배추를 마저 뽑아야 하니까요."

호준이 다시 모자와 장갑을 챙기고 허리를 굽혀 큼지막한 배추를 집어 들었다.

정윤은 인사를 하려다가 아직 밭에 남아 있는 많은 배추를 보고 거들어 주겠다고 했다. 하지만 호준이 극구 사양하며 그녀를 배웅했다.

"여긴 여자가 해야 할 일이 있고 남자가 해야 할 일이 분명히 있습니다. 이 일은 남자가 해야 할 일이니 걱정 마시고 가십시오."

"정말 혼자서 하셔도 되겠어요?"

"그럼요."

그의 배웅을 받으며 다시 운동장에 모습을 보인 정윤을 사내 녀석들이 재빠르게 뛰어와 에워쌌다.

"면접 보러 오신 거죠?"

한 사내아이가 물었다. 하지만 정윤은 미처 대답을 하지 못했다. 아직 취학 전인 아이들부터 건장한 녀석들까지 점점 더 코앞으로 다가오자 그녀는 당황스러웠다. 호준은 한 발짝 떨어져 대화를 나누는 아이들과 정윤을 바라보며 살며시 미소 짓고 있었다.

"선생님 맞죠? 우리 선생님 되시는 거 맞아요?"

"어? 응."

"오래 계실 거죠? 오래 계셔야 해요."

4학년쯤 되어 보이는 녀석이 배시시 웃어 보이자, 옆에 있는 좀 더 큰 녀석이 단번에 머리통을 쥐어박으며 나무랐다.

"그러다 선생님 도망가시면 어떻게 하려고 그러냐?"

"선생님, 그러실 거예요?"

"아니, 안 그럴 거야. 걱정 마."

"이번 달만 선생님이 3번째예요. 3일을 못 버티고 다 가셨거든요."

정윤은 일제히 녀석들이 고개를 숙이며 무척이나 실망스런 표정을 짓는 것을 보고 가슴 한편이 아려 오는 것을 느꼈다. 왜 자신을 이렇게 잡고 매달리는지 충분히 그 마음을 이해할 수 있을 것 같았다.

빵빵.

입구 쪽에서 여자아이들의 웅성거리는 소리가 들려왔다. 남자아이들과 마찬가지로 나이대는 제각각이었고, 촉촉하게 젖은 머릿결을 보니 목욕탕에 다녀온 모양이었다. 봉사자 세 명과 함께 아이들이 그녀의 곁으로 다가왔다.

"씻고 오니까 좋으냐?"

한 남자아이의 물음에 여자아이들이 저마다 한마디씩 하는데, 어찌나 종알거리고 시끄러운지 정윤은 적응이 잘되지 않아 살짝 미간을 찌푸렸다.

"새로 오신 선생님인가 보네요?"

"이정윤 선생님입니다."

그때까지 아무 말 없던 호준이 아주머니들에게 정윤을 소개했다.

"잘 부탁드립니다."

"반가워요."

나이가 지긋한 중년의 아주머니들과 인사를 나눈 정윤은 여자아이들과 눈을 맞추기 위해 인사를 건넸으나 아이들은 시큰둥한 반응이었다. 꼬마 아이들만 그녀를 보고 부끄럽게 미소를 지었다.

"그럼, 이만 가 보세요."

"네, 안녕히 계세요."

그제야 두 사람간의 긴 인사가 끝났다.

그녀가 저만치 사라지자 한 여인이 호준을 보고 물었다.

사랑을 알아가는 순간

"숙식도 하신대요?"

"네, 천만다행이죠. 오늘 수고하셨습니다. 이만 가 보셔야죠. 저는 애들 데리고 들어가 보겠습니다. 자, 어서 들어가자. 감기 들라."

호준의 외침과 함께 모두 안으로 들어가는 아이들을 바라보며 여인들이 수군거렸다. 젊은 남선생과 젊은 여선생. 평소 원장은 호준의 결혼 문제를 자주 그녀들과 의논을 하곤 했었다. 때문에 그녀들은 같이 서 있는 두 사람의 모습이 은근히 잘 어울리자, 둘이 잘되었으면 하고 바랐다. 원장의 뒤를 이어 이곳 쉼터를 맡게 될 호준에게 좋은 반려자가 생긴다면 그것은 모두에게 희망적인 사건 중에 사건이 될 것이다.

그 자리에 선뜻 앉고자 한 사람이 없었기에 원장도 그 오랜 시간 동안 엄마 없이 아이들에게 아빠 역할만 해 왔다. 원장의 아버지가 그랬고, 그의 아버지가 그랬다. 원하지 않는 전통을 깨고 호준이 가정을 이뤄 아이들에게 엄마를 만들어 주는 것이 원장의 오랜 바람이었다.

오랜 기다림 끝에 좋은 소식이 있으려는지 여인들은 모처럼 기분 좋은 얼굴로 쉼터를 나섰다.

1.
마음의 상처

생각에 젖어 있는 호준의 머릿속에는 정윤이 있었다. 그녀를 보내고 난 후 자꾸만 그녀의 얼굴이 아른거렸다. 다른 선생들은 안 그랬는데, 그녀와의 첫 만남이 너무 인상적이었던 모양이다. 단아한 생김새 뒤로 뭔지 모를 강한 힘이 느껴졌다. 너무 여리다 못해 금방이라도 쓰러질 것 같은 체격을 가졌지만 그 강한 힘 때문에 그녀에게 끌렸다고 해도 과언이 아니었다.

"무슨 생각을 그렇게 하는 거냐?"

오전에 외출을 나갔던 최 원장이 점심시간이 조금 지난 무렵에 사무실로 들어서며 물었다.

"생각은 무슨……. 아무 생각도 안 했습니다."

호준이 자세를 고쳐 앉으며 겸연쩍은 듯 말했다.

"그래? 그렇다면 할 말 없고……. 면접은 잘 봤어? 어떻게 하기로 했어?"

최 원장이 겉옷을 벗으며 물었다.

"이번 주 안으로 짐 싸서 온답니다."

"그래? 잘됐네."

"언제 안 온다는 선생님이 있었나요? 며칠 못 다니고 그만두는 게 문제죠."

"그러게……. 이번엔 오래 있어야 할 텐데……."

피곤한 듯 최 원장이 안경을 벗으며 자리에 앉았다. 정윤이 오기 전 선생님 두 명이 그만두었다. 그녀들은 여자아이들의 상담을 맡자마자 두 손을 들었다. 한 번 부딪혀 보지도 않고, 설득해 보지도 않고 아이들이 상담을 거부하자 그녀들도 곧바로 마음을 닫아 버렸다. 그런 그녀들의 자세는 사회복지사와는 거리가 너무도 멀었다.

"이번 선생님은 인내심이 좀 있었으면 좋겠다."

"아마도 그럴 겁니다."

"그래?"

최 원장은 호준의 얼굴에 멋쩍은 표정이 깃들어 있자 의아한 얼굴로 바라봤다. 다른 선생들을 채용할 때와는 사뭇 다른 모습이었다.

"기대되는구나. 어떤 선생님일지……."

"전 공부방에 가 보겠습니다."

"그렇게 하시게나."

최 원장은 이어 의자에 몸을 기대고 눈을 감았다. 요즘 들어 그의 기력이 많이 쇠해진 것 같아 호준은 걱정이 앞섰다. 아직 그가 쉼터를 맡기엔 여러모로 부족한 것이 많았다. 10년만, 아니 5년만 더 최 원장의 그늘에 있고 싶은 마음이었지만 호준은 그 시간이 그리 길지 않을 거라는 걸 직감할 수 있었다.

* * *

가방을 싸는 정윤의 곁으로 모친 옥숙이 다가왔다.

"집 떠나니까 좋으니?"

"엄마는……. 자주 올게요. 아니, 자주 못 오더라도 전화는 매일 할게요."

"그래."

"아이들한테 좋은 선생님이 되고 싶은데 그럴 수 있을까요?"

"그럼, 우리 딸이 누군데……. 금방 아이들하고 친해질 거야. 너 애들 좋아하잖아. 애들은 자기 좋아하는 사람 싫어하지 않아."

옥숙은 정윤의 옷을 가방에 넣어 주면서 그녀의 옷가지를 한 번 쓱 쓰다듬었다. 말과 다르게 그녀의 손끝에 걱정이 묻어 있었다.

"그럴까요?"

"별걸 다 걱정한다. 밥이나 거르지 마. 다시 봤을 때 살 빠져 있으면, 엄마 당장 그 일 그만두게 할 거다. 힘이 있어야 좋은 일도 할 수 있는 거야. 알아?"

"알았어요. 밥 꼭 챙겨 먹을게요."

정윤은 옥숙과 포옹을 하고는 살며시 미소 지었다. 그녀는 아이들을 너무도 좋아했다. 혼자서 자란 탓도 있겠지만, 길에서 모르는 아이들을 봐도 저절로 손이 갈 정도로 예뻐했다. 그녀에게 세상 모든 아이들은 천사와도 같았다.

쉼터를 다녀온 이후 가슴이 계속해서 설레고 있었다. 빨리 아이들을 다시 만나 신나게 놀아 주고 싶었다. 가슴이 미어지는 동정이었다. 정윤은 자신의 손길이 필요한 곳이라면 이유를 불문하고 마다하지 않기로 마음을 먹었다. 이름도 모르는 한 녀석의 오랫동안 있으라는 말이 잊히지 않았다. 느낌이 나쁘지 않았다. 생각만 해도 가슴이 부풀어 올랐다. 그녀는 아이들에게 자신이 좋은 선생님으로 기억되길 바랐다. 모두에게 의미 있는 만남……. 그럴 거라 믿었다.

✿   ✿   ✿

첫째 날, 정윤이 쉼터 사무실 안으로 들어서자 최 원장이 그녀를 반갑게 맞아 주었다.

"안녕하십니까? 최문수입니다."

그가 악수를 청하자 정윤이 송구스러운 듯 손을 내밀었다.

"안녕하세요. 이정윤입니다."

"젊은 원장도 많은데 내가 너무 나이가 많죠?"

"아니에요."

최 원장이 백발을 쓸어 올리며 겸연쩍게 웃어 보이자 정윤도 따라 미소 지었다.

"선생님 자리는 이쪽입니다."

최 원장의 손짓에 정윤이 그쪽을 바라봤다. 그녀의 자리 옆에는 면접 날 만났던 호준이 서 있었다. 그는 그날처럼 미소를 짓고 있었다. 언제 봐도 따뜻한 인상이었다.

"우리는 그날 인사했습니다."

호준의 말에 최 원장이 맞은편을 가리켰다.

"이쪽은 사무국장님입니다."

원장의 목소리에 정윤이 맞은편에 서 있는 사무국장을 바라봤다. 30대 후반쯤 되어 보이는 그녀는 날카로운 눈매를 갖고 있었으나 목소리는 너무도 서글서글했다.

"환영합니다."

인사가 끝나고 나자 최 원장은 호준에게 정윤의 짐을 건네주고 방을 알려 주라고 했다. 그의 뒤를 따르면서 정윤은 쉼터의 여러 방을 유심히 살펴보았다. 지난번에도 똑같은 복도를 걸었지만, 그때와는 느낌이 사뭇 달랐다. 그때는 무척 낯설었다면, 지금은 조금 편안하다고 해야 할까.

잠시 후 아득하게 꼬마들의 목소리가 어딘가에서 들려왔다.

"이 방입니다. 따로 방을 준비할까도 했는데, 아이들하고 빨리 가까워지려면 이 방법이 제일 좋은 것 같아서요. 여자아이들하고 함께 쓰셨으면 하는데요. 혹시 잠자리가 불편하시면……."

"아뇨, 상관없습니다. 아이들하고 같이 지낼게요."

"그럼, 짐 풀고 다시 사무실로 오십시오."

"네."

그가 가고 난 후 정윤은 방문을 열고 안으로 들어갔다. 방 안에는 소박하게 옷장과 서랍장만 덩그러니 놓여 있었다. 그녀는 가방을 열고 옷가지를 꺼내 놓았다. 그러고는 이정윤이라고 쓰여 있는 서랍장을 열었다.

짐정리를 마치고 다시 복도에 모습을 보인 그녀의 곁으로 빠르게 호준이 다가왔다.

"차 한 잔 하시겠습니까?"

호준이 머그잔을 내밀자 정윤이 그것을 받아 들었다.

"꼬마 아이들은 어디에 있어요?"

"저쪽 방입니다."

그가 손가락으로 가리킨 방으로 시선이 닿은 정윤이 그곳으로 발길을 돌렸다. 그녀는 문에 난 조그만 창으로 안을 들여다봤다. 아이들이 옹기종기 모여 인형놀이와 장난감을 가지고 놀고 있었다.

"들어가도 되나요?"

"그럼요."

그가 문을 열자 정윤이 안으로 들어갔다. 그러자 방금 전까지 신나게 놀던 아이들이 모든 행동을 멈추고 정윤과 호준을 바라봤다.

"안녕? 우리 만났었지?"

정윤이 머그잔을 탁자에 놓고 아이들 곁으로 다가갔다.

"뭐하고 있었어? 인형놀이한 거야? 선생님도 껴 주면 안 돼?"

"선생님도 할 거예요?"

"응."

한 아이가 그녀에게 자신이 가지고 놀던 인형을 내밀었다.

"얘 이름은 공주예요."

"그래? 그럼, 네 이름은 뭐야?"

"나는 수인이에요."

"수인이? 와, 정말 예쁜 이름이구나……"

그 이후로 아이들은 정윤에게 마음이 닿았는지 그녀의 꽁무니에 붙어 다니며 떠날 생각을 하지 않았다.

"가서 놀아."

통통한 체격의 국장이 소리치자 아이들이 일제히 고개를 절레절레 흔들었다. 수인이가 정윤의 치맛자락을 잡았다. 곧 그녀가 수인이를 안아 올리자 별안간에 국장이 다가와 아이를 도로 내려놓았다.

"왜요?"

정윤이 깜짝 놀라 물었다.

"애들한텐 정이 가장 무서운 거예요."

"왜 그런 말씀을 하세요?"

그녀는 좀 더 지내보면 알게 될 거라며 아이들의 상담을 시작하라는 말과 함께 일지를 건넸다.

"큰 아이들 순서대로요."

"네에. 근데 사무국장님, 꼭 숙식이 필요한 이유가 뭐예요?

여긴 장애인이나 노인분들도 안 계신 곳인데요."

"여자아이들 때문에요. 이 선생님은 여자아이들을 가까이서 항시 돌봐 줘야 해요. 공교롭게도 애들이 나를 싫어해요. 무진장……."

안경을 낀 국장은 날카로운 인상까지 풍기고 있었다. 정윤 역시 그녀의 첫인상이 매우 차갑다고 느꼈다.

"한 아이가 있었어요. 무슨 고민이 있는 것 같은데 안 털어놓더군요. 결국 한 달인가 지나서 여길 나갔어요. 학교는 자퇴 처리되었고요. 고3이었는데, 우린 아직까지도 그 이유를 몰라요."

그 일이 내내 마음에 걸렸던 최 원장이 세세하게 신경을 못 써 준 것을 죄스러워하며 다른 아이들만큼은 마음을 나누고 싶어 생각 끝에 이 같은 결정을 내렸다는 것이다.

"이 선생님도 그만두면 나이 지긋하신 분으로 모셔 본대요. 될 때까지 여러 가지 방법을 모색해 보는 거죠."

"그래서 정을 붙이지 말라고 하신 거군요. 근데 전 자신 있어요. 저 아이들 엄청 좋아하거든요."

"상담을 해 보면 달라질 거예요. 상담 시작하고 나서 선생님들이 그만두었어요. 아이들이 마음을 열지 않거든요. 생각만큼 쉬운 일 아니에요. 저도 두 손 들었으니까요."

그녀가 막 말을 뱉고 나자 빨간 고무장갑을 낀 호준이 안으로 들어왔다. 그가 정윤에게 아이들의 명단을 받았는지 물었다.

"네."

"그럼 지금부터 시작하시겠습니까? 대신 천천히요. 무슨 말인지 아시겠죠?"

"네."

"상담실 비워 줄게요. 국장님, 김치 다 버무렸는데 속 좀 넣어 주시면 안 될까요? 일손이 부족하네요."

호준이 미안한 듯 생글거리며 뱉어 냈다. 그러자 국장이 두 주먹을 불끈 쥐며 열의를 보였다.

"알겠습니다. 그런 건 저한테 맡기세요. 남는 건 힘밖에 없다니까요."

국장은 보면 볼수록 차가운 인상과는 달리 사람이 유머러스했다. 호준과 국장이 웃으며 사무실을 빠져나가자 정윤은 첫 번째 아이를 상담실로 불렀다.

기쁜 마음으로 아이들과 상담을 시작했지만 국장의 말대로 생각만큼 쉽지가 않았다. 한 명, 두 명 상담을 끝낼 때마다 그녀는 깊은 상처를 받았다. 그녀의 얼굴에 처음으로 그늘이 드리워져 있었다.

아이들은 처음부터 건성으로 그녀를 대했다. 학교생활도 친구 문제도 괜찮다며 빨리 상담을 끝내려고 했다. 전혀 말을 섞을 생각을 하지 않았다. 아이들이 모두 마음을 닫은 상태로 그녀를 대했다.

건성거리는 태도는 둘째 치고 눈조차 마주칠 생각을 안 하니 정윤으로서도 방법이 없었다. 그러자 덜컥 겁이 나기 시작했다. 여자아이들이 20명이었다. 거기서 고작 몇 명만 상담을 했을 뿐이다. 그녀가 생각하는 것보다, 호준이 걱정하는 것보다 더 많은 아이들에게 문제가 있을지도 몰랐다. 아이들은 골이 깊었고 자꾸 숨기려고 했고 드러내지 않았다. 어느 누구도 마음을 열지 않았다. 평소 다른 이의 고민을 잘 들어 주는 편이라 상담하는 일을 쉽게 생각했던 것이 큰 오산이었다.

정윤은 그날 마지막 상담을 하러 아이가 들어오자 다시 밝게 웃어 보였다. 아이에게 자신의 마음을 드러내고 싶지 않았기 때문이다.

"안녕."

"안녕하세요."

그 아이는 다른 아이들과 달리 처음으로 그녀의 인사를 받았다. 정윤의 얼굴에 미소가 지어졌다.

"앉자. 많이 기다렸지?"

"조금요."

아이가 수줍어하며 두 손을 만지작거렸다. 정윤은 그런 아이의 두 손을 잡아 자신의 심장에 가져다 댔다.

"선생님 가슴은 언제나 활짝 열려 있어. 어떤 고민이라도 상관없어. 네가 하고 싶은 말을 다해도 돼. 난 뭐든지 다 들어 줄 수 있을 만큼 큰 가슴을 갖고 있거든."

아이는 당황스러운 듯했지만 일순간 미소를 지어 보였다. 그러고는 정윤과 시선을 마주했다.

"고마워. 웃어 줘서……. 자, 그럼 얘기해 볼래? 학교생활은 어때?"

"그게……."

"그래, 천천히 얘기해도 돼."

"말씀드리기 전에요."

"응? 뭐?"

정윤이 무척 궁금한 표정을 지으며 아이를 바라봤다. 잠시 망설이던 아이는 부끄러운 듯 얼굴을 붉히더니 이내 입을 열었다.

"선생님은 따뜻한 분인 거 같아요. 그래서 저 아무한테도 못한 얘기, 선생님한테는 할 수 있을 거 같아요."

아이의 말에 정윤의 눈시울이 붉게 물들었다.

"고마워."

"다른 아이들도 곧 선생님 진심 알게 될 거예요."

"그럴까? 정말 그랬으면 좋겠다. 음……. 이제 얘기해 볼까?"

잠시 심호흡을 하고 생각에 젖었던 아이가 이내 얘기를 하기 시작했다.

그날 마지막 상담을 끝내고 멍한 표정으로 상담실에 앉아 있는 정윤의 옆으로 호준이 다가왔다.

"어때요? 얘기를 하던가요?"

"네, 한 명만요."

"누구요?"

"지혜요."

"나한테 얘기해도 되는 겁니까?"

"모르겠어요. 한 번도 심각하게 고민을 한 적이 없어서 지금이 문젠, 머리가 아플 만큼 받아들이기가 무척이나 힘들거든요.

내가 겪어 보지 않아서 아무 말도 해 주지 못했어요. 그렇잖아요. 직접 겪지 않은 이상 그 마음을 어떻게 알겠어요?"

정윤은 흥분한 상태였다. 4명의 아이들이 모두 자신의 마음을 숨긴 것도 상처가 되었지만 지혜의 일은 그녀를 더 혼란스럽게 했다. 막상 아이의 문제를 접했지만 그녀가 해 줄 수 있는 게 없었다.

"그래요. 알았으니까 해 봐요. 물리적으로 힘을 가해야 한다면 그건 제가 해결을 할 겁니다."

한참을 망설이던 정윤이 천천히 입을 열었다.

"학교에서 따돌림을 당한대요. 그래서 자살을 시도한 적도 있고요. 그 어린아이 입에서 죽는 것도 마음대로 할 수가 없다는 말을 들었을 때, 전 쥐구멍이라도 있으면 숨고 싶을 정도였어요. 누가 아이를 그렇게 만들었을까요? 분명 어른들이겠죠."

그녀의 말이 떨어지기가 무섭게 호준의 미간이 잔뜩 일그러졌다.

"수업조차 듣고 싶지 않대요. 선생님도 심한 상처를 준 모양이에요. 그래서 학교에 가면 아프다는 핑계를 대고 하루 종일 양호실에서 잤대요. 요 며칠 그랬나 봐요. 같이 급식을 먹으러 갈 친구도, 소풍 때 함께 다닐 친구도 없대요. 절친하다고 생각했던 친구마저 등을 돌렸나 봐요."

그 말을 하는 정윤의 볼에서 따뜻한 눈물이 흘러내렸다.

"부모가 없다는 것이 이유라는군요. 선생님이 자신을 그런 식으로 대하니까 아이들이 더 우습게 생각하는 거 같대요. 사람을 미워하게 될까 봐 두려운가 봐요."

"폭행 여부는요?"

"얼굴을 치는 정도요."

호준이 화장지를 뜯어 그녀에게 내밀었다. 그녀는 그와 시선을 마주치지 않은 채 내민 화장지를 받았다.

"얘기는 다 끝난 겁니까?"

"아뇨."

"좀 더 나눠 보시겠어요?"

"네에……."

"그만 기분 풀고, 우리 맛있는 저녁 먹읍시다."

"먼저 가세요. 전 눈물 좀 닦고 갈게요. 아이들에게 이런 모습 보이고 싶지 않거든요."

"그래요."

호준이 가고 나자 정윤은 화장지로 눈물을 닦고 복받쳐 오르는 가슴을 진정시키려고 애썼다. 이제 시작일 뿐이었다. 회피는 자신에게 통하지 않는다면서 그녀는 다짐을 했다. 그리고 다시 웃는 얼굴로 아이들에게 다가갔다.

주방으로 들어서자 최 원장과 호준, 그리고 아이들이 와자지 껄하게 떠들며 저녁 식사를 하고 있었다. 최 원장이 그녀를 보고는 자리에서 일어났다.

"어서 와요, 이 선생님. 이쪽으로 앉으세요."

최 원장이 호준의 옆자리를 가리켰다. 정윤은 대답을 하고는 그의 옆에 앉았다. 그러자 호준이 기다렸다는 듯 그녀의 잔에 따뜻한 보리차를 따라 주었다.

"맛있게 드십시오."

"네, 잘 먹겠습니다."

호준의 인사를 받고 식사를 시작한 정윤에게 최 원장이 소곤거리듯 물었다.

"상담이 무척 힘들지요?"

"네? 아, 아닙니다. 처음이라서 제가 많이 서툴러요. 며칠 지나면 적응할 겁니다."

정윤은 아이들이 마음을 닫은 것보다 자신이 아이들의 마음을 열지 못한 것을 자책하고 있었다.

"세상에 쉬운 일이 하나도 없지요. 특히 아이들 마음을 얻는 것은 더 힘이 드는 것 같습니다. 모쪼록 이 선생님이 잘 이겨 내셨으면 좋겠군요."

최 원장은 진심 어린 눈길로 말을 이어 갔다.

"최 선생이 나 대신 쉼터의 모든 일들을 맡고 있습니다. 일 년 안에는 명의도 변경할 겁니다."

"원장님…… 저 아직 자격 없다니까요. 아직 정정하시면서 뭐가 그렇게 급하다고 서두르십니까? 저 못합니다. 더 배워야 합니다."

"그 정도 배웠으면 더 배울 것도 없다. 그러니까 의논할 일 있으면 최 선생한테 하세요. 그럼, 난 식사를 마쳤으니까 이만 일어나겠습니다. 맛있게 들어요."

최 원장이 일어나자 정윤이 따라 일어섰다. 그러자 그가 다시 그녀를 자리에 앉혔다.

"격식 차리지 말고 가족처럼 편하게 지냅시다. 어서 들어요."

그가 식판을 싱크대에 놓고 아이들 곁으로 사라지자 호준이 재빠르게 입을 열었다.

"의논할 일은 원장님한테 하세요. 저 아직 아닙니다."

"근데 원장님하곤 무슨 사이세요? 같은 최씨면 혹시 아드님이세요?"

"네, 그런 셈이죠. 실은 저도 여기 쉼터 출신입니다."

"아……. 그러시군요."

고개를 끄덕이며 정윤이 멋쩍어하는 호준에게 미소를 지어 보였다. 그러자 그도 똑같이 미소를 지어 보였다.

그러고 보니 호준이 아이들하고 참 많이 닮았다. 아니, 아이들이 호준을 닮았다고 해야 할까, 더 거슬러 올라가 호준을 포함해 아이들 모두가 최 원장을 닮은 모양이었다. 그의 선한 눈빛을 똑같이 물려받은 가슴으로 낳은 자식들은 하나같이 빛이 나는 얼굴이었다. 하지만 큰 여자아이들의 그늘진 얼굴은 이들과 상반되었다. 그래서 정윤은 마음 한구석이 몹시 불편했다. 그 아이들도 이들처럼 밝은 얼굴이었으면 좋겠다. 정윤은 자신이 그렇게 바뀌게 할 수 있을까 싶으면서도, 내심 그렇게 될 거 같은 기대감이 있었다.

그녀는 식사를 하는 여자아이들을 한 번 쭉 둘러보았다. 축 늘어진 어깨를 보고 있으니까 가슴 깊숙한 곳에서 한순간에 슬품이 솟구쳤다. 갑자기 그녀가 식판을 들고 일어났다. 그러고는 여자아이들의 곁으로 다가가 비어 있는 자리에 앉았다.

"안녕? 최 선생님이랑 식사하니까 맛이 없다. 앞으로 선생님은 너희들하고 같이 먹을래. 그래도 괜찮지?"

"……."

누구 하나 대답하지 않았다. 아이들이 모두 난처한 표정을 짓고 있었다.

"아무도 대답을 안 해 주네? 싫다고 안 했으니까 그럼 같이 먹는 걸로 합의! 맛있게 먹어."

정윤이 무표정인 아이들에게 웃어 보였다. 그러자 옆에 앉아 있는 수인이가 빙그레 웃어 보였다.

"나는 선생님이 좋아요. 같이 밥 먹는 거 좋아요."

"고맙다. 수인아, 어서 먹자."

정윤이 아이의 밥그릇에 반찬을 놓아주었다. 그녀는 아이들의 시선이 느껴졌지만 일부러 내색하지 않고 식사를 하기 시작했다. 그 모습을 멀리서 지켜보던 호준의 입가에도 살며시 미소가 지어졌다. 그녀가 아이들에게 먼저 다가가는 모습을 보니 희망이 보이는 것 같았다.

아이들이 모두 각자의 방에서 공부를 하는 동안, 정윤은 일지를 쓰기 위해 사무실에 남았다. 한참 컴퓨터를 보며 아이들에 관한 차트를 찾는 그녀의 곁으로 호준이 다가왔다.

"적응은 잘되십니까? 하루밖에 안 되어서 아직 모르나?"

그가 머리를 긁적였다. 인상은 묵묵한 스타일 같은데, 하는
행동을 보면 어딘가 모르게 무척이나 수수하고 수더분한 사람
같았다.

"아이들이 모두 최씨예요. 몇 명 아이들만 제외하곤……."

"그야 원장님 아이들이니까 저처럼 최씨죠. 제외된 아이들은
부모님이 있습니다. 일 년에 한 번, 혹은 이 년에 한 번씩 찾아
오시죠. 돌볼 수가 없어 잠시 맡겨 둔 아이들입니다."

"그렇군요. 가슴이 아프네요."

정윤의 목소리는 성우를 해도 참 잘 어울릴 것 같았다. 그녀
의 목소리를 듣고 있으면 마치 영화 속에 있는 것처럼 느껴졌다.

"목소리 예쁘다는 소리 많이 들었죠?"

"목소리요? 아……. 성우 같죠?"

"알고 있었어요?"

"그럼요. 제 목소리 듣고 그렇게 말 안 한 사람은 한 명도 없
는 걸요."

정윤이 소리 내서 웃었다. 자꾸 들으면 들을수록 참 매력적인
목소리라는 생각을 하며 호준이 옆자리에 앉아 컴퓨터를 켰다.
곧 그가 또다시 입을 열었다.

"남자 친구 있습니까?"

"없는데요."

정윤은 뜬금없는 그의 질문에 살짝 당황했지만 덤덤하게 대답
했다.

"사귄 경험도 없어요?"

"갑자기 그건 왜 물어보세요?"

"별다른 이유는 없고요. 그냥 혼기가 꽉 차서 결혼해야 하지 않나 싶어서요. 그리고 있을 줄 알았거든요. 갑자기 언제 국수 먹을 수 있나 궁금해져서요."

"참 싱거우시네요. 아니, 오지랖이 넓다고 해야 하나? 그런 최 선생님은 나이가 어떻게 되세요? 서른은 훨씬 넘은 거 같은데? 애인은 있어요?"

"애인은 없고요. 남자 나이 서른이면 애죠, 애. 전 아직 멀었습니다."

"그럼, 서른이세요?"

"아뇨. 서른하고도 넷입니다."

그날 저녁, 두 사람은 늦은 시간까지 대화를 나누었다. 호준이 일방적으로 정윤에 대해서 물으면, 정윤이 다시 똑같은 질문을 하곤 했다. 중간에 마찰이 조금 있기는 했으나 대화는 무난하게 오랜 시간 동안 이어졌다.

"이렇게 저녁에 대화를 할 수 있는 선생님이 있으니까 참 좋은데요. 그동안은 심심했는데……."

"다행이네요. 선생님한테 좋은 벗이 되어서 저도 기뻐요. 근데 원장님은 어디 가셨어요?"

"주무십니다. 요즘 기력이 많이 쇠해지셨어요. 초저녁에 일찍 주무시고 새벽에 일찍 일어나시죠."

"네에……."

"피곤할 텐데, 이 선생님도 잘 준비하세요."

"네."

정윤이 컴퓨터의 전원을 끄고 자리에서 일어났다. 그러다 그만 삐져나온 전선줄에 발이 걸려 앞으로 꼬꾸라지고 말았다. 하지만 그보다 호준이 더 빨랐다. 그가 잡지 않았다면 그녀는 그대로 바닥과 충돌했을 것이다.

"어머, 고마워요. 큰일 날 뻔했어요."

"안 다쳐서 다행입니다. 일어나 보세요."

호준의 부축을 받으며 정윤이 중심을 잃었던 몸을 일으켰다. 자연스럽게 호준의 몸에 기대게 된 정윤이 잠시 후 깜짝 놀라 멀찌감치 떨어졌다.

"죄송해요."

"아닙니다. 그럼, 가세요."

호준은 정윤이 문 앞으로 걸어가자 삐져나온 전선줄을 처리하기 위해 무릎을 굽혔다. 그 모습을 가만히 지켜보던 그녀는 그의 자상함에 살며시 미소를 지었다.

다음 날, 학교를 가지 않은 지혜와 한참이나 얘기를 나누던 정윤이 학교에 가 봐야겠다며 쉼터를 빠져나왔다. 마침 원장과 호준은 자리를 비운 상태였고, 사무국장이 가 봤자 소용도 없을 거라며 나중에 원장님과 함께 가라며 말렸지만, 그녀는 그냥 앉아 있을 수 없었다. 어떻게 선생님이 알고 있으면서도 방관만 했는지 이해가 가지 않았다. 하긴 아이에게 똑같이 상처를 준 위인이니…… 선생도 가해자였다.

"미리 연락 좀 하고 오셨어야죠. 수업 들어가 봐야 하는데……."

전형적인 학생주임의 인상을 풍기는 40대 후반의 여선생이었다.

"한 시간만 다른 선생님을 보낼 수 있으시잖아요. 어려운 일인가요?"

"……그렇게 하죠."

자리를 뜬 선생이 5분 만에 다시 돌아왔다.

"지혜의 문제라면 그렇게 심한 정도는 아닙니다. 아이들 간에 다툼으로 인해서 사이가 멀어질 수도 있어요. 따돌림당하는 것도 그 아이만 그런 것이 아닙니다. 언젠가 따돌림을 시켰던 애들이 반대로 따돌림을 당하기도 하죠. 비일비재해요."

"그래서요? 아시고도 그냥 넘어가겠다고요? 지혜의 상태가 심한 정도가 아니라니요? 자살을 시도했어요. 그만큼 아이가 겪는 고통은 말로 설명을 할 수가 없을 정도라고요. 이게 안 심하다면 어떤 게 심한 경우죠?"

"교직 생활 20년입니다. 그동안 많은 아이들을 겪어 봤어요. 자살하려다 병원에 실려 간 아이도, 죽은 아이도 봤습니다."

그녀의 말에 정윤이 잔뜩 흥분해 버렸다.

"그러고도 방관을 하시는 거예요? 그러니까 그런 아이들이 또 존재하는 거잖아요. 지혜가 병원에 실려 가야지만 관심을 가져 주실 건가요? 교문에 붙은 플래카드는 뭔가요? 학교 폭력 근절이란 문구를 제가 또렷이 본 것 같은데, 제가 잘못 본 건가요?"

"전 상황을 그대로 말씀드린 것뿐입니다. 관심을 안 갖는다는 게 아니에요. 무엇보다 쉼터에서 더 관심을 가져 주었어야 할 부분이 아니었나 싶은데요. 그곳은 부모 대신이잖아요. 학교에다만 관심 가져 달라고 할 게 아니에요. 아이들은 무엇보다 부모의 관심이 필요하다고요. 아시겠습니까?"

정윤은 사회복지사가 이렇게 마음고생을 할 만큼 힘든 직업인 줄 미처 몰랐다. 처음 시작부터 기가 막히고, 그 말로만 듣던 어두운 부분을 직접 눈으로 보니 더없이 힘이 빠졌다.

선생이 인상을 잔뜩 쓰며 뭐라고 계속해서 말을 했지만 그녀는 잘 알아듣지 못했다. 교사의 인성을 문제 삼고, 교원평가제가 도입되고 있는 요즘, 아직까지도 이런 선생이 존재한다는 것이 참으로 비참할 지경이었다.

정윤은 심장이 콩닥거리고 귀가 윙윙거려 도무지 앉아 있기조차 힘들어 서둘러 그곳을 빠져나왔다.

사색이 되어 있는 정윤을 보고 호준이 어떻게 되었냐고 물었지만 그녀는 쉽게 털어놓지 못했다.

"그러게 왜 갔습니까? 내가 가면 될 것을……. 아무래도 강심장을 갖다 붙여야겠네."

호준이 자리에 앉으며 힘없고 나약한 사람들에겐 언제나 세상은 불공평하다고 낮게 뱉어 냈다.

"그런가 봐요. 그 선생님 교직 생활 20년이라는데, 어쩜 그럴 수 있죠? 지혜, 그 선생님한테 맡기고 싶지 않을 만큼 실망했어요."

항상 잘 웃는 정윤의 얼굴에 그늘이 드리워져 있자 호준은 착잡한 마음이 들었다. 그는 정윤이 이곳 환경에 빨리 적응을 하길 바랐다. 그래서 그녀의 얼굴에서 미소가 사라지는 일 따윈 없기를 바랐다.

"지혜, 이 선생님보다 강한 아이니까 스스로 일어날 겁니다. 아이가 원한다면 학교를 그만두고 검정고시를 보게 하는 방법도 있고요."

"안 그래도 안 가고 싶대요. 교문만 보면 숨 쉬는 것조차 힘들다고 했으니까요. 그렇지만 학교를 그만두게 하는 것이 최선의 방법은 아니잖아요. 전학을 가도 되고요."

"글쎄요. 아이의 생각을 물어보세요. 다른 아이들 상담도 시작하시고요."

"네."

8시가 조금 넘은 시간이었다. 호준은 이미 남자아이들의 잠자리를 봐 주고 온 뒤였기에 그녀만이 일어나서 상담실을 나섰다. 그녀는 문을 열기 전 빠르게 뒤로 돌아 호준에게 물었다.

"참, 더 하실 말씀 없으시면 전 바로 가서 잘게요."

"그래요."

잠시 후 그녀가 시야에서 사라지자 호준이 긴 한숨을 뱉었다.

상담실을 나선 정윤이 어두운 긴 복도를 따라 침실을 찾았다. 여자아이들이라서 그런지 그녀의 손길이 닿지 않아도 손수 이불도 다 깔아 놓았다. 아이들은 그녀가 오든지 말든지 신경을 안

쓰는 것 같았다. 이틀째이지만 조금도 거리가 좁혀지지 않았다. 아이들은 그녀의 인기척에 이불을 머리끝까지 뒤집어쓰고 자는 시늉을 해 보였다. 지혜 역시 맨 구석에 자리를 잡고 등을 돌리고 누워 있었다.

"선생님, 제 옆에서 자요."

6살 된 수인이 그녀의 바지자락을 붙들었다.

"알았어. 수인이 옆에서 잘게. 다들 이만 자자."

수인이 옆에 앉으며 그녀가 머리를 묶었던 핀을 풀었다. 곧 긴 머리카락이 내려오자 수인이 만지작거리며 좋아했다.

"내일만 학교 가면 즐거운 주말이네?"

"왜 즐거운 주말이에요? 우린 늘 똑같은데?"

한 아이의 퉁명스런 목소리가 어딘가에서 울려 퍼졌다.

"그래? 왜 똑같지? 학교에 안 가……."

순간 정윤은 자신이 또 실수를 했음을 인정하고 얼른 입을 닫아 버렸다.

"숙제 내줄게. 주말에 뭘 하고 싶은지 한 가지씩 말하기. 거기서 제일 많이 나온 걸로 정할게."

"그런 약속은 안 하시는 게 좋을 거예요. 못 들어주실 테니까요."

지혜보다 한 살 어린 이제 고1인 아이가 한 말이었다. 남자아이들과 달리 여자아이들은 저학년을 빼면 거의 다 예민했다. 여느 사춘기 아이들보다 정도가 더 심한 것 같았다. 정윤은 아직 아이들의 심리나 환경을 파악 못하고 있는 자신이 한없이 부끄러웠고, 무엇보다 걱정이 앞섰다.

불을 끄고 자리에 누우니 양쪽에 누운 어린아이들이 그녀의 손을 꼭 잡았다. 정윤은 오늘 하루 너무 지쳤는지 금세 곯아떨어졌다. 아이들만이 두 눈을 껌벅인 채 각자 생각에 젖어 오랜 시간 잠을 이루지 못했다.

2.

빛이 보이다

　다음 날 그녀가 아침 일찍 원장을 찾았다. 하지만 이미 그는 새벽같이 일어나서 근처 약수터로 산책을 나간 뒤였다. 그 대신 호준이 있었다.

　"왜요?"

　"주말에 아이들하고 뭔가를 하고 싶은데요."

　"어떤?"

　호준이 처음으로 반갑지 않은 얼굴로 물었다.

　"주말은 특별해야죠. 여기라고 그러지 말란 법은 없잖아요."

　"그래서 뭘 해 주고 싶은데요?"

　"아이들한테 생각해 보라고 했어요. 들어주기로 약속까지 했어요."

　그녀는 아이들한테 뭔가를 해 줄 수 있다는 생각만으로 잔뜩 들떠 있기까지 했다.

"분명 꼬맹이들은 엄마가 보고 싶을 테죠. 우리가 들어줄 수 있는 부분이 아니잖아요. 그게 참 민감한 사항이라 전 약속 같은 거 하지 않습니다."

"······."

"부탁하지만, 애들한테 지키지 못할 약속 같은 건 하지 말아 주세요."

그가 단호하면서도 부드럽게 말을 끝맺었다.

"그럴게요."

의자에 놓인 카디건을 걸치며 호준이 또다시 입을 열었다. 그녀의 얼굴에 서운함이 가득해 자신의 뜻을 좀 더 이해시키고 싶었다.

"연극을 보여 주던 단체가 있었는데, 매년 오기로 약속하고선 두 번 만에 발길을 끊었습니다. 그쪽 사정이야 당연히 있겠지만, 아이들에게 약속은 약속이니까 상처를 받았죠. 그래서 난 봉사하러 오시는 거 별로 안 좋아합니다. 반짝 큰 선물보단 오래도록 같이해 줄 수 있는 그 마음이 필요하단 거죠. 일찍 일어난 김에 아침 식사 준비나 도와주실래요?"

"제가 또 실수한 거죠? 휴, 전 왜 이러죠?"

"온실 속에 화초처럼 자랐으니까 27살이 되도록 세상을 모르는 거겠죠. 차차, 익숙해질 겁니다."

그가 낮게 속삭이듯 뱉어 냈다.

"네? 온실, 뭐라고 하신 거예요?"

"공부하면서 봉사 활동도 안 나갔습니까?"

"실습이야 나갔죠. 근데 빨래하고 청소만 했다고요."

"이 선생님은 상담일, 그쪽 방면으로 책을 더 들여다봐요. 아이들하고 더 가깝게 지내려고 노력하는 거 다 아는데요. 조금만 더 참고 노력해 주세요. 선한 인상이고, 아이들하고 잘 맞을 것 같아서 채용한 건데, 내 판단이 잘못되지 않았기를 바랍니다."

호준이 먼저 성큼성큼 주방 쪽으로 발걸음을 옮겼다. 그는 보통 체격에, 키가 커서 그런지 보폭이 큰 편이었고, 행동하는 것도 빠른 편이었다. 손은 또 어찌나 빠른지 모른다. 음식을 만들면서 그가 이것저것 손을 놀리는 동안 그녀는 쌀을 씻는 것이 다였다. 50인분의 쌀을 씻는 일도 만만치 않았지만 그의 빠른 손놀림을 인정하지 않을 수 없었다.

그들이 식사 준비를 하는 사이 약수터에 다녀온 원장이 주방으로 들어섰다. 그는 큰 물통을 한쪽에 내려놓으며 수건으로 땀을 닦았다.

"이 선생님, 일찍 일어나셨네요?"

"안녕히 주무셨어요?"

"물론입니다. 약수 물 좀 드셔 볼래요?"

"네!"

원장이 그릇에 약수 물을 담아 정윤에게 내밀었다. 그녀는 얼음장처럼 차가운 물을 마시고는 미간을 살짝 찌푸렸다.

"너무 시원하고 맛있어요."

"우리 애들은 이 물밖에 안 마셔요. 오염되지 않은 깨끗한 물이지요. 내가 뭐 도와줄 건 없냐?"

원장이 호준을 바라보며 물었다. 그러자 호준이 계란 프라이를 뒤집으며 대답했다.

"원장님은 한숨 더 주무세요. 체력 많이 소비하고 오셨잖아요."

"소비는 무슨……. 운동 다녀온 거다."

"운동도 너무 심하게 하면 몸에 무리가 온다고 하잖아요. 손자까지 보시려면 오래 사셔야 할 텐데요?"

"그러니까 내일이라도 장가가라니까."

"있어야 가죠."

"멀리서 찾지 말고 가까운 곳에서 찾아. 인연은 원래 가까운 곳에 있는 법이다."

두 사람의 대화를 들으면서 정윤은 가끔씩 웃음을 터트렸다. 두 사람 다 느린 말투로 대화를 이어 갔지만 보이지 않는 신경전이 있었다. 끝으로 원장이 주방을 나서면서 정윤에게 윙크를 해 보였다.

정윤이 소리 없이 웃자 호준이 그녀를 자신의 곁으로 불렀다.

"원장님 윙크에 넘어가지 말아요. 그 윙크가 무슨 뜻인지 압니까?"

"뭔데요?"

"눈치가 이렇게 없을 수도 있나?"

"아……. 멀리서 찾지 말고 가까운 곳에서 찾으라는 말씀이요? 저를 두고 하신 말씀이잖아요."

"알아차렸어요?"

"그럼요. 근데요……. 선남선녀 엮어 주시려는 원장님 마음 모르는 바 아니지만 안 되겠어요."

"네?"

"전 사내결혼 안 해요. 절대로……. 식사 준비 거의 다 되었으니까 애들 깨우러 갈게요."

호준은 살짝 맘이 상한 모양이었다. 평소와 다르게 그가 퉁명스럽게 뱉어 냈다.

"사실 이틀 만에 무슨 맘이 있겠습니까? 사람이 오래도록 만나 봐야 아는 거지. 그러니까 그렇게 단정 짓기엔 너무 이르다는 겁니다!"

메아리치듯 그의 목소리가 그녀의 귓전에 울려 퍼졌다. 정윤이 다시 뒤돌아섰다.

"그래서 지금 저하고 해 보겠다는 말씀이세요?"

정윤은 그의 말이 진심인지 농담인지 분간이 가지 않아 실눈을 뜨고 살짝 그의 마음을 떠보았다. 그러자 호준이 진지한 말투로 대답했다.

"아닙니다. 제가 욱하는 성격이 좀 있어서……. 이 선생님 스타일이 아니라는 말에 살짝 그랬습니다. 저 결혼 관심 없습니다. 그러니까 부담 갖지 마세요. 어서 애들 깨우세요. 다 되었습니다."

호준이 그렇게 말하고 나니까 이번엔 그녀가 맘이 상했다. 남자가 관심 가져 주는 것은 어느 여자에게나 기분 좋은 일이 아닐까. 자신에게 조금이라도 맘이 있나 싶었던 호준이 단번에 아니라고 대답하자 자존심이 상했다.

정윤이 복도를 지나가며 자신의 머리를 쥐어박고 낮게 뱉어 냈다.

"생각 말자. 지금 상황에 연애가 무슨 말이야……. 아이들하고 친해져야 해. 그게 급선무야."

방문 앞에 다다른 정윤이 크게 소리쳤다.

"기상이다. 맛있는 밥 먹자."

정윤은 먼저 남자아이들 방을 벌컥 열어젖혔다. 그녀의 목소리에 뒤척이는 애들이 몇 명 있었지만 반은 꿈쩍도 하지 않았다.

"학교 가야지!"

그녀가 주먹으로 문을 '꽝' 하고 치자 맞은편 방에 있던 여자아이들이 놀라서 깼다. 하지만 남자애들은 거의 미동이 없었다.

"이 녀석들……. 그래, 좋아."

정윤이 방 안으로 성큼 들어갔다. 그러고는 간지럼을 태우기 시작하자 곳곳에서 웃음소리와 비명 소리가 울려 퍼졌다. 5분만, 1분만을 외쳐 대며 구석으로 도망친 애들도 있었다.

"어서 일어나. 국 식기 전에 먹자. 빨리……."

아이들이 거의 눈을 뜬 것 같아 이번에는 여자아이들 방으로 들어갔다. 하지만 여자아이들은 모두 일어난 상태로 그녀를 맞았다.

"역시 여자팀이 최고라니까. 밥 먹자."

"선생님……."

수인이가 헝클어진 머리를 매만지며 그녀의 곁으로 뛰어왔다. 정윤이 성큼 아이를 안았다.

"씻고 밥 먹어야지. 선생님이 세수시켜 줄까?"

"네."

아이가 배시시 웃었다.

"아이고……. 네 미소에 선생님 기절하겠다. 민철이도, 영은이도 같이 가자. 선생님이 해 줄게. 일찍 일어나서 특별 서비스 해 주는 거야."

어린아이들이 신나서 펄쩍 뛰었다. 그에 반해 큰 아이들은 미소조차 없었다. 너무도 대조되는 모습이었지만 정윤은 애써 무시했다.

정윤은 자신이 늘 같은 마음으로 그곳에 서 있으면 아이들이 다가와 줄 거라고 믿었다.

식사를 마친 그녀의 앞으로 아이들이 옹기종기 모여들었다. 한 아이가 작은 상자와 빗을 들고 왔다.

"저는 양 갈래로 묶어 주세요."

"저는 핀만 꽂아 주세요."

"저는 머리띠만 하면 안 되나요?"

저마다 요구 사항을 말하는 아이들 때문에 일순간 정윤의 혼이 쏙 빠져나갔다. 하지만 그것도 잠시, 정윤은 침착하게 아이들의 입을 봉하고 큰 아이들 먼저 순서를 정해 주었다. 그렇게 하고 나니까 일사천리로 일이 진행되었다.

아이들이 등교 시간에 맞춰 일제히 쉼터를 빠져나갔다. 모두 가고 어린아이 셋과 지혜만이 그녀의 곁에 남아 있었다.

아침 시간에 에너지를 너무 소비한 탓인지 정윤은 벌써 기력이 다 바닥난 것 같았다. 머리를 묶어 줘야 하는 애들이 열 명이 넘었다. 그나마 고학년 애들이 단발인 것이 천만다행일 정도였다.

"수인아, 마지막으로 네 머리 묶어 줄게."

"선생님처럼 묶어 줘요."

"양쪽으로 묶어 주면 더 귀여울 텐데?"

"싫어요."

"알았어."

그녀는 자신의 머리 스타일처럼 하나로 질끈 묶어 주었다. 아이는 연신 거울을 들여다보며 선생님과 똑같다며 좋아했다.

"지혜야, 원장님하고 얘기 좀 해 볼래?"

등을 돌리고 앉아 있는 아이를 보고 정윤이 물었다.

"아뇨."

"그럼 최 선생님?"

"전 선생님이 편해요. 선생님이랑 할래요."

"좋아."

"선생님한테 말하지 않은 게 있어요."

"그래, 천천히 해도 돼. 마음의 준비가 되면……."

한참을 입을 다물고 있던 지혜가 천천히 입을 열었다.

지혜는 2년 전 이곳 쉼터를 떠나 친구의 집에서 같이 지낸 적이 있었다. 지혜는 공부를 꽤 잘한 편이었고, 그 친군 아버지가 선생임에도 불구하고 성적이 좋지 않았다. 때문에 자신의 공부를 봐 달라고 지혜에게 먼저 부탁을 한 것이다. 워낙 절친한 친구였고 의지를 많이 하던 친구라 지혜는 별다르게 고민을 하지 않았다. 원장도 그녀의 선택을 받아들여 줬었다.

　"그런데?"

　"제가 집으로 들어가자마자 돌변하더라고요. 지금도 이해가 안 가요. 그럴 거면서 왜 같이 살자고 했는지……. 공부를 하자고 해도 안 한다면서, 환하면 못 잔다고 내 책을 집어 던졌어요. 그리고 불을 끄라고 소리쳤어요. 마치 일부러 그러는 것 같았어요. 그동안 나한테 잘해 줬던 것들이 다 위선처럼 느껴지기까지 하더라고요. 순간 내가 뭔가 크게 잘못 선택을 했구나 싶었죠."

　"그래서 다시 이곳으로 온 거니?"

　"아뇨. 간다고 하니까 못 가게 잡더라고요. 그래서 또 있었죠."

　한 번은 이런 일도 있었다. 친구의 가족들과 통닭을 먹는 중, 지혜가 손으로 뜯어 먹었다고 친구가 눈을 흘기며 혐오스럽고 더럽다며 그녀를 식구들 앞에서 부끄럽게 만들었다. 지혜는 젓가락을 사용하지 않아 야만인 같다는 그 친구의 말과 자신을 싸늘하게 바라보는 친구의 눈빛을 잊을 수가 없다고 했다.

　"닭이라면 치가 떨리게 싫어요. 손으로 먹은 제가 잘못인 거예요? 전 그렇게 먹는 줄 알았어요."

"맞아. 나도 그렇게 먹어. 닭은 손으로 뜯어 먹는 거야."

"그렇죠? 휴, 3개월이 마치 3년처럼 길었어요. 그곳을 나오고 쉼터에 오니까 내 집처럼 편안하고 눈물까지 다 나더라고요. 시간이 지나니까 그 친구가 준 상처는 금방 잊을 수 있었어요. 근데 2학년이 되면서 또다시 한 반이 된 거죠."

정윤은 더 이상 듣지 않아도 알 것 같았다. 그런 인격의 아이라면 충분히 더한 상처도 주었을 것이다. 11월, 거의 일 년을 혼자서 속병을 앓았을 것을 생각하니 가슴이 찢어지는 것 같았다. 그녀는 지혜에게 학교의 문제에 대해서 다시 물었다.

"안 가고 싶어요. 아니, 못 가겠어요."

"전학 갈까?"

"싫어요."

"그럼?"

지혜의 얘기를 들은 정윤은 충분히 이해를 할 수 있을 것 같았다. 그녀는 아이의 의사대로 해 주고 싶었다.

상담실로 들어가니 사무국장이 먼저 인사를 건넸다.

"몸이 안 좋아요? 안색이 왜 그래요?"

"아뇨, 두 분은 어디 가셨나 봐요?"

"원장님은 방에 계실 거고요. 최 선생님은…… 공부방에 가 보세요. 아이들 산수 가르쳐 주고 계실 거예요. 따뜻한 보리차 한 잔 줄까요?"

"아뇨."

"맛있어요. 방금 끓인 거예요."

사무국장이 차 한 모금을 마시고 미소 지었다.

"원장님 좀 찾아뵙고요."

상담실을 나선 정윤이 천천히 원장의 방으로 향했다. 하지만 문 앞에 다다르자 원장이 잠을 자는지 코고는 소리가 얕게 들려왔다. 하는 수 없이 그녀는 다시 공부방으로 발길을 돌렸다. 방문 앞에 다다른 순간 살짝 열려진 공부방의 문틈 사이로 호준의 목소리가 들려왔다. 아이들을 대할 때도 언제나 그의 목소리는 침착하고 차분하고 따뜻했다.

"최 선생님?"

정윤이 살짝 문을 열고 들어가 얼굴을 내밀었다.

"네?"

안경을 치켜 쓰며 그가 무슨 일이냐는 표정으로 묻고 있었다.

"지혜 말이에요."

"네."

"검정고시 준비하고 싶대요."

"꼭?"

"네."

"알았습니다. 준비할게요. 다른 건 나중에 얘기합시다."

"그게 다예요?"

"뭘 말입니까?"

"저한테 맡기고 방관만 하고 계시잖아요."

그녀의 말에 호준이 아이에게 공부할 분량을 주고 밖으로 나와 문을 닫았다. 그러고는 미안한 듯 정윤을 바라보며 입을 열었다.

"그렇게 느끼셨습니까?"

"죄송해요. 마음이 무겁다 보니까 저도 모르게……."

"지혜는 18살입니다. 스스로 판단할 나이잖아요. 난 아이의 생각을 존중해 주고 싶었습니다.

"지혜하고 얘기 안 해 보셨잖아요. 선생님도 직접 아이의 생각을 들으셔야죠."

"그렇게 하죠."

호준은 처음부터 그녀에게 너무 큰 짐을 짊어 준 것을 깨닫고는 바로 시정했다. 그러자 다시 정윤의 얼굴이 밝아졌다.

정윤은 아침을 먹지 않은 지혜를 생각해서 주방으로 달려갔다. 그녀는 양푼에 가득 밥을 비비고는 지혜를 데리고 상담실로 들어갔다.

"어머, 이게 무슨 냄새야?"

"국장님, 아침 안 드셨죠? 같이 먹어요."

"지혜도 안 먹었구나? 잘 먹을게요. 너무 맛있겠다."

"겉절이 한 거 잘게 썰고 나물 넣고 비볐어요."

"나 원래 아침 안 먹는데, 이거 보니까 군침 돌아서 못 참겠네."

국장이 숟가락을 들고 한입 먹더니 지혜에게도 먹어 보라고 권했다. 잠시 후 세 사람은 연신 입안으로 우겨 넣으며 한 양푼을 다 비워 냈다.

"뭐합니까? 아니, 이 선생님, 또 드세요? 들어갈 배가 있나?"

언제 왔는지 호준이 정윤을 어이없게 바라보며 문 앞에 서 있었다.

"아까 반 공기도 못 먹었어요. 근데요, 되게 치사한 거 아세요? 몇 숟가락 안 먹었는데……."

"누가 많이 먹는다고 했습니까? 몸집은 작은데 보기보다 배가 커서 그렇죠. 더 들어요. 괜히 신경질 부리지 말고……. 다른 건 못해 줘도 밥은 두둑이 주니까."

그의 말이 떨어지기가 무섭게 정윤이 두 사람을 바라보며 물었다.

"더 비빌까요?"

하지만 지혜와 국장은 손을 저으며 충분히 배가 부르다고 했다. 정윤은 입맛을 다시곤 아쉬운 표정을 지으며 도로 양푼을 들고 밖으로 나갔다.

설거지통에 양푼을 집어넣고 물을 틀며 그녀는 갑자기 식욕이 왕성해진 이유를 생각하다 날짜를 되짚고는 그날이 멀지 않았음을 깨달았다.

"그럼, 그렇지."

그녀는 아직 뭔가를 더 채워 넣어야 함을 느끼고는 주변을 이리저리 살펴봤다. 냉장고를 아무리 뒤져 봐도 자신이 원하는 것은 없었다. 지금 이 순간 달콤한 것이 간절히 필요했다. 안 먹으면 견딜 수 없을 것 같았다. 군것질거리가 아무것도 없자 그녀의 머릿속은 자연스럽게 과거로 흘러갔다.

언젠가 정윤은 봉사를 갔을 때 아이들에게 사탕을 주었다가 크게 혼난 적이 있었다. 치과 치료를 마음 놓고 받을 수 있는 아이들이 아니기 때문에 치아 관리는 무엇보다 중요하다며 하루세 번 양치질과 단것을 피하는 것이 필수라고 했었다. 여기 아이들 역시 마찬가지였다. 하지만 정윤은 생리적인 현상을 풀어야만 했다. 그녀는 하는 수 없이 설탕을 찾았다.

"이거라도 먹자."

그녀는 밥숟가락으로 세 번을 듬뿍 퍼서 보리차에 넣고는 천천히 단맛을 음미하면서 들이켰다.

"음, 이제야 살 것 같네."

"거기서 뭐해요?"

"어머, 깜짝이야!"

그녀는 너무 놀라 하마터면 들고 있던 컵을 놓칠 뻔했다. 언제 왔는지 호준이 주방 문 앞에 서 있었다.

"놀랐어요?"

"당연하죠. 노크 좀 하고 들어오시면 안 돼요?"

"미안합니다. 다음부턴 꼭 하겠습니다."

물을 마시려는지 호준이 컵을 들다가 앞에 놓인 설탕 봉지를 보고 뭐냐고 물었다.

"아니에요."

설탕 봉지를 서둘러 선반에 올리고 주방을 빠져나가는 그녀의 등 뒤로 호준의 목소리가 들려왔다.

"애들 오기 전에 마트에 좀 다녀와야 할 것 같은데, 같이 가실래요?"

"마트요? 뭐 필요하세요? 냉장고에 식료품이 넉넉하게 있는 것 같던데요."

"그게…… 여자아이들이요."

호준이 쑥스러운 듯 말을 잇지 못하자 정윤이 빠르게 눈치를 챘다.

"아, 알겠어요."

"그리고 이거요……."

그가 종이 한 장을 내밀었다. 거기엔 아이들의 월경 날짜가 적혀 있었다. 열 명의 아이들이 거의 비슷한 시기에 하는 모양인지 날짜가 겹쳐 있었다.

"예전엔 국장님이 했었는데, 그것도 몇 달 전부터는 아이들이 스스로 하고 있습니다. 관심받는 걸 싫어해서요. 앞으론 이 선생이 챙겨 줘요. 초경인 아이들은 아무래도 손길이 필요할 겁니다."

"그럴게요."

정윤은 아이들의 월경 날짜를 수첩에 메모를 해 놓고는 서둘러 마트로 향했다.

마트로 가는 동안 라디오에선 조용한 음악이 흘러나오고 있었다. 그러자 호준이 신나는 음악이 나오는 다른 주파수를 찾았다.

"아이들한테는 항상 밝은 표정만 지어야 해요. 작은 것에 굉장히 민감하기 때문에 조금이라도 어두운 얼굴을 하고 있으면 자기 때문에 그런 줄 알거든요. 제 성격이 원래 이렇지 않았는데 여기 온 이후로 많이 바뀌었습니다."

"네에……."

"일부러 막 오버하더라도 이해하세요."

호준이 다시 미소 지었다.

"쉼터엔 언제 오셨어요?"

"음……. 3년쯤 되었나? 주말마다 오긴 했는데 정식으로 발붙인 건 그쯤 되네요. 20살 때 이곳을 떠났다가 군대도 갔다 오고, 직장 생활도 하고, 뭐……. 그랬죠."

"네에……."

두 사람이 얘기를 나누는 동안 마트에 도착했다. 호준은 빠르게 마트 입구로 들어가 주차를 하고는 정윤이 내릴 수 있게 차문을 열어 주었다. 갑작스럽게 문이 열리자 가방을 챙기던 정윤이 깜짝 놀랐다.

"어머, 안 그러셔도 돼요."

"저 원래 매너남입니다. 내리세요."

남자의 배려는 처음이라 정윤은 난처하기만 했다. 연애 경험이 전무한 상태라 그가 조금만 호의를 보여도 야릇한 감정을 느꼈다.

필요한 물품만 구입을 하고 돌아 나오기엔 유혹이 너무 많았다. 마침 시식 코너를 지나던 호준과 정윤은 그 앞을 그냥 지나

치지 못했다.

"음……. 맛있네. 이것 좀 사 가지고 갈까요? 아이들이 좋아하
겠어요."

두부전을 먹으며 정윤이 묻자 호준이 한참 생각에 빠졌다. 예
상 밖의 지출은 쉼터 살림에 큰 영향을 미칠 수 있었다. 곰곰이
생각을 해 보던 호준은 이 정도라면 감수할 수 있을 것 같아 허
락을 했다.

"오케이, 오늘 별식은 두부전……. 그럼, 이만 갑시다."

다른 유혹에 또 넘어갈까 싶어 호준이 걸음을 재촉했다. 정윤
이 총총걸음으로 그 뒤를 따랐다.

마트를 다녀온 정윤은 옷장 구석에 패드 박스를 얌전히 놓고
는 애들을 맞을 준비를 했다. 저학년인 애들부터 운동장을 지나
들어오고 있었다. 큰 아이들과는 다르게 천진난만한 얼굴로 마
냥 웃고 있었다. 그 뒤로 호준이 보였다. 학교가 먼 곳에 있어
호준이 통학을 해 줘야만 했다.

"다녀왔습니다."

"그래. 춥지? 어서 들어가자."

우르르 안으로 들어온 아이들에게 정윤이 따뜻한 우유를 한
잔씩 건넸다. 곧 원장이 주방으로 모습을 보였다.

"원장님도 드릴까요?"

"전 됐습니다. 물이나 한 잔 마시러 왔습니다. 녀석들…….
학교는 잘 다녀왔니?"

"네, 원장할아버지."

작은 녀석들은 원장을 원장할아버지라고 부르고 있었다. 그는 물 한 잔을 마시고는 작은 녀석들에게 천자문을 가르쳐 준다면서 공부방으로 데리고 들어갔다.

오후부터 다시 시작된 상담 시간, 하지만 지혜 이후 아이들의 상담은 더디게 진행이 되었다. 때문에 중간에 마찰도 생겼다. 정윤은 작은 것 하나라도 세세하게 짚고 넘어가고 싶어서였지만 아이들은 그것이 스트레스였는지 결국 한 아이가 관심 좀 끊어 달라고 소리치곤 방을 나가 버렸다.

"무슨 일입니까?"

호준이 놀라서 물었지만 정윤은 할 말이 없었다. 안색이 안 좋기에 물었더니 월경통이 심해서 그렇다고 했다. 때문에 그녀는 병원에 가 보자고 한 것뿐이다. 그녀는 너무 당황스러워 말도 제대로 나오지 않았다.

"아무래도 상담직은 저하고 안 맞는 거 같아요."

그녀의 말에 호준은 가슴이 덜컥 내려앉았다. 올 것이 온 것인가. 다른 선생님들처럼 그녀도 한계에 부딪혔나…… 희망이 보인다고 생각했는데 너무 이른 판단이었을까…… 호준은 여러 생각이 들었다.

"앞뒤 자르고 결론만 얘기하면 어쩝니까? 좀 알아듣게 해 봐요."

초조해져서 말도 부드럽게 나오지 않았다.

"어차피 도움도 안 돼요. 휴, 힘드네요."

그녀는 그대로 상담실을 빠져나가 운동장 벤치에 앉았다. 갑자기 추워진 날씨에 바람이 몹시 불어 추웠지만, 카디건만 걸친 그녀는 전혀 아랑곳하지 않았다. 몸으로 느끼는 추위보다 뼛속까지 전해지는 아이들과 가까워질 수 없는 그 거리감이 더 마음을 시리게 했다.

잠시 후 호준이 겉옷을 들고 그녀의 곁에 섰다. 그러고는 겉옷을 그녀의 어깨에 걸쳐 주고는 옆에 앉았다.

"감기 들면 어쩌려고 그래요?"

호준의 따뜻한 목소리도 지금 정윤에겐 아무런 도움이 되지 못했다.

"많이 힘들어요?"

"제가 너무 부족한 거 같아요."

"그렇지 않아요. 이 선생님은 제가 만나 본 선생님 중에 최고입니다."

"최고요?"

"그럼요. 우리 아이들하고 친해진 사람 선생님밖에 없어요. 큰 아이들도 금방 마음 열겁니다. 아이들이 어른들보다 눈치가 더 빠르잖아요. 머지않아 '아……. 이 선생님은 참 따뜻한 사람이구나! 우리한테 정말 필요한 사람이구나.' 라고 금방 깨닫게 될 겁니다."

그의 말에 정윤의 얼굴에 옅은 안도감이 내비쳤다.

"정말 그럴까요?"

"기다려 보세요. 인내심을 필요로 하긴 하지만……. 뱉고 보니 또 제 말이 너무 무책임한 것 같네요."

호준의 겸연쩍은 표정에 정윤이 미소를 지었다.

"아뇨. 그렇지 않아요. 기운이 나는데요. 고마워요."

창문 밖으로 두 사람을 지켜보고 있던 원장은 두 사람의 얼굴에 미소가 번지자 흐뭇한 표정을 지어 보였다.

※　※　※

잠결에 누군가가 몹시 고통을 호소하는 소리에 정윤의 눈이 떠졌다. 소리가 나는 쪽을 바라보니 건너편, 낮에 상담실을 뛰어나간 영선이었다. 그녀는 자리에서 일어나 아이의 곁으로 다가가 괜찮으냐고 물었다.

"배가……."

영선은 미간을 잔뜩 찌푸린 채 식은땀까지 흘리고 있었다.

"생리통인 거 같니?"

정윤이 아이의 아랫배를 지그시 눌러 주며 걱정스럽게 물었다.

"네……."

"조금만 참아 봐."

서둘러 일어난 정윤이 자신의 캐비닛에서 약 봉지를 꺼냈다.

"먹으면 좋아질 거야."

"안 먹어도 시간 지나면 괜찮아져요."

"고집 피우지 말고 먹어. 그동안은 챙겨 줄 사람이 없어서 못 먹었겠지만, 이젠 달라. 내가 곁에 있잖아. 어서 받아."

잠시 머뭇거리던 영선이 약을 받아 입에 넣자 정윤이 아이에게 물을 건넸다. 그런 정윤의 얼굴에 수심이 가득하다. 잠시 후 그녀는 핫팩을 들고 나갔다가 몇 분 만에 다시 돌아왔다.

"똑바로 누워 봐."

정윤은 팩을 아이의 배 위에 가만히 놓아주며 뜨겁냐고 물었다.

"아뇨."

"조금만 참자."

"……."

정윤도 월경통이 워낙 심한 편이라 시중에서 쉽게 구할 수 있는 약은 듣지도 않아 한약재로 만든 약을 먹어야만 했다. 때문에 이곳에 오기 전 6개월 치를 구입해 온 터였다.

끙끙 앓던 영선이 잠시 뒤 곤하게 잠이 들자 정윤은 그제야 팩을 치우고 자리로 돌아왔다.

잠든 아이들을 쭉 한 번 훑어본 그녀는 울컥 속에서 뭔가가 치밀어 오르자 어린 수인의 손을 잡고 한참이나 뺨을 쓰다듬어 주었다.

다음 날, 아침부터 어린아이들이 정윤의 뒤를 졸졸 쫓아다니며 입이 간질거리는 듯 무언가를 표현하려고 했다. 그녀가 말해 보라고 해도 머뭇거릴 뿐, 단지 좀 큰 아이가 토요일이라고 상기

시켜 주었을 뿐이었다.

"아……. 선생님이 잊은 줄 알았지? 자, 하나씩 말해 볼까?"

그렇게 말해 놓고 정윤은 잔뜩 긴장을 했다. 정말 호준의 말처럼 부모가 보고 싶다고 하면 어쩌나 했는데, 다행이라고 해야 하는지 모두들 입을 맞춘 것처럼 크리스마스트리를 만들고 싶다는 것이다.

"트리?"

"곧 돌아오잖아요. 우리랑 같이 만들어요."

"숙제이기도 해요. 주말에 가족과 뭘 했는지 그림을 그려 오라고 했어요. 해 줄 수 있죠?"

"당연하지. 당연하고말고! 아침 먹고 원장님한테 나무 준비해 달라고 말씀드릴게."

"진짜예요?"

"그럼!"

아이들은 너무 기뻤는지 방방 뛰기까지 했다.

정윤은 그런 아이들을 보고 가슴을 쓸어내리며, 식당으로 가자며 먼저 앞장서 방을 빠져나갔다.

"영선인?"

아이가 보이지 않자 지혜에게 물었더니 화장실에 있을 거라고 했다. 밤새 잠은 잘 잤는지 걱정이 되었지만 눈을 떴을 때 영선은 이미 방을 나가고 없었다.

정윤이 영선이를 찾으러 다시 식당을 나가려고 하자 호준이 식사 준비를 도와 달라며 그녀를 불렀다.

"오늘은 주말이라 봉사하시는 분들도 안 계시고, 국장님도 안 나오십니다. 일손이 좀 부족할 겁니다."

"드릴 말씀이 있었는데요. 아이들하고 트리를 만들기로 했거든요."

"오, 그래요? 트리라……. 좋은 생각입니다. 밥 먹고 나무 준비해 줄게요."

호준이 아이들보다 더 반색을 하며 좋아했다. 그는 자신이 미처 생각하지 못한 부분을 정윤이 채워 주자 고마웠다.

"역시 이 선생님 최고!"

그가 중얼거리듯 뱉어 냈지만 정윤은 정확히 알아들을 수 있었다. 그녀는 호준이 자신을 많이 신뢰하자 더 힘이 솟아났다. 그에게 어떤 고민거리도 다 털어놓을 수 있을 만큼 편하고 친근했다. 그녀는 생각 끝에 그가 그녀에게 대하듯 아이들을 대한다면 녀석들도 자신을 신뢰할 수 있을 거라 믿었다. 묵묵히 기다려 주는 것이 아니라 그녀 자신이 더 아이들에게 다가가야 한다는 걸 깨닫는 순간이었다.

"저도 최 선생님이 최고예요. 고마워요."

"뭐……. 좋은 게 좋은 거죠."

그가 주걱을 들자 정윤이 식판을 내밀었다. 곧 아이들이 주방으로 들어섰다. 두 사람은 이내 각자의 자리로 돌아가 미소를 지으며 아이들을 반겼다.

오늘도 그녀는 아이들과 함께했다. 시간이 지날수록 아이들도 그녀와 겸상을 한다는 것을 당연하게 받아들이는 것 같았다. 몇 명은 아직 마음을 열지 않았지만 영선을 비롯해 몇 명은 마음을 열려고 하고 있었다.

"오늘 국 너무 맛있다. 내가 끓인 건데, 어때? 연정아, 맛이 어때? 입에 잘 맞니?"

그녀는 아직 마음을 열지 않은 아이를 콕 짚어 지목했다. 갑자기 자신의 이름이 불리자 아이가 많이 당황한 듯했다. 하지만 정윤이 자신을 바라보며 대답을 기다리고 있었다.

"네에……. 맛있네요."

"어머, 진짜? 고맙다. 연정이가 맛있게 먹어 주니까 힘이 펄펄 나는데? 다음엔 더 맛있게 끓여 줄게. 민영이는 어때?"

"그냥 그래요."

"그래? 민영이 입에는 안 맞나 보네. 선생님이 더 노력할게."

그녀의 말에 민영이 난처한 표정을 지어 보였다. 오늘따라 정윤이 왜 이렇게 살갑게 굴고 자신을 낮추는지 모르겠다.

"트리 작업하려면 밥 많이 먹어야 해. 먹고 더 먹어."

정윤은 아이들을 하나하나 챙기며 어린아이들에게 반찬을 놓아주었다. 아이들은 그녀의 행동을 눈으로 좇고 있었다. 처음부터 정을 주지 않으려고 했던 건 아니었다. 이곳을 거쳐 간 선생님들한테 받은 배신감이었다. 언제 떠날지 모르는 두려움. 그녀들의 가식……. 그것들을 깨달아 버린 아이들은 큰 상처를 받았다. 그것이 마음을 닫은 이유였다. 하지만 정윤에게선 가식이 전혀 느껴지지 않았다. 여러 날 동안 그녀는 한결같이 진심으로 자신들을 대하고 있었다. 정윤을 신뢰할 수 있을 것 같았다.

＊　＊　＊

　호준이 남자아이 서너 명을 대동해 뒷산으로 올라갔다. 트리에 걸맞은 나무를 찾기 위해서였다.

　올해는 경제가 더 안 좋아져서 그런지 봉사를 오겠다는 연락이 없어 그는 내심 성탄절을 어떻게 보낼까, 어떤 이벤트를 해야 할까 나름 고민을 하고 있었다.

　하지만 아이들이 트리를 바란다고는 조금도 생각하지 못했다. 그 사건 이후 아이들은 트리를 좋아하지 않았다. 몇 번 같이 장식을 해 보자고 말했지만, 그때마다 아이들은 외면해 버렸다.

　그 아이, 은철이보다 나이가 서너 살 더 많았던 아이가 쉼터를 도망치듯 떠났을 때가 크리스마스이브였다. 그날 아이는 뭔가에 단단히 화가 났는지 모두가 장식한 트리를 산산이 부숴 놓고 종적을 감추었다. 그것이 몇 년 전의 일이었고, 그 이후 아이들에게 크리스마스는 그저 보통의 평범한 날일뿐이었다. 그런 아이들이 왜 마음을 바꾸었는지 모를 일이었다.

　호준이 살며시 은철에게 그 이유를 물었다.

　"새롭게 시작하려고요."

　"새롭게?"

　"이 선생님이 새롭게 오셨잖아요. 그래서 저희도 좀 새로워지려고요. 느낌이 나쁘지 않아요. 이 선생님은 저희랑 오래도록 함께하실 거 같아서 환영 인사 겸 해 드리는 거예요."

"그래?"

"아이들하고 의논한 거예요. 어린애들은 당연히 찬성이었고요."

"그래…… . 고맙다."

호준이 정윤의 존재를 떠올리며 미소를 지었다.

"원장님, 이게 좋겠어요!"

은철이 적당한 크기의 나무를 가리켰다.

"좋아. 나쁘지 않은걸…… . 이걸로 하자."

그 시각, 정윤은 아이들과 나무에 장식을 할 카드를 만들고 있었다. 다른 장식용품들은 그녀가 부모님에게 갖다 달라고 부탁을 한 터였다. 그녀의 집에 조금 오래되긴 했지만 나름 잘 보관된 장신구들이 많이 있기 때문이다.

"우리 모두에게 쓰는 거야."

"네."

아이들은 낡은 색연필과 사인펜을 이용해 하얀 도화지를 예쁘게 변화시켜 가고 있었다. 빼곡하게 써 내려간 글씨, 삐뚤빼뚤한 글씨, 맞춤법이 틀린 글씨, 무엇보다 한 사람 한 사람에게 정성을 쏟으며 마음을 표현하는 것, 그 모든 것이 마음을 따뜻하게 했다. 큰 아이들도 처음엔 하기 싫다고 하더니 지혜와 영선의 설득에 마지못해 카드를 받아 들었다. 이미 정윤에게 마음이 열린 상태였지만 쑥스러워 내색하고 싶지 않았다.

잠시 후 그녀의 부모가 도착했다는 전화를 걸어왔다. 정윤은 아이들에게 계속하라는 말을 남기고 방을 빠져나오다 뒤에서 영선이 부르는 소리에 발걸음을 멈추었다.

"이거요."

아이의 손에는 편지가 들려 있었다.

"어머, 나한테 쓴 거니?"

"네."

붉게 물든 영선의 볼을 바라보며 그녀는 고맙다며 답장을 꼭 써 주겠다는 말을 남겼다. 그녀는 편지를 앞치마 안주머니에 잘 넣어 두고 밤에 몰래 보겠다며 미소를 보내 주었다.

"천천히 읽어 보세요."

"되도록 빨리 읽을게. 마음 열어 줘서 고마워."

"제가 더……."

"아냐. 선생님이 더 고마워. 들어가 봐."

"네."

정윤은 영선이 안으로 들어가자 복받쳐 오르는 가슴을 안고 다시 발걸음을 재촉했다.

그녀가 막 건물에서 나와 정문으로 뛰어가는 것을 발견한 호준이 정윤을 불렀다. 하지만 못 들었는지 그녀는 계속해서 뛰어갈 뿐이었다. 그의 시선은 계속해서 정윤을 좇고 있었다. 잠시 후 검은색 차량에서 여자와 남자가 내렸다. 두 사람 다 나이가 지긋한 걸 보고 호준은 직감으로 두 사람이 정윤의 부모라는 것을 알아차렸다. 그는 녀석들에게 나무를 가지고 들어가라고 손짓하고는 그 자신은 서둘러 뛰어가 세 사람 앞에 섰다.

"안녕하십니까?"

"아, 예. 동료 선생님인가 보네요. 처음 뵙겠어요. 정윤이 엄마입니다."

"최호준입니다."

"반갑습니다. 우리 딸 좀 잘 부탁드립니다."

이어 정윤의 부친 헌재가 악수를 건네자 호준이 넙죽 그의 손을 잡았다.

"날이 춥습니다. 어서 안으로 들어가시죠."

호준의 안내를 받으며 안으로 들어선 정윤의 부모들은 문 앞에 우르르 몰려 있는 아이들을 바라보고는 미소를 지어 주었다. 작은 아이의 볼도 쓰다듬어 주고 손도 잡아 주면서 애정을 표시했다. 딸이 돌보고 있는 아이들이라면 그들에게도 자식 같은 존재와 다름없었다.

원장실로 들어간 호준은 그들이 내민 짐을 풀었다. 상자 안에는 크리스마스 장식만 있는 것이 아니었다. 아이들이 먹을 간식거리와 기타 물품들이 가득했다.

"아이들이 너무 좋아하겠습니다. 감사합니다."

"뭘요……. 근데 다른 선생님들은요? 어디 가셨나 봐요?"

때마침 원장이 사무실 안으로 들어왔다. 정윤이 서둘러 부모님께 그를 소개했다.

"이분이 원장님이세요. 원장님, 저희 부모님이세요."

"아, 그래요? 안녕하십니까? 최문수라고 합니다. 어려운 발걸음 하셨습니다."

"정윤이 애비입니다."

그들이 인사를 하는 사이, 이때가 기회다 싶었는지 아이들이 한꺼번에 사무실로 들어왔다. 그러고는 박스 속을 들여다보며 탄성을 질러 댔다.

"아이들 때문에 정신이 없네요. 제가 차 한 잔 대접하겠습니다. 이쪽으로 오시겠습니까?"

원장은 왁자지껄한 사무실을 벗어나 그들을 한적한 주방으로 안내했다. 잠시 후 원장이 차를 내오며 입을 열었다.

"모처럼 아이들이 신이 났습니다."

"아이들이 참 밝네요."

"이 선생님 덕분에 더 밝아졌습니다. 얼마나 고마운지 모릅니다. 식기 전에 차를 드시죠."

"고맙습니다."

"이맘때면 축 처져 있던 아이들인데……. 얼마 만에 듣는 웃음소리인지 모르겠습니다."

원장의 진심 어린 인사에 헌재와 옥숙도 마음을 놓을 수 있었다. 원장이 다시 입을 열었다.

"어려운 발걸음 하셨는데 식사도 하고 가시지요."

"그럴까요?"

옥숙은 정윤이 생활하는 모습을 더 지켜보고 싶어 그의 제안을 선뜻 받아들였다.

다시 사무실에 모습을 보인 옥숙의 곁으로 정윤이 다가왔다.

아이들은 그때까지도 박스에서 눈을 떼지 못하고 있었다.

"음식은 주방에 가서 먹으면 되는 거니?"

"네. 마침 간식 시간인데 잘되었어요. 최 선생님, 이거 주방으로 옮겨야겠어요."

"네, 알겠습니다. 이리 주세요."

호준이 박스를 들자 큰 녀석들 몇이 달라붙어 거들었다. 옥숙의 눈이 호준에게 닿았다. 훤칠한 키와 서글서글한 눈매가 인상 깊게 다가왔다.

주방으로 자리를 옮긴 그들은 옥숙과 헌재가 해 온 음식을 먹으면서 담소를 나누었다. 정윤이 여자아이들과 음식을 먹는 사이, 옥숙과 헌재는 최 원장과 호준과 자리를 함께했다. 옥숙이 물었다.

"최 선생님은 결혼하셨어요?"

"아닙니다. 아직 총각입니다."

"나이가 어떻게 되시는데요?"

"서른넷입니다."

"독신은 아니지요?"

"네, 아닙니다."

"좋은 분 있으면 소개 좀 시켜 주십시오. 이 녀석 장가보내는 게 제 소원입니다."

원장의 말에 호준이 얼굴을 붉혔다. 그리고 가만히 정윤을 바라봤다. 정윤도 이쪽을 주시하고 있었는지 두 사람의 눈이 딱 마주쳤다. 누구라고 할 것 없이 두 사람 다 바로 회피해 버렸다.

"사실 이 녀석도 제 가슴으로 낳은 자식입니다."

"그렇군요."

옥숙이 이해한다는 듯 고개를 끄덕거렸다.

"제 나이가 올해 75세입니다. 하루라도 빨리 이곳을 최 선생한테 넘기고 물러나고 싶은데, 그러려면 혼자보단 둘이 힘이 되지 않겠습니까? 제가 혼자 아이들을 챙기다 보니 부족한 것이 너무 많더군요. 아이들에게 엄마를 선물하고 싶은 마음에 재촉을 하고 있습니다. 하지만 어디 그게 뜻대로 되는 일입니까?"

"그럼요. 배필 만나는 거 쉽지 않은 일이지요. 우리 정윤이도 혼기가 꽉 차서 걱정입니다."

말을 마친 헌재가 정윤을 바라봤다. 정윤이 빠르게 눈을 돌리고 시선을 피했다. 딸의 당황스런 표정에 헌재가 미소를 지었다.

"인연이 있으면 다 찾게 되겠지요."

옥숙이 빠르게 말을 끝마쳤다. 그녀도 내심 호준이 마음에 들긴 했으나 이런 자리에서 운운하고 싶진 않았다. 아이들이 모두 있었고, 호준과 정윤의 얼굴에 당황함이 역력한 걸 보니 벌써 무슨 말이 오갔는지도 모를 일이었다. 시간을 두고 찬찬히 살펴볼 필요가 있었다.

3.
나무에 사랑을 담아서

　　잠시 화장실을 찾았던 정윤은 무심코 앞치마 주머니에 손을 찔러 넣었다가 좀 전에 받은 편지를 기억해 냈다. 그녀는 한 치의 망설임도 없이 편지를 꺼냈다. 아이들이 모두 자고 나면 읽어 볼 생각이었는데, 궁금해서 못 참을 것 같았다.

　　그녀는 수줍어하며 편지를 건넸던 영선을 떠올리고는 편지를 읽어 내려가기 시작했다. 한참 편지를 읽어 내려가던 정윤이 마지막 구절에서 결국 눈물을 보이고 말았다.

　　제가 너무 못되게 굴었어요. 죄송해요. 다른 선생님들처럼 금방 가실 줄 알았거든요. 이곳이 원래 그래요……. 선생님은 정말 마음이 따뜻한 분인 것 같아요.

짧은 편지글이었지만 그 안에 담겨진 내용은 정윤의 눈시울을 붉게 만들기에 충분했다. 이어 정윤은 자신도 모르게 통곡을 해 버리고 말았다. 슬퍼서가 아니라 아이의 마음속으로 자신이 한 걸음 다가갔다는 것에 대한 안도감 때문이었다. 그렇게 그녀와 아이들의 거리는 조금씩 좁혀지고 있었다.

정윤이 세면대의 물을 틀고 세수를 했다. 울었다는 걸 누구에게도 들키고 싶지 않아서였다. 코끝도 빨개져 보기 싫었지만 정윤은 거울 속에 비친 자신에게 웃어 보였다. 그녀는 수건으로 얼굴을 닦고 이내 화장실을 빠져나왔다.

주방 창문으로 아이들이 옹기종기 모여 전을 먹는 모습이 눈에 들어왔다. 그리고 어느 때보다도 밝은 표정을 짓고 있는 영선을 바라봤다. 아이의 얼굴은 무척이나 편안해 보였다. 그런 아이들을 뒤로하고 정윤은 아이들이 간식을 먹는 동안 상담실로 들어가 큰 상자 속에 있는 장식품들을 하나씩 꺼냈다. 몇 년째 다락방에 있던 거라 상태를 확인하기 위해서였다.

정윤은 하나하나 꺼내 들며 세세하게 살폈다. 다행히도 망가진 곳 없이 잘 보관되어 있었다. 잠시 후 호준이 노크를 하며 안으로 들어왔다.

"더 들지 그래요?"

"나중에 먹을게요."

"나중은 없어요."

"그럼 말고요."

정윤은 울었던 사실을 들킬까 봐 일부러 그의 시선을 피했다.

사랑을 알아가는 순간

하지만 예리한 호준의 레이더망에 딱 걸리고 말았다.

"어른들 때문에 당황했죠?"

"네? 아, 아니에요."

그녀가 고개를 들고 정색을 했다. 그러자 정윤의 붉어진 눈시울이 호준의 눈에 들어왔다.

"어? 운 것 같은데? 울었어요? 어른들 때문에?"

호준이 당황해 빠르게 물었다.

"당황해도 울 것까지는 없는 일이었잖아요. 저 안 울었어요."

"그럼 당황은 했다는 소리네? 왜 당황했을까?"

"지금 저 놀려요?"

"그러니까 말 돌리지 말고 왜 울었는지 얘기해요."

호준이 곁으로 다가와 무릎을 꿇고 앉아 그녀와 눈높이를 맞췄다. 그러자 정윤이 깊게 심호흡을 하고는 입을 열었다.

"영선이 편지 읽고 울었어요. 너무 감격해서요."

"그래요?"

정윤이 코끝을 매만졌다. 편지 생각을 하니 다시 코끝이 찡해지는 모양이었다.

"아이들이 절 받아들이고 있어요."

"내 말이 맞죠?"

"네."

잠시 눈이 마주친 두 사람은 한동안 아무 말도 하지 않은 채 서로를 바라봤다. 이번엔 서로 눈길을 피하지 않고 정면 돌파했다. 하지만 결국 호준이 지고 말았다. 그가 겸연쩍은 듯 미소를 짓고는 박스로 시선을 돌렸다.

"상태가 다 좋군요."

"애들이 싫어하지 않겠죠? 급하게 준비해야 해서 새것으로 구입을 하지 못했어요."

"괜찮을 겁니다. 지금도 새것이나 다름이 없는데요, 뭘……."

잠시 후 웅성거리며 아이들이 한 명씩 모습을 보였다. 그가 서둘러 박스를 현관 입구에다 내놓자 아이들이 그 주위를 에워쌌다.

"여기가 좋을 것 같은데?"

"그러네요. 입구가 더 환해지겠어요."

"그럼, 시작합시다. 은철아, 아까 나무 어디에다 놔뒀니?"

"가지고 올게요."

은철이 빠르게 밖으로 나가더니 곧 나무를 들고 왔다.

"나무 잘 고르셨네요. 아주 튼튼해 보이는데요."

"제가 골랐어요."

은철이 손을 번쩍 들며 자랑스러운 듯 앞으로 뛰어나왔다.

"어머, 우리 은철이처럼 잘생긴 미남으로 골라 왔네? 내년에도 부탁해."

"당연하죠!"

내년이란 말에 잠시 침묵이 흘렀다.

아이들의 상당수가 내년에도 정윤과 함께할 수 있을지 의문스러워했다. 모두가 바라는 바였지만, 어쩜 그렇게 될지도 모를 일이라고 희망을 가져 보지만 언제나 그들의 소원은 무산되기 마런이었다. 크리스마스트리는 예외였지만 그것으로 마음을 놓을 수는 없었다. 하지만 나중의 일은 그때 가서 생각하는 게 나을 것 같았다. 알 수 없는 미래를 생각하며 초조해지고 싶지 않았다. 지금의 느낌을 그대로 믿고 싶은 마음뿐이었다.

어색한 정적을 깨고 몇 초 만에 호준이 반짝이장식을 꺼내 들며 입을 열었다.

"이것부터 해야 합니까?"

"아무거나 먼저 하면 어때요……. 자, 애들아, 시작할까?"

"네!"

처음 접하는 어린아이들은 신기한 듯 한동안 장식품을 손에서 놓지 못했다. 반짝이는 은종과 금종, 여러 색깔의 방울이 녀석들의 호기심을 자극시켰다. 그것은 말초신경을 자극하는 아주 신비스러운 경험이었다. 한 아이는 종을 흔들어 보이며 소리가 난다고 좋아했다.

여러 명이 달려들어 작업을 했더니 30분도 안 되어서 끝이 났다. 손에 잡히는 대로 마구잡이로 디스플레이를 했지만 다들 만족을 하는 듯했다.

"반짝이는 건요?"

"아, 꼬마전구! 그게 빠졌구나? 어디 있을 텐데. 음, 여기 있네?"

"선이 모자라겠는데……."

호준이 상담실 안으로 들어가더니 한참만에 리드선을 들고 나왔다.

"여기다 꽂아 봐요."

"네."

잠시 후 전구가 트리가 완성되었다고 알리듯 반짝거리며 빛을 냈다. 그제야 크리스마스 분위기가 나는 것 같았다. 아이들은 일제히 감탄을 연발하며 입을 다물지 못했다.

"우리 아직 할 일이 남았지?"

정윤의 말에 아이들이 일제히 방으로 들어갔다. 아직 미완성인 카드에 글을 남기기 위해서였다. 그것을 걸어야만 비로소 그들만의 트리가 완성되는 것이다.

두 사람도 아이들의 뒤를 따라 방으로 들어갔다.

"최 선생님도 앉으세요."

"저요?"

"그럼요. 최 선생님은 여기 식구 아니에요? 원장님도 써야 하는데……."

그는 정윤의 말에 한쪽에 앉아 건네는 카드를 받았다.

"원장님은 빼요. 빼 달라고 신신당부하셨습니다."

"그럼 원장님은 패스. 자, 애들아. 카드는 시계 방향으로 돌리고, 글을 남긴 카드는 바로 패스하면 돼. 그럼, 시작하자."

정윤이 받은 카드는 남자아이들 중에서 제일 어린아이의 것이었다. 그녀는 아이를 한 번 바라본 후 글을 써 내려가기 시작했다.

50명이 넘는 이들에게 글을 남기는 일은 많은 시간이 필요했다. 정윤에게는 아주 중요한 기회였다. 아이들에게 자신의 진심을 보여 줘야만 했다.

그녀를 비롯해 모든 이들이 진지하게 카드를 써 내려갔다. 비록 같은 피를 나누진 않았지만, 그들은 한 울타리에 사는 가족이었다. 평소 진지하게 생각해 보지 않았더라도 지금 이 순간은 모두에게 공통된 관심이 쏟아지고 있었다.

벌써 두 시간을 훌쩍 넘어 저녁 시간이 되었다. 아이들이 한 사람, 한 사람에게 긴 장문의 편지를 쓰고 있기 때문이다. 칸이 모자란 친구는 뒷면을 이용하기도 했다. 아이들이 열정을 다하는 모습에 정윤의 마음은 활활 타오르는 난로보다 더 따뜻해지고 있었다.

"끝났어요."

"나도……."

"다 마무리 지었으면 트리에다 걸면 돼."

50개가 넘는 카드가 빽빽이 트리를 장식했다. 그것으로 트리가 완성되자 아이들이 저마다 손뼉을 치며 방방 뛰었다.

정윤은 마지막으로 사무국장의 카드를 걸어 놓았다. 아이들이 모두 자신을 싫어한다고 했지만, 사실은 무척이나 친근한 엄마처럼 생각하고 있다는 걸 안다면 그녀는 어느 때보다도 행복해하지 않을까 싶었다. 월요일 그녀의 표정이 새삼 궁금해졌다.

"다 됐습니까?"

"네."

"내가 저녁 준비할 테니까 좀 쉬어요."

"됐어요. 같이할게요. 얼른 먹고 편하게 쉴래요."

"저녁은 다 준비되었습니다."

언제 왔는지 옥숙과 헌재, 그리고 원장이 문 앞에 서 있었다.

"이 선생님 부모님이 도와주셔서 상 다 차렸다. 먹기만 하면
된다."

"제가 하면 되는데……. 감사합니다."

호준이 넙죽 인사를 해 보였다. 옥숙이 환하게 미소를 지어
보이자 호준은 더 송구스러웠다.

"애들아, 가서 밥 먹자."

원장의 말에 아이들이 일제히 주방으로 향했다. 그 뒤를 따르
던 정윤은 갑작스럽게 옥숙이 팔을 붙잡자 깜짝 놀랐다.

"왜요?"

옥숙이 정윤을 사무실로 데리고 들어갔다.

"최 선생님하고는 아무 일 없는 거지?"

"네? 그게 무슨 말씀이세요?"

"두 사람 사이에 뭔가가 있는 거 같다는 느낌을 받았거든."

"엄마는……. 최 선생님은 그냥 동료일 뿐이에요."

"정말? 최 선생님도 그래?"

"아이, 갑자기 왜 그래요? 저 여기 온 지 얼마 되지도 않았어
요."

"시간이 뭐가 중요해? 첫눈에 반한다는 것도 있잖니……. 내
가 보기엔 최 선생님 훤칠하니 잘생겼던데…… 성격도 서글서글
하고……. 나라도 반하겠다."

정윤은 옥숙의 말에 아무 말도 하지 않았다. 혼기가 꽉 차서 걱정을 하는 건 알았지만 그렇다고 딱 한 번 본 그와 엮을 줄은 생각도 하지 못했다.

옥숙은 호준을 마음에 들어 했다. 남들이 볼 땐 정윤의 나이가 아직 결혼을 안 해도 된다고 하지만, 그녀 친구들의 딸들은 모두 결혼을 했고, 손자까지 본 친구도 있었다. 게다가 지금 연애를 시작해야 늦어도 서른 안에는 시집을 갈 수 있다는 게 옥숙의 생각이었다. 마음이 급하지 않을 수 없었다. 옥숙은 뭐든지 빠른 게 좋았다. 결혼도 일찍 하면 할수록 좋다고 생각했고, 아이도 20대에 낳아야 정윤이 덜 힘들다고 생각했다.

딸이 아무 말도 없자 옥숙이 새침하게 눈을 흘겼다.

"잘 지내봐."

"엄마!"

"잘 지내보라는데 왜 그러니? 가서 밥 먹자. 엄마 밥 먹고 가야 해. 설거지는 최 선생님이랑 오순도순 둘이 해라."

그녀가 먼저 사무실을 빠져나갔다. 정윤은 도대체 원장과 무슨 얘기가 오갔기에 잠깐 사이에 옥숙이 호준의 얘기를 꺼낼까 싶었다. 아무래도 뭔 일이 있었던 것이 분명했다.

오늘은 트리를 만드느냐고 피곤했는지 모두들 10시 이전에 잠이 들었다. 정윤 역시 무척이나 졸렸지만 옥숙이 건넨 말 때문에 마음이 편하지 않았다. 그녀는 겉옷을 걸치고 상담실을 찾았다.

문을 열고 안으로 들어서던 정윤은 호준이 자리에 있자 깜짝 놀랐다.

"이 선생님, 안 주무셨어요?"

"네에……. 선생님은요?"

"저는 할 일이 남았거든요."

"네, 저는 그럼 이만 들어가 볼게요."

"잠이 안 와서 오신 거 아닙니까? 그러지 말고 잠깐 들어오세요."

정윤이 머뭇거리다 안으로 들어와 자신의 자리에 앉았다. 곧 호준이 그녀의 앞에 따뜻한 차를 건넸다. 정윤은 차를 한 모금 마신 후 그를 바라봤다. 잠시 후 호준이 조심스럽게 입을 열었다.

"이 선생님도 들은 것 같으니까 말씀드릴게요. 저희 두 사람 아이들하고 지내는 모습 지켜보면서 이 선생님 부모님하고 원장님 사이에 말씀이 오갔나 봅니다."

그의 말에 정윤의 눈동자가 흔들렸다. 자신만 옥숙에게 그런 말을 들은 게 아니라 호준도 원장에게 똑같은 언사를 들은 모양이었다.

"그래서요?"

"어른들이 급한 마음에 엮어 주시려는 거니까 마음에 담아 두지 말라는 겁니다. 이 선생님 아까부터 얼굴 표정이 어두웠어요. 혹시 이것 때문이라면 신경 쓰지 않아도 됩니다."

"당황해서 그랬어요."

"알아요."

호준이 다 안다는 표정으로 웃어 보였다. 그는 이어 별다른 말 없이 차를 마시며 정윤을 바라봤다.

"최 선생님이 그렇게 말씀해 주시니까 한결 마음이 편안한데요. 전 난데없는 얘기가 오고가는 것 같아서 솔직히 걱정이 되었거든요. 애들하고 친해질 시간도 부족한데 무슨 연애인가 싶었죠. 저 그럴 여유 없다는 거 최 선생님이 더 잘 아시잖아요. 그래서 그렇게 말씀해 주신 거겠지만……."

말을 마친 정윤이 다시 환하게 미소 지어 보였다.

호준은 삼십 평생을 살면서 그녀처럼 잘 웃는 여자는 본 적이 없는 것 같았다. 그녀의 가슴속에는 도대체 얼마만큼의 행복이 들어 있는지 궁금해지는 순간이었다. 그래서 그녀의 얼굴이 조금이라도 어두워지면 마음이 편하지 않았다. 그것이 자신 때문이라면 더더욱 미안해지는 순간이었다. 안 그래도 짊어진 짐이 한 가마니인데 자신까지 보탤 수는 없었다.

"뭐……. 혼기가 꽉 찬 젊은 남녀니까 그런 말이 오갈 수는 있겠죠. 일전에도 말씀드렸지만 저는 결혼 생각 없습니다. 그래서 원장님 말씀에 신경 안 썼습니다."

"네……. 근데 왜 결혼 생각이 없으세요?"

"그냥 혼자가 편해요. 혼자보단 둘이 좋다고 하지만, 제 상황이 그렇잖아요. 누군지 모르지만 그 여자한테 나랑 같이 쉼터 이끌어 가자고 설득하는 것도 힘들 것 같고요. 아니, 솔직히 귀찮습니다. 일일이 설명하고 설득하는 거 안 합니다. 피곤해요."

호준의 말을 들어 보니 정윤은 그가 누군가에게 상처를 받았다는 걸 느낄 수 있었다. 궁금했지만 옛 여자에게 심한 상처를 받은 모양이라고 생각을 하고는 그만 대화를 끝마쳤다. 더 이상 대화를 이어 갈 이유가 없어 보였다.

"이만 들어가 보세요."

호준이 먼저 자리에서 일어섰다. 그녀도 따라 일어섰다. 그후 그가 컴퓨터의 전원을 켜자 정윤이 재빨리 물었다.

"안 주무세요?"

"원래 늦게 잡니다."

"같이 놀아 드릴까요? 잠도 안 오는데?"

"저 바쁜데요."

"그래요? 그럼 뭐, 할 수 없죠."

시무룩한 표정을 지으며 상담실을 빠져나오던 정윤은 문득 영선이 생각이 나자 다시 안으로 들어가 자리에 앉았다. 그런 그녀를 보고 호준이 눈을 치켜뜨며 입을 떼려고 했다.

"저도 할 일이 있었어요. 아주 중요한 일이요."

그녀는 서랍에서 편지지와 봉투를 꺼내 들었다.

"뭐예요? 혹시 저한테 편지 쓰시려고요?"

"어머머, 최 선생님, 떡 줄 사람은 생각도 안 하는데 김칫국부터 마시네요. 선생님 아니니까 신경 쓰지 마시고 볼일 보세요."

정윤은 아랫입술을 질끈 깨물고는 영선의 얼굴을 떠올렸다. 그녀는 이제라도 떠올린 것이 천만다행이라고 여겼다.

그녀는 '사랑스런 영선이에게'를 시작으로 정성스럽게 써 내려가기 시작했다. 학창 시절 친구들과 교환 편지를 주고받을 만큼 그녀는 편지 쓰는 걸 아주 좋아했다. 그때의 느낌이 새록새록 피어오르자 저도 모르게 미소가 지어졌다.

그런 정윤을 보고 호준이 의아한 듯 바라봤다. 27살의 정윤은 이곳 아이들과 별다르지 않았다. 아직 때 묻지 않은 순수함까지 느껴졌다.

"이 선생님⋯⋯."

"왜요?"

정윤이 고개도 들지 않고 무신경하게 대답했다.

"저한테도 써 주면 안 됩니까?"

"제가 왜요?"

"그냥 저도 오랜만에 자필로 쓴 편지를 받고 싶어서요. 요즘은 이메일로 주고받잖아요."

"할 말도 없는데 편지는 무슨⋯⋯."

정윤은 그 순간까지도 호준을 무시하며 편지 쓰는 일에만 열중했다. 그런 정윤의 곁으로 호준이 다가와 얼굴을 바짝 내밀었다.

"와, 글씨체 정말 예쁘다."

"왜 훔쳐봐요?"

그제야 정윤이 고개를 들고 그와 시선을 맞췄다.

"그러지 말고 나한테도 인심 좀 써요."

"누가 보면 우리가 되게 친한 사이 줄 알겠어요."

"그러니까 혼담이 오고 간 거겠죠?"

"최 선생님!"

"아, 알았어요. 방해 안 할 테니까 쓰세요."

호준이 한 발자국 뒤로 물러났다. 그러면서 키득거렸다. 티격태격하면서도 호준은 정윤과의 마찰이 재미있었다. 아주 오래된 친구처럼 그녀가 편하기 때문이었다.

얼마 후 호준이 컴퓨터를 끄고 자리에서 일어났다.

"다하셨어요?"

"네, 소외된 양은 이만 가서 자렵니다."

"먼저 주무세요."

그녀는 다시 고개를 숙이고 손을 움직였다. 호준은 너무 늦게 자지 말라며 그녀의 앞으로 난로를 더 가까이 가져다주었다.

"고마워요."

"소외된 양은 이만 가서 잔다니까요."

"네, 안녕히 잘 주무세요."

정윤이 마지못해 고개를 들어 그를 바라보며 미소를 지어 보였다.

그날 밤, 12시가 되어서야 방을 찾은 정윤은 자리에 눕자마자 기지개를 켰다. 많이 피곤한 탓에 어느 때보다도 잠이 꿀맛 같았다.

다음 날, 사무국장이 현관 앞에 놓여 있는 트리를 보고 호들갑을 떨었다. 이 선생 아이디어냐면서, 이곳에서 근무하는 동안 한 번도 못 챙겨 준 자신의 입장은 어찌 되냐며 난감해했다.

"같이하지 그랬어요? 혼자만 애들한테 점수 따려는 심보죠?"

"화 푸세요. 제가 한 거 아니에요. 순전히 아이들 생각이었어요. 전 옆에서 돕기만 한 거예요."

"아니에요. 분명 멍석을 깔았으니까 그랬겠죠. 어휴, 안 그래도 미운털 박혔는데 더 미워하겠어. 윽, 속상해! 나도 하려고 했는데 주문한 거 취소해야겠네요."

"그러셨어요?"

"난 여기 가족 아닌가?"

정윤이 난처한 표정을 지으며 계속 미안하다고 했지만, 국장의 얼굴은 여전히 일그러져 있었다. 그러자 옆에 있는 호준이 입을 열었다.

"국장님 카드도 있어요. 그렇게 화낼 시간에 답장을 쓰는 게 더 낫지 싶은데⋯⋯. 아이들이 기다립니다."

"어쨌든 이번 일은 두 분 다 저한테 잘못하셨어요."

"제 생각이 짧았습니다. 미안합니다."

호준이 살갑게 사과를 건네자 그제야 사무국장의 얼굴이 펴졌다.

"알았어요. 받아들일게요. 다음 해는 저 빼놓지 마세요."

"접수할게요."

정윤도 다시 얼굴을 펴고 활짝 웃어 보였다.

사무국장은 월요일 첫날부터 아이들에게 답장을 쓰느냐고 무척이나 바쁘게 손을 놀려야만 했다. 대신 정윤이 그녀의 자리에 앉아 서류 검토를 맡았다. 그러다 문득 보게 된 것. 정윤이 놀라 물었다.

"이게 뭐예요?"

"뭐요?"

"수인이요."

"본 그대로예요. 엄마가 재혼을 해서 이민을 가나 봐요. 데리고 갈 수 없으니까 여기서 맡아서 키워 달라네요. 어휴, 걱정이에요. 수인이는 엄마 오는 날만 기다리는데…… 어려도 그날 되면 기가 막히게 안다니까요. 보름 남겨 놓고 이게 무슨 날벼락이야? 쯧쯧."

1년, 혹은 2년에 한 번씩 크리스마스가 되면 이곳을 찾는다는 수인의 엄마. 작년에도 오지 못해 이번 해는 꼭 올 거라고 믿는 아이에게 이것은 청천벽력과도 같은 일이었다. 아니 그것보다 더한 충격이었다.

정윤이 곧바로 호준을 찾았다.

"알고 있어요."

"알고 계셨어요? 언제요?"

"금요일이요."

"저만 몰랐어요?"

"생각을 하느냐고, 아니 트리를 만드느냐고 잊고 있었네요."

정윤은 그게 어떻게 잊을 일이냐면서 어떤 말을 해 줘야 할지 미리 생각을 해야 하지 않느냐고 따지듯 물었다. 그러자 호준이 머리를 긁적거리며 담담하게 뱉어 냈다.

"일부러 그런 건 아닌데. 아무튼 좀 더 겪어 봐요. 그럼 나처럼 담담해질 테니까. 이게 이곳 현실이라는 것을 빨리 알아 두어야 할 필요가 있겠군요. 그렇게 흥분한다고 해서 해결될 문제는 아니니까. 내 자식이 하나 더 늘었다고 생각하면 오히려 마음이 편안해집니다. 난 그렇게 받아들일 겁니다."

몇 년 전만 해도 호준은 생활이 필 때까지 맡겼다가 곧 데리고 가겠다는 부모의 말을 철썩같이 믿었었다. 때문에 믿음이 큰 만큼 돌아온 상처도 배가 되었었다. 그리고 그런 일을 여러 번 겪은 탓에 이젠 겸허히 받아들이고 있었다.

"수인이는 안 그럴 거예요. 아이 생각은 조금도 안 하셨어요. 정말 너무하세요!"

시무룩한 표정을 지으며 방을 나간 정윤이 다시 상담실로 들어갔다. 마침 국장도 펜을 내려놓았다.

"끝났어요?"

"어휴, 이것도 꽤 만만치 않은 일이네요."

그녀가 서글서글하게 웃어 보였다. 잠시 후 전화벨이 요란하게 울렸다. 국장이 빠르게 수화기를 들었다.

"네, 쉼터입니다. 아, 잠시만 기다리세요. 최 선생님 어디 계세요?"

"주방에요."

마침 호준이 안으로 들어오자 국장이 수화기를 넘겼다.

"k병원에서 걸려온 전환데 원장님 보호자를 찾으시네요."

"네, 이리 주세요. 여보세요……."

병원에서 걸려 왔다는 얘기에 호준이 상기된 표정으로 전화를 받았다. 원장이 얼마 전 종합검진을 받은 뒤라 마음이 초조했다. 다음 예약일까지는 보름이나 남았는데 난데없이 무슨 전화인가 싶었다. 혹 검사 결과가 안 좋게 나와서 그것을 알려 주려고 전화를 한 건 아닌가. 그 짧은 순간에 별의별 생각이 다 들었다.

한참을 통화를 하던 그의 표정이 점점 굳어 갔다. 그것은 원장이 위암 말기로 다른 장기까지 전의된 상태라는 충격적인 소식이었다.

—길어야 2개월입니다.

"알겠습니다."

전화를 끊은 호준은 한동안 말이 없었다. 정윤이나 국장도 그의 대답을 기다릴 뿐 쉽게 입을 열지 못했다. 그가 말없이 사무실을 나서자 정윤과 국장이 걱정스런 얼굴로 바라봤다.

"무슨 일이지? 표정을 보니까 꽤 심각한 거 같은데? 그렇죠? 이 선생님……."

"그런 것 같네요."

정윤이 말끝을 흐리며 사무실 문을 열고 복도를 걸어가는 호준의 뒷모습을 바라봤다. 호준은 그대로 건물 밖으로 나와 운동장 끝자락에 놓인 벤치를 찾았다. 그의 뒤를 쫓던 정윤은 어떻게 해야 할지 몰라 갈팡질팡하다 결국 호준의 곁에 섰다.

"옆에 앉아도 될까요?"

"그래요."

호준이 긴 숨을 토해 내며 겨우 대답을 했다. 정윤은 그의 한숨 소리에 심장이 철렁 내려앉는 것 같았다.

"원장님 건강이 많이 안 좋으세요?"

"네."

호준이 머리를 긁적였다. 그러고는 어렵게 입을 열었다.

"위암 말기랍니다. 다른 장기로 전이도 된 상태고요. 길어야 2개월······. 음······."

정윤은 아무 말도 할 수가 없었다. 그 순간 친할아버지처럼 자신을 따뜻하게 보듬어 주었던 원장의 목소리가 귓가에 울려 퍼지는 것 같았다. 그리고 그의 친근한 눈빛이 눈앞에 아른거렸다.

"수술을 해도 가망이 없는 건가요?"

"네. 아······. 믿기지가 않네요."

두 손으로 얼굴을 비비는 호준의 손끝이 떨려 왔다.

"기적이라는 것도 있잖아요. 원장님 긍정적인 분이시니까 극복 가능할 거예요."

"그럴까요? 왠지 이 선생님 말씀대로 그렇게 될 거 같은데요."

호준이 엷은 미소를 지어 보이자 정윤도 따라서 웃어 주었다. 억지 미소라는 걸, 그가 슬픔을 내보이지 않기 위해 부단히 애를 쓰고 있는 걸 알기에 정윤은 마음 한구석이 몹시 쓰려 왔다.

"아버지한테 어떻게 말씀드려야 하죠? 나 그런 거 못 말하는데······. 진짜 힘든데······."

고개를 숙이고 있는 호준의 어깨에 정윤이 살며시 손을 얹었다.

"그래도 하셔야죠. 본인은 아셔야 하잖아요."

"그래요. 해야죠."

"기운 내요. 최 선생님이 기운을 내야 원장님도 기운 차리실 거예요. 우리가 힘내요. 축 처져 있으면 아이들도 금방 눈치챌 거예요. 선생님이 그랬잖아요. 여기에선 언제나 밝은 표정만 지어야 한다고요."

"그랬죠……. 알겠습니다. 기운 낼게요. 내야죠. 아자!"

그가 두 주먹을 불끈 쥐어 보였다.

모두가 잠든 시각, 호준과 정윤이 원장의 방을 찾았다. 늦은 시간임에도 불구하고 원장은 꼿꼿하게 앉아 책을 보고 있었다. 두 사람이 들어서자 그가 안경을 벗고 무슨 일이냐고 물었다.

"왜 둘이 연애라도 하기로 한 거냐?"

"네? 아버지도 참……. 이 선생님 난처하게 자꾸 왜 그러세요?"

"그럼 왜 같이 들어오냐? 이 늦은 시각에?"

"드릴 말씀이 있습니다."

호준과 정윤이 쭈뼛쭈뼛 안으로 들어와 그의 곁에 앉았다.

"뭔데?"

"낮에 병원에서 전화가 걸려 왔어요."

"병원? 무슨 병원……. 아……. 내 검사 결과 나왔구나?"

"네."

"왜 안 좋아? 낯빛이 어두운 걸 보니 그런 모양이네. 됐다. 이만 나가 봐."

"아버지……."

호준이 초조하게 그를 불렀지만 원장은 아무렇지도 않은 듯 무심하게 뱉어 냈다.

"갈 때가 되면 가겠지."

"그런 말씀이 어디 있습니까?"

"원하는 게 뭐냐? 병원에 입원을 하라는 거냐? 수술을 하라는 거냐? 그도 저도 아니면 몇 개월 있다가 죽는다는 거냐? 그럴 거면 그냥 놔두란 말이다. 나도 안다. 시간이 없다는 거……."

"원장님, 병원에 가서서 치료를 받아 보심이 좋을 듯해요."

"이 선생님 말씀도 감사하지만 전 여기에서 죽을 겁니다. 내 자식들 있는 곳에서 죽을 거예요. 죽는 건 무섭지 않은데, 이 녀석이 장가를 못 가서 그게 한이지요."

원장의 미간이 잔뜩 일그러졌다. 그는 자신의 죽음보다 호준이 반려자를 찾지 못한 것을 더 안타까워하고 있었다.

"애들한테 엄마가 있어야 하는데…… 쯧쯧……."

호준은 그것 때문에 원장의 병이 더 깊어진 것 같아 가시방석이 따로 없었다. 지난 몇 년 동안 숱하게 들어온 말……. 그럴 때마다 호준은 회피하며 한 귀로 듣고 흘러버렸었다. 지금에 와서야 깨달은 것이 한탄스러울 정도였다.

"장가가겠습니다."

"허허……. 장가를 가? 누구랑? 나 곧 죽는다면서?"

"아버지가 보라는 선 다 보겠습니다. 하루에 두 번, 세 번도 보면서 찾겠습니다."

"내가 말하지 않았어? 멀리 찾지 말고 가까운 곳에서 찾으라고……."

그의 말에 호준과 정윤의 눈이 마주쳤다. 호준이 재빨리 시선을 피하고 입을 열었다.

"이 선생님 두고 하신 말씀이란 거 잘 압니다."

"알면 됐네. 이 선생님, 우리 최 선생 어떠십니까? 마음이 조금도 없습니까?"

"네? 아…… 아닙니다. 최 선생님 참 좋은 분이시죠. 하지만 제가 아직 마음의 준비가 되지 않았어요. 누군가와 연애를 할 만큼 심적으로 편한 것도 아니고요. 아이들하고 좀 더 친해지는 게 급선무라……. 아이들이 절 아직 받아들이지 못했습니다."

"그다음은요. 이곳에 적응하고 아이들이 이 선생님을 받아들이면, 그때는 가능하다는 말씀이지요?"

원장이 그렇게 말하자 정윤도 더 그의 생각이 듣고 싶어졌다. 왜 자신인지…… 궁금했다.

"다른 좋은 분들도 많은데 왜 저하고 엮어 주시려는 건지 여쭤 봐도 될까요?"

"그건 두 분이 더 잘 아실 텐데요."

"저희가요?"

정윤이 의아한 듯 호준을 바라봤다. 곧 정윤의 머릿속에 그동안 그와 얽혔던 일들이 주마등처럼 스쳐 지나갔다. 첫인상도 좋앉고, 얼마 되지 않았지만 오래된 친구처럼 편한 것도 사실이었다. 친근하고 따뜻하고 어디 하나 나무랄 데 없는 괜찮은 남자였다. 지금 같은 상황이 아니었다면 그에게 좋은 감정을 느꼈을 것이 분명했다. 그가 농담처럼 던진 말을 떠올리면서 정윤이 눈으로 호준에게 묻고 있었다.

'당신은 어때요? 당신, 결혼은 안 한다고 그랬는데 진심이었나요? 아니면 절 안심시키기 위해 그랬던 건가요?'

호준이 말없이 눈으로 대답을 하고 있었다. 오랫동안 서로를 바라보던 두 사람은 그동안의 친근함이 단순한 친근함이 아닌, 좋은 인연으로 발전하기 위한 단계였다는 것을 깨달았다.

"저희가 좋은 관계로 발전하겠다고 하면 아버지 치료받으실 겁니까?"

"그럼, 받고말고! 두 사람 결혼하는 거 보고 죽을 수 있게 내가 저승사자 다리라도 잡고 있을 테니까. 정말 그래 줄 거니? 이 선생님, 그래 줄 겁니까?"

"네, 그럴게요."

"아이고……. 십 년 묵은 체증이 단번에 내려가는 것 같습니다. 고맙습니다. 내일 죽어도 여한이 없어요……."

"그런 말씀 마세요. 내일 병원에 꼭 가셔야 해요."

"그럼요. 이 선생님 말씀 잘 듣겠습니다."

원장이 기분이 좋은지 '허허' 거리며 웃었다.

방을 나오자 정윤이 호준을 빤히 바라봤다.

"왜요?"

"제 마음 읽으셨어요?"

"네, 아버지 말씀이 맞는 거 같던데요. 정윤 씨가 무슨 생각하는지 다 들리던데요."

"정말요?"

"진짜라니까요. 안 그러면 제가 무슨 수로 그런 말을 했겠습니까? 아무래도 우린 천생연분인 거 같아요. 그죠?"

정윤의 얼굴에 옅은 미소가 번졌다. 그러다 이내 그녀가 시무룩한 표정을 지어 보였다.

"왜 그래요? 제가 너무 앞서 갔나요?"

"그런 거 아니에요. 사실은 저 고백할 게 있어요."

"뭡니까?"

호준이 걸음을 멈추고 그녀와 마주섰다.

"연애를 해 본 적이 없어요."

"진짜요? 나 못 믿겠는데……. 남자들이 가만 놔두지 않았을 것 같은데요."

"정말이에요."

"아……. 다들 애인이 있는 줄 알았나 보다. 나처럼……."

"그랬나? 암튼, 최 선생님은 경험이 있을 테니까 잘 이끌어 주세요. 아셨죠?"

"처음 마음만 변치 않으면 배는 순항할 겁니다. 이제 한 배를 탔으니까 같이 손잡고 목적지까지 가는 겁니다."

말을 마치며 그가 정윤의 손을 잡았다. 처음으로 그의 손을 잡아 본 정윤은 손끝으로 옅은 전율이 오는 것을 느꼈다.

"손이 참 따뜻해요."

"이 선생님 손도 따뜻한데요. 졸리지 않으면 좀 걸을까요? 밤이슬 맞으면서 오순도순 얘기 나눠요."

"네."

두 사람이 복도를 지나 밖으로 나가는 모습을 물끄러미 바라보며 원장이 미소를 지었다. 곧 그의 미간이 잔뜩 일그러졌다. 배를 만지며 허리를 구부렸다. 이미 그는 자신의 삶이 다했다는 걸 알고 있었다. 하지만 그날이 언제든 그날까지만 더 살기를 바랐다.

운동장을 걸으면서 정윤이 문득 떠오른 수인이에 대해서 물었다.

"언제 얘기할 거예요?"

"해야죠. 해야 하는데, 아이가 워낙 엄마를 많이 기다려서 다른 애들보다 상처를 더 크게 받을 겁니다. 너무 어리기도 하고요."

"제가 할까요?"

"할 수 있겠어요?"

"해 봐야죠. 수인이가 절 많이 따르니까 최 선생님이 하시는 것보단 나을지도 모른다는 생각이 드네요."

"그렇죠."

"시간이 지나면 괜찮아지겠죠?"

"그럴 겁니다……. 이렇게 같이 고민을 나누니까 한결 마음이 편안해지네요. 그래서 아버지가 제 배필을 그렇게 찾아다니셨나 보네요."

정윤이 가만히 그의 손을 잡아 주었다. 처음 잡을 땐 낯설음이 있었지만 지금은 편안하기만 했다.

"근데 우리 이렇게 급진전해도 돼요?"

"아무렴 어때요? 마음이 원하고 있잖아요. 아닙니까?"

"아뇨, 좋아요."

정윤이 쑥스러운 듯 그의 어깨를 살짝 밀었다.

"어? 이게 무슨 짓입니까? 이 선생님 애교도 부려요?"

"그럼요. 애교 없는 여자 있던가요?"

"있죠."

"왜 싫으세요?"

그녀가 새침하게 쏘아붙이자 호준이 이내 그녀의 옆구리를 찌르면서 웃어 보였다.

"장난 좀 쳤습니다. 아……. 좋다. 이렇게 좋은걸……. 달이 참 밝네. 이 선생님 얼굴처럼 참 밝아요."

"저보단 최 선생님을 더 닮은 거 같은데요. 최 선생님 얼굴 빛나는 거 알아요?"

"제 얼굴이 빛나요?"

"그럼요. 여기 원장님도, 아이들도 모두 빛이 나요. 저 그 빛 보고 이곳에 온 거예요."

정윤은 이곳에 오게 된 경위를 설명하며 호준을 이해시켰다.

"그때부터 정해져 있었나 보네……."

"그런가? 암튼……. 오늘은 이만 자요. 졸리네요. 어머, 벌써 12시가 넘었어요."

시계를 들여다보며 정윤이 깜짝 놀랐다. 시간이 이렇게까지 흘러갔을 줄은 몰랐다.

"나도 졸리네. 갑시다."

두 사람은 서둘러 각자의 방으로 돌아가 자리에 누웠다. 하지만 아까와는 다르게 정윤과 호준은 쉽게 잠이 들 수 없었다. 원장으로 인해 자신들도 몰랐던 서로의 마음을 알게 된 날이라서 그런지 설렘이 계속되고 있었다. 한편으론 원장의 건강과 수인이의 문제 때문에 마음이 먹먹했다.

그날 두 사람은 오래도록 잠을 이루지 못했다.

4.
함께 가는 길

　원장과 호준이 병원에 간 사이, 정윤은 수인이와 함께 있었다. 사무실 소파에 앉아 아이와 인형놀이를 하며 최대한 아이의 기분을 즐겁게 해 주려고 노력했다.

　"선생님, 이거요. 우리 엄마가 사 준 거예요."

　아이가 분홍색 머리띠를 만지작거리며 미소 지었다.

　"그래?"

　"선생님, 크리스마스 되려면 몇 밤 자야 해요?"

　"음······. 7밤."

　"와. 그럼 우리 엄마 볼 수 있겠다."

　이때처럼 아이가 해맑게 웃었던 적이 있었던가. 정윤은 가슴이 먹먹해지는 것을 애써 참으며 아이의 손을 잡았다.

　"수인아, 선생님이 할 말이 있는데······."

사랑을 알아가는 순간

"뭔데요?"

"지금부터 선생님이 하는 말 잘 들어야 해."

"네."

아이가 초롱초롱한 눈으로 정윤의 다음 말을 기다렸다. 그녀가 천천히 입을 떼자 옆에서 지켜보는 사무국장의 입도 바짝 탔다.

"수인아, 엄마가 수인이 만나러 못 오신대."

"왜?"

아이의 눈동자가 심하게 흔들렸다.

"비행기 타고 아주 멀리 가셨어."

"비행기 타고?"

단번에 아이의 눈에 눈물이 글썽거렸다.

"왜? 왜 비행기 탔는데? 나도 비행기 타고 싶어. 엉엉."

수인의 울음이 시작됐다. 쉼터가 떠나가도록 발까지 동동 구르며 엄마를 불러오라며 정윤의 옷자락을 잡고 애원했다.

"엄마 불러 줘. 엉엉⋯⋯. 엄마 오라고 해!"

아이는 쉽사리 울음을 그칠 줄 몰랐다. 정윤도, 사무국장도 어떻게 할 수가 없었다. 달래도 보고 업어도 봤지만 아이는 받아들이지 못했다. 두 시간을 넘어 세 시간 가까이 목이 잠기도록 울어 댄 탓에 아이의 맑은 목소리는 온데간데없고 쉰 목소리가 새어 나왔다.

"수인아, 그만 울자. 자꾸 울면 목 아파. 응?"

"엄마아!"

정윤의 다급한 손길에도 불구하고 결국 수인은 뒤로 자빠져 남아 있던 눈물을 왈칵 쏟아 냈다. 국장에게는 곁에 오지도 못하게 발길질까지 서슴지 않았다. 정윤은 발악을 하는 아이를 일으켜 세우곤 자신을 바라보게 했다.

"울지 마. 선생님 얘기 들어 봐. 응?"

"엉엉……."

"선생님이 엄마가 되어 줄게."

그녀의 말에 아이는 잠깐 울음을 멈추었다. 국장도 놀라긴 마찬가지였다. 수인이는 진짜 엄마를 원하는데 정윤이 엄마가 되어 준다는 말은 무슨 의미인가 싶었다. 짧은 순간 국장의 머릿속은 무진장 복잡해졌다. 잠시 후 아이가 이내 또 닭똥 같은 눈물을 흘렸다.

"약속할게. 정말이야. 선생님이 수인이 엄마 해 줄게."

"거짓말!"

"수인아, 선생님 좀 안아 봐. 응?"

아이는 계속해서 그녀를 밀쳐 냈지만, 정윤이 그보다 더 완강하게 꼭 잡고 억지로 품에 안았다.

"따뜻하지? 진짜 엄마 품처럼 따뜻하지 않니?"

"……."

잠시 후 바동거리던 수인이 어느새 안정을 찾고 훌쩍거리며 그녀의 품에 얌전히 안겼다. 나중엔 더 파고들며 두 눈을 감았다. 그리고 몇 초 후 아이는 잠에 빠져 버렸다. 우느냐고 기력을 다 소모한 탓이었다.

국장이 자신이 안고 가겠다고 했지만 정윤이 괜찮다며 일어났다. 한동안 쭈그리고 앉아 있었더니 발까지 저렸지만, 아이가 안정을 찾았다는 것이 무엇보다 다행스러웠다.

방에 아이를 눕히고 나오려고 하니, 아이는 목에 둘렀던 팔에 더 힘을 주고 놓지 않았다. 때문에 정윤도 옆에 누워 수인이 더 깊게 잠이 들 때까지 곁에 있어 줄 생각이었다.

"저도 좀 잘게요."

"그래요. 눈 좀 붙여요."

방문을 닫고 나오며 국장이 씁쓸한 표정을 지었다.

병원에 다녀온 호준이 사무실로 들어섰다. 국장이 빠르게 일어나 물었다.

"원장님은요?"

"한숨 주무시라고 방에 모셔다 드렸습니다."

"잘하셨어요."

"이 선생님은요?"

국장이 오전에 있었던 일을 모두 털어놓았다. 그러면서 걱정스런 눈길로 호준을 바라봤다.

"이 선생님이 무슨 생각으로 그랬을까요?"

"저하고 결혼하면 가능하잖아요."

"네? 설마……. 벌써 무슨 사건이 터진 거예요? 또 저만 모르는?"

"시작 단계니까 지켜봐 주세요."

"어머머……. 정말 그런 거예요? 축하드려요. 그동안 입이 간질거려도 못 말했는데, 두 분 너무 잘 어울려요. 은근히 닮기까지 했다니까요."

"그래요?"

호준이 소리 내서 웃었다. 그러고는 정윤에게 가 보겠다면서 사무실을 나섰다.

조용히 방문을 열고 안으로 들어가자 정윤이 앉아서 수인이의 손가락을 만지고 있었다.

"안 잤어요?"

호준의 목소리에 정윤이 고개를 돌려 그를 바라봤다. 그러고는 눈인사를 하며 조용히 하라는 시늉으로 손가락으로 입을 가리켰다. 이어 자리에서 일어나 정윤이 호준과 함께 밖으로 나왔다.

"원장님은요?"

"주무십니다."

"괜찮으세요?"

"담담히 받아들이시는 것 같더라고요."

"네에……."

"이 선생님도 고생 많았어요."

"고생은요……. 이제부터 시작이죠. 가세요."

그녀가 사무실로 발걸음을 옮기자 호준이 가만히 뒤따랐다. 두 사람이 사무실로 들어서자 사무국장이 웃어 보였다.

"우리 아이들이 제일 좋아하겠어요."

"무슨 말씀이세요?"

정윤의 물음에 국장이 옅은 미소를 지으며 말을 이었다.

"최 선생님한테 다 들었어요. 두 분 시작하신다면서요?"

"어머…… 들으셨어요?"

그 순간 정윤의 볼이 붉게 물들었다. 그녀가 많이 쑥스러워하자 호준이 살며시 곁으로 다가갔다.

"애들한테는 비밀로 해야겠는데요. 애들까지 알면 이 선생님 얼굴이 홍당무로 변하겠어요."

"아이, 놀리지 마세요."

그녀가 발까지 동동 구르며 난처해하는 모습에 국장과 호준이 폭소를 터트렸다.

✻　✻　✻

일주일이 지났다. 수인은 내내 정윤의 곁을 떠날 줄 몰랐다. 다른 이들이 말을 붙이려고 하면 아이는 고개를 파묻으며 싫다고 손을 내저었다.

크리스마스이브, 남은 띠 리스와 반짝이장식으로 방이며 주방, 그리고 상담실까지 모두 꾸미고 나니까 한층 분위기가 업이 되었다. 그 와중에도 정윤은 아이의 손을 놓지 않고 있었다.

"수인아, 이따가 할머니가 케이크랑 과자랑 떡이랑 맛있는 음료수 사 오신대."

"난 할머니 없어."

수인이 퉁명스럽게 뱉어 내자 정윤이 미소를 지으며 입을 열었다.

"엄마도 생겼으니까 할머니도 생길 거야. 기다려 봐."

"엄마만 있음 돼."

아이는 그날 이후 정윤에게 계속 어리광을 부렸다. '요' 자는 사라진 지 오래전이다. 두 사람을 바라보며 호준이 입을 열었다.

"우리 수인이가 다시 아기가 되나 봐. 안 하던 응석도 부리고?"

"선생님 싫어!"

아이는 호준에게 눈을 흘기며 그녀의 뒤로 숨어 버렸다. 얼마 전 엄마는 언제 오냐는 물음에 그가 크리스마스 때 올 거라고 했기 때문이다. 본의 아니게 새빨간 거짓말이 되어 버렸으니 응당 미움을 받을 수밖에. 그는 멋쩍은 표정을 지으며 한 발 물러섰다.

갑자기 아이들의 소리침이 들려오자 정윤이 창문 밖을 바라봤다. 역시나 그녀의 부모였다. 두 손 가득 바리바리 싸 들고 걸어오는 모습을 보니, 흐뭇해 절로 미소가 지어졌다. 호준이 먼저 뛰어나가 두 사람을 맞았다.

"감사합니다. 매번 신세만 지네요."

"그런 말 말아요. 딸아이가 좋은 일 하니까 조금 거들어 주는 것뿐이네요. 최 선생님 얼굴이 더 좋아졌는데요."

옥숙이 서글서글하게 웃으며 능청스럽게 물었다. 뒤늦게 나온 정윤을 바라보며 똑같은 말을 뱉어 냈다.

"엄마도 참⋯⋯."

"어머니가 참 재미있으신 것 같습니다."

"내가 한 유머해요. 이만 들어가세요. 애들이 기다리네요."

아이들과 호준이 먼저 안으로 들어가는 동안 정윤은 부모와 그간 못 나눈 대화를 나누기 위해 일부러 천천히 걸었다.

"원장님 전화 받아서 알고 있다."

헌재의 말에 정윤이 놀란 눈치였다.

"그러셨어요?"

"너는 왜 말 못하니? 네 입으로도 듣고 싶었는데, 할 말만 하고 끊어 버리더라."

옥숙이 새침하게 쏘아붙였다.

"쑥스러움 많이 타는 거 아시면서⋯⋯. 어떻게 제 입으로 말씀을 드려요?"

"그래도 엄마한테는 말해야지. 그래야 최 선생님한테 하나라도 더 챙겨 줄 수 있잖니⋯⋯."

"뭘 챙겨 주실 건데요?"

"이것저것⋯⋯. 엄마 사랑 못 받고 자랐을 텐데⋯⋯. 아이들도 그렇지만 최 선생도 딱하더라. 원장님이 그래서 걱정이 많으신 거다."

"알아요."

"네 어깨가 무거울 거다. 최 선생 옆 자리가 보통 쉬운 자리는 아니잖니⋯⋯. 걱정이 되긴 하지만, 최 선생이 워낙 반듯한 사람이라 믿고 있다. 우리 딸도 믿고……. 잘 해낼 수 있지?"

헌재가 정윤의 어깨를 주물러 주며 물었다.

"해 볼게요. 아니, 해 봐야죠."

"그나저나 원장님이 걱정이구나. 전화로 당신 몸 상태 직접 말씀하시는데 손끝이 다 떨려 오더라. 그래, 몸은 좀 어떠시니?"

"내색을 안 하세요. 거의 방에만 계시고요."

"아이들한테 들키고 싶지 않으시겠지. 기적이라는 게 있었으면 좋겠구나."

"저도요."

"이만 들어가자. 애들 기다리겠다."

세 사람이 주방으로 들어가자 아이들과 호준이 바쁘게 손을 움직이고 있었다. 벌써 반은 차려진 상태였다. 이어 옥숙이 다른 상자에서 케이크와 과일, 과자, 그리고 치킨과 피자를 꺼내 놓았다. 그것은 여러 직업을 가졌던 정윤의 부모 솜씨였다.

"정말 다 만드신 겁니까?"

"새삼스러울 것도 없죠. 아는 사람도 자기가 케이크 만들어서 준다고 하니까."

"감사히 잘 먹겠습니다."

"그래요. 어서들 먹자."

아이들이 먹는 것만 봐도 배부른 어른들은 손을 놓고 한동안 지켜보며 미소를 지었다. 누군가에겐 어렵지 않게 허락되는 일이, 또 누군가에겐 쉽지 않은 일이라는 걸 느끼며 다들 눈시울을 붉혔다.

"원장님도 함께 드시면 좋을 텐데요."

그 순간 원장이 모습을 보였다. 그사이 많이 수척해진 얼굴을 보고 옥숙과 헌재가 걱정스런 얼굴로 말했다.

"힘드시면 방으로 들어가세요."

"아닙니다. 아이고……. 뭘 이렇게 많이 차려 오셨습니까? 정말 감사합니다."

탁자에 손을 짚은 채 아이들이 먹는 모습을 바라보며 원장은 흐뭇한 미소를 지어 보였다. 이어 한 아이가 원장의 입에 쿠키를 넣어 주었다.

"음……. 맛있구나."

원장이 탁자에 몸을 의지한 채 서 있는 모습조차 위태로워 보이자 헌재가 그의 팔을 부축해 의자에 앉혔다.

"식사 좀 하시죠."

"생각 없습니다. 아이들이 먹는 모습만 봐도 배가 부르거든요."

원장은 눈에 넣어도 안 아플 자식들을 두고 가야 한다는 생각에 가슴이 미어져 눈물이 나오려고 했지만 참고 또 참았다. 그 모습을 가만히 지켜보면서 모두들 숙연한 듯 고개를 떨어트렸다.

"이것 좀 드셔 보시겠어요?"

옥숙이 보온병에서 차를 따라 원장에게 내밀었다.

"상황버섯입니다."

"이 귀한 걸……. 감사합니다."

원장은 그녀가 따라 준 차를 한 모금씩 들이켜면서 흐뭇한 표정을 지어 보였다.

옥숙은 돌아가기 전 정윤에게 따로 준비해 온 원장의 음식을 꺼내 보여 주었다.

"이건 흑마늘이야. 식사하실 때마다 몇 개씩 드시도록 꺼내 드리고, 이건 상황버섯이니까 해 온 거 다 드시면 또 해 드려. 그리고……"

정윤은 옥숙이 해 온 암에 좋은 음식들을 하나씩 바라보면서 눈시울을 붉혔다. 그것들을 보니 현실을 직시하게 되었기 때문이다.

파티가 끝나고 아이들이 잠든 시간, 그녀는 조용히 방을 빠져나와 현관 앞에 놓인 트리를 바라봤다. 반짝거리는 전구와 상담실에서 조용히 흘러나오는 캐럴을 들으니 동심으로 돌아간 듯했다. 정윤은 아까의 걱정은 잠시 날려 버리고, 뒤늦은 분위기에 젖어 저도 모르게 흐뭇한 표정을 지었다. 그녀의 등 뒤로 호준이 모습을 보였다.

"춥지 않습니까?"

"별로요. 음악이 참 좋죠? 이브 날이 되면 엄마가 잠이 들 때까지 음악을 틀어 주곤 했어요. 그럼, 정말로 산타할아버지가 내 옆에 있는 것처럼 느껴지곤 했는데, 우리 아이들도 그럴까요?"

"물론 그럴 겁니다."

정윤은 호준에게 미소를 지어 보이곤 자신의 카드를 꺼냈다.

그리고 그것을 읽으며 아이들의 얼굴을 떠올렸다. 호준도 옆에 나란히 서서 똑같이 카드를 읽어 내려갔다.

＊　＊　＊

밤사이 조용히 눈이 내렸다. 제법 많은 눈이 내리면서 쌓이고 쌓여 온 세상을, 그리고 쉼터를 하얗게 물들였다.

창문 너머 운동장을 바라본 정윤은 발자국 흔적 없는 운동장을 보고 막 뛰쳐나가고 싶은 충동을 느꼈다. 잠시 후 단 1분 만에 그녀가 운동장 앞에 섰다. 그리고 작정한 표정으로 운동장으로 내달리기 시작했다. 정윤이 지나간 자리 뒤로 그녀의 발자국이 또렷이 새겨 있었다.

그렇게 정윤은 이리저리 뛰어다니며 자신의 흔적을 남기고 있었다. 어느새 운동장은 그녀의 발자국으로 흐트러져 있었다. 그 모습을 문득 발견한 호준이 낮게 웃음을 터트렸다. 그녀가 꼭 천진난만한 아이처럼 느껴졌기 때문이다.

정윤은 한복판까지 힘들게 걸어가 이내 대자로 누워 버렸다.

"아, 좋다."

입에서는 연신 차가운 입김이 나오는데도 뭐가 그리 좋은지 청명한 하늘을 바라보며 마냥 미소를 짓고 있었다.

"이 선생님!"

"어머!"

정윤이 서둘러 일어나다가 저만치 서 있는 호준을 발견했다.

그녀는 다시 왜 그러냐고 물었다.

"춥잖아요. 얼른 나와요."

"겨울은 원래 추워요. 꽁꽁 싸매고 있음 더 춥다고요. 선생님도 이쪽으로 와서 같이 누워 봐요! 애들 깨기 전에 눈싸움이라도 할까요?"

"나 원 참, 둘이서요?"

"왜요? 내가 여자라서 밀릴까 봐 그런 거예요?"

"나오기나 해요. 애들은 벌써 깼어요. 이 선생님 이러는 거 보고 큰 애들이 한바탕 웃었어요."

"그래요? 몇 신데 벌써 깬 거지?"

호준은 애들은 원래 무슨 날에는 일찍 깨는 법이라며 오늘이 크리스마스 날이 아니냐고 했다. 그는 아이들이 벌써 자신의 카드와 선물을 들고 방으로 들어갔다고 했다. 이번 선물은 아픈 원장 대신 호준이 준비를 했다.

정윤이 방으로 들어가니, 아이들이 제각기 캐릭터가 그려져 있는 양말을 신고 있었다.

"선생님, 양말 예쁘죠? 선생님 것도 있어요."

"내 것도?"

그녀는 한쪽에 잘 놓여 있는 보라색 양말을 바라봤다. 호준은 낭비를 막기 위해 일부러 포장을 하지 않았다. 정윤은 뜻밖의 선물을 받고 아이들처럼 미소를 지었다.

"우리 아침 먹고 남자팀이랑 눈싸움할까? 밖에 눈 오는 거 봤니?"

"네."

아이들의 시큰둥한 반응에 정윤이 다시 물었다.

"왜? 눈 오는 거 싫어?"

"겨울 되면 유일하게 우리가 할 수 있는 놀이는 눈싸움, 눈사람 만들기, 저수지 가서 눈썰매타기예요. 그런 것이 매번 반복되다 보니 이젠 재미없어요."

"그래? 난 재미있던데……."

말끝을 흐리며 정윤이 아이들의 얼굴을 살폈다. 무덤덤한 표정을 짓고 있는 것을 보니 방금 전 눈밭을 뒹굴었던 자신이 부끄럽기까지 했다. 그녀는 가만히 방을 나와 주방으로 들어갔다. 호준이 쌀을 씻고 있었다.

"양말 고마워요."

"뭘요."

그녀는 자신은 미처 준비하지 못했다며 미안하다고 했다.

"더 많은 걸 해 줬잖아요. 충분히 받았으니까 미안해하지 말아요."

"……혹시 오늘 계획 있으세요?"

"없습니다. 왜요? 애들하고 눈싸움이라도 하자고요?"

"싫다는데요."

"벌써 물어봤어요? 하긴……. 지겹기도 하겠다."

"놀러 가는 건 어때요?"

"어디로요?"

"뭐, 놀이동산은…… 좀 무리겠죠? 아니면……. 그래요! 겨울

바다 어때요? 애들 한 번도 안 가 봤죠? 너무 좋아하겠는데요?
제 머리 좋죠? 원장님도 모시고 가는 거예요. 대식구가 이동하
려면 가만…… 버스를 빌려야 하나?"

호준은 벌써 허락을 받은 것처럼 좋아라 하는 정윤을 보고 그
만 할 말을 잃었다. 그러다 문득 한 번도 다녀오지 않았음을, 아
니 못했음을 깨달았다. 대식구가 이동을 하려면 그만큼 손도 많
이 가고, 신경 쓸 일도 많았기 때문에 생각조차 해 보지 못한 일
이었다. 하지만 정윤이 곁에 있다면 국장을 포함해 셋이서 충분
히 인솔이 가능할 거라고 생각했다. 원장에게도 처음이자 마지
막 여행이 될 것이기에 무리를 해서라도 꼭 가고 싶었다.

그는 빠르게 머리를 굴렸다. 봉고차로는 부족했기에 아무래도
버스를 한 대 빌려야 할 것 같았다.

"한번 생각 좀 해 봅시다. 어차피 며칠은 눈 때문에 이동을
할 수 없으니까……."

"올해가 가기 전에 다녀와요."

"그럽시다."

점심 무렵, 사무국장이 자신의 아이들을 데리고 쉼터를 찾았
다. 그녀가 직접 만든 쿠키를 펼쳐 놓자 아이들이 옹기종기 모여
들었다. 은철만이 미간을 잔뜩 찌푸리며 한탄스럽게 뱉어 냈다.

"이젠 물려요."

은철이 손을 내저으며 저만치 달아났다. 과자를 마음 놓고 먹
을 수 없는 아이들에게 국장이 틈만 나면 구워서 가져왔기 때
문이다.

"이것아, 시중에 파는 과자가 뭐 좋은 줄 아니? 방부제, 색소, 기타 첨가물이 얼마나 많이 들었는지 알아? 이건 유기농이야!"

"그래도 아무 맛도 안 나는 과자보단 나아요. 무슨 과자가 아무 맛도 안 나?"

"그럼 넌 먹지 마라. 이젠 이 맛에 길들여져야 하지 않냐? 다른 애들처럼?"

"전 담백해서 좋아요."

지혜가 입으로 가져가며 국장의 말에 맞장구를 쳐 줬다.

"그렇지? 쟤가 뭘 몰라요. 넌 먹지 마라. 우리끼리 먹을 거다. 이 귀한걸. 없어서 못 먹는다."

사무국장의 말에 정윤과 호준이 말없이 웃었다. 그러다 호준이 국장에게 바닷가에 갈 수 있냐고 물었다. 평일 하루 날을 잡아서 새벽녘부터 이동을 할 거라고 했다. 그 말에 아이들이 먼저 한바탕 소리를 질러 대며 좋아했다.

"어휴, 녀석들아. 조용히 좀 해! 어디로 가실 건데요?"

국장이 한 아이의 입을 과자로 틀어막으며 물었다.

"강원도요!"

"서해요!"

"부산이요!"

저마다 아이들이 외치는 소리에 국장이 못 참겠는지 목소리를 높였다.

"시끄러! 자꾸 떠들면 안 가. 의견들이 분분하니 우리가 정할 거야. 니들은 그냥 따라오기만 해."

"네, 네!"

아이들은 일제히 입을 다물고 세 사람의 대화에 귀를 쫑긋 세웠다.

"장소는 다수결로 정해요. 아무래도 가고 싶은 곳으로 가는 게 나을 것 같은데요."

정윤이 먼저 자신의 생각을 말했다.

"그러죠. 자, 동해로 가고 싶은 사람?"

호준의 물음에 아이들이 손을 들었다. 뭣 모르는 아이들은 큰 애들을 따라 손을 들기도 했다.

"동해가 가장 많군요. 됐죠?"

"올해는 동해로 가고, 다음에는 서해로 가고……. 그렇게 하자."

"진짜요?"

"그럼, 이건 약속이야. 약속한 건 꼭 지킨다. 그게 내 철칙이야."

정윤의 말을 끝으로 아이들이 일제히 고개를 끄덕거렸다.

그녀가 온 이후, 새로운 시도를 하는 쉼터에는 활발한 기운이 넘쳐 났다.

날씨가 어느 정도 풀리자 그들은 바닷가로 떠나기 위해 준비를 시작했다. 밤사이 준비를 하고, 새벽에 출발을 하기로 했다. 원장도 흔쾌히 동행을 하기로 했다.

새벽 3시, 쉼터 가족들이 일제히 버스에 올랐다. 버스에 타지 못한 열 명의 큰 아이들은 봉고차에 올랐다.

이윽고 한 대의 봉고차와 한 대의 버스가 쉼터의 정문을 통과했다. 그리고 구불거리는 시골길을 달려 마을을 벗어나 고속도로에 진입했다. 그쯤 되자 정윤과 국장의 눈꺼풀이 감기기 시작했다. 잠 한숨 자지 못하고 아이들의 주먹밥을 만들었기 때문이었다.

달리고 달리기를 세 시간쯤, 덜컹거림에 정윤이 눈을 떴다.

"어디예요?"

이정표를 보니 정동진에 거의 다 온 모양이다.

"조금만 가면 됩니다. 피곤하죠?"

먼저 잠에서 깬 국장이 하품을 하며 피곤한 듯 물었다.

"저만 그런가요? 다 그렇죠. 어묵 먹고 싶다. 어묵은 제가 쏠 게요."

잠시 후 바닷가 주차장으로 차가 들어섰다. 즐비하게 서 있는 작은 포장마차에는 먼저 여행을 온 사람들로 북적거렸다. 연말이라서 그런지 꽤 많은 사람들이 눈에 띄었다. 관광버스를 포함해 가족 단위로 온 사람들, 연인, 가지각색이었다.

"애들이 깰 수 있으려나……."

"깨워야죠. 수인이만 안으면 될 거 같아요."

잠시 후 먼저 주차를 마친 호준이 버스에 올라 정윤과 국장을 바라봤다. 호준이 날이 따뜻해서 다행이라며 내리자고 했다. 그 사이 아이들도 눈을 뜨고 자리에서 일어났다.

몇 년 전과 달라진 정동진, 공사를 하는 중인지 이곳저곳 어수선했다. 그녀는 수인을 안고 바닷가 쪽으로 천천히 걸음을 옮겼다.

큰 애들, 작은 애들 할 것 없이 바닷가로 치달리는 모습을 언제 준비했는지 국장이 카메라를 꺼내 연신 셔터를 눌러대며 찍고 있었다.

"이 선생도 수인이하고 한 컷 찍어요."

"네, 찍어 주세요. 수인아, 김치!"

사진이 잘 찍혔는지 확인하는 국장의 눈에 아이를 안고 있는 정윤의 모습은 영락없이 아이 엄마 같았다.

조금은 매섭게 치는 파도를 보고 수인이 잔뜩 움츠렸다. 하늘을 나는 갈매기를 연신 신기한 듯 바라보기도 했다. 수인이뿐만 아니라 쉼터의 모든 아이들이 작은 거 하나하나를 신기하게 바라봤다. 그 유명하다는 모래시계 앞에선 누구랄 것 없이 포즈를 취하며 사진을 찍었다.

한참 자유 시간을 보내는 아이들을 정윤이 불러 모았다.

"우리 어묵 먹으러 가자. 출발!"

마다할 이유가 없었다. 아이들이 쏜살같이 몰려와 저마다 한 개씩 집어 들었다. 한 아이, 수인보다 한 살 많은 아이가 자신을 안아 달라고 했다. 그래서 호준이 안아 주었더니 녀석이 대뜸 입을 열었다.

"저 국물 다 먹고 갈래요. 아줌마, 그래도 되죠?"

"하하하. 그려, 다 먹고 가라."

사랑을 열어가는 순간

아이의 천진난만한 물음에 모두를 한바탕 웃어젖혔다. 그리고 아이들의 눈은 다시 바다에 꽂혔다. 다신 못 볼지도 모른다고 생각하는지 이참에 눈과 마음에 꼭꼭 심어 두려는 심보 같았다. 원장도 마찬가지였다. 그의 곁으로 가만히 호준이 다가섰다.

"좋으세요?"

"좋으냐고? 당연히 좋지. 바다를 본 게 얼마 만인지⋯⋯. 50년 만인가?"

"그렇게 오래되셨어요?"

"바다 보러 갈 시간이 어디 있었나? 우리 이 선생님 아니었으면 죽기 전에 못 봤지. 좋은 추억 만들었네⋯⋯."

"저건 뭐예요?"

갑자기 수인이 어딘가를 가리키며 소리쳤다. 정윤은 아이가 가리키는 곳을 바라보았다. 과학관이라고 쓰여 있자 그녀가 호준을 설득했다.

"우리 저기도 가요. 네?"

호준도 이런 기회가 자주 오는 것이 아니기 때문에 온 김에 아이들에게 눈요기를 확실히 해 주고 싶어 단번에 수락을 했다.

어묵을 먹고 난 후 그들은 아이들을 데리고 해양**과학관이라고 쓰인 건물 안으로 들어갔다. 아이들은 들어서자마자 신기한 듯 이곳저곳 뛰어다니며 탄성을 질러 댔다. 생전 처음 보는 물고기와 공룡화석이 전시되어 있었다. 아이들은 진지한 모습으로 저마다 심취해 있었다.

정윤이 그런 아이들을 닥터피시 체험존 앞으로 불러 모았다.

흩어졌던 아이들이 일제히 그녀의 앞으로 몰려들며 동시에 물속으로 손을 집어넣었다.

"악, 물고기가 내 손을 깨물었어."

"간지러워……."

"선생님도 해 보세요. 원장님도요."

"네가 해 보거라."

원장의 재촉에 호준이 두 손을 걷어붙였다.

"그럴까요?"

옆에 가만히 서 있던 호준이 두 손을 물속에 집어넣자 저만치 도망쳤던 물고기 떼가 한꺼번에 그의 손앞으로 모여들었다.

"으앙, 징그러워요. 물고기가 선생님 손을 깨물어요. 우와, 되게 많아요."

수인이 정윤의 뒤에 숨으며 얼굴을 찡그렸다.

"수인아, 저 물고기가 선생님 손에 있는 상처를 치료해 주는 거야."

그렇게 말해 놓고 정윤은 아무도 모르게 낮은 한숨을 토해 냈다. 그리고 첫 대면을 했을 때 상처로 얼룩졌던 호준의 손을 떠올렸다. 언제 다쳤는지 모를 호준의 오른쪽 손가락의 상처가 유독 눈에 띄었다. 깊게 파인 걸 보니 상처가 깊었던 모양이었다. 몇 바늘은 꿰매야 할 상처였지만 병원에는 가지도 않은 듯했다. 정윤은 안타까웠지만 호준은 아무렇지도 않은 듯 무표정이었다. 가끔 아이들을 바라보면서 미소를 지어 주고 있었다.

관람을 마치고 아이들보다 먼저 건물 밖으로 나온 호준이 하늘을 올려다보았다. 눈발이 날리기 시작하자 호준이 서둘러 올라가야겠다고 했다. 그의 말에 아이들이 아쉬운 듯 한숨을 뱉어냈다. 그러자 정윤이 새끼손가락을 들어 보였다.

"선생님이 분명히 약속했는데. 우리 내년에도 오기로 했잖아. 그러니까 오늘은 이만 올라가자. 안 그럼 눈 때문에 못 올라갈지도 몰라."

"알았습니다!"

"그럼! 이만 갈까? 우리 모두 주차장으로 출발~"

정윤의 지시에 아이들이 일제히 주차장 쪽으로 힘차게 뛰어갔다.

"이 선생님 아이들 다루는 솜씨가 아주 제법인데요?"

국장의 칭찬에 정윤이 손을 내저었다.

"우리 아이들이 착해서 그래요. 안 그래요? 원장님?"

"제 생각엔 둘 다인 거 같습니다."

"어쨌든 오늘 오길 참 잘했어요. 우리 아이들 저렇게 좋아한 적 없잖아요. 이 선생님 덕분에 아이들 얼굴에서 빛이 나요."

국장이 계속해서 칭찬을 하자 정윤은 쑥스러웠다. 그녀는 세 사람을 뒤로하고 아이들의 뒤를 바짝 쫓아갔다.

"이 선생님도 다른 선생님들처럼 며칠 못 버틸 거라고 생각했는데, 참 다행이네요. 이 선생님은 정말 천사 같아요."

국장이 대견스럽다는 듯 멀어져 가는 정윤을 바라보자 호준은 대답 대신 가만히 미소를 지었다.

"이번엔 최 선생의 안목이 탁월했지요."

"그럼요. 아주 탁월해요."

"두 분 다 왜 그러십니까? 저도 갑니다."

호준도 쑥스러운 듯 정윤의 뒤를 쫓기 위해 내달렸다.

"최 선생이 마음잡을 곳을 찾은 것 같아서 이제야 한시름 놓았습니다."

"놓으셔도 되겠어요. 이 선생님이랑 결혼까지 골인할 거라고 장담합니다."

"저 없어도 국장님이 잘 좀 도와주세요."

"그런 말씀 마세요. 눈이 더 오네요. 서둘러야겠어요. 제 손 잡으세요."

국장의 부축을 받으며 원장이 걸음을 재촉했다.

돌아가는 길은 해안도로를 선택했다. 아이들이 조금이라도 바다를 더 볼 수 있게 하기 위함이었다. 하지만 차에 올라탄 아이들은 조금 후에 모두 잠에 빠져 버렸다. 새벽같이 일어난 탓이었다.

강원도를 벗어나기도 전에 함박눈으로 변했다. 때문에 가는 동안 심한 교통체증에 피곤했지만 무엇보다 마음만은 보람되고 기쁜 하루였다. 네 사람 다 같은 생각을 하는지 옅은 미소를 지었다.

5.
예상하지 못한 일

아침 식사 후 호준이 정윤을 찾았다. 그는 집안 사정으로 결근을 한 국장 대신 정윤에게 중요한 일을 맡기기 위함이었다.

"오늘 아이들 두 명이 이곳으로 오기로 되어 있다는 건 아시죠?"

"그럼요."

"그쪽에서 전화가 왔는데……."

다른 아이들이 해외로 입양을 가는 날짜가 변경되는 바람에 데리고 올 수가 없다는 것이었다.

"내일 데리러 오라는데, 아이들 입장에선 안 좋은 영향을 받을 수 있거든요. 아무래도 이 선생님이 데리러 가야 할 것 같습니다."

"그래요. 제가 다녀오겠습니다."

"운전할 줄 알죠?"

"그럼요. 어디예요?"

"이 선생님도 아실 겁니다. 여기 소개시켜 준 시설이요."

"아……."

호준은 내비게이션이 잘 알려 줄 거라면서 그녀에게 키를 건넸다.

"제가 갔으면 좋겠는데, 아이들이 남자는 무서워한답니다. 꼭 여선생님이 오셔야 한다고 신신당부하네요."

"걱정하지 마세요. 제가 잘 데리고 올게요. 그럼, 다녀올게요."

"조심해요."

"네."

운동장까지 쫓아와 배웅을 한 호준은 차가 멀어질 때까지 눈을 떼지 못했다. 왠지 마음이 놓이지 않는 이유가 뭘까 생각하며 한숨까지 뱉었다.

내비게이션이 알려 주는 대로 운전을 하는 정윤의 표정은 평온하기만 하다. 그녀는 쉼터를 떠난 지 두 시간 만에 목적지에 도착했다. 그녀가 차에서 내리자 그때 만났던 남자가 반갑게 맞아 주었다.

"또 뵙네요."

"안녕하세요?"

"선생님이 오실 줄 몰랐습니다."

"국장님 대신에 왔습니다."

"암튼 반갑습니다. 어서 안으로 들어오시죠. 아이들이 기다리고 있습니다."

"네, 저도 빨리 만나고 싶어요."

그녀가 남자와 함께 서둘러 안으로 들어가자 사무실 소파에 어린 여자아이 두 명이 앉아 있었다. 아이들은 정윤을 경계의 눈초리로 바라봤다.

"안녕? 만나서 반갑다."

정윤이 아이의 볼을 쓰다듬어 주었다. 7살쯤 되었을까. 아니면 더 어릴지도 모르겠다.

"몇 살이에요?"

"둘 다 6살입니다."

"네에……. 우리 수인이가 너무 좋아하겠어요. 또래가 없어서 심심해했는데……. 선생님한테 이름 좀 가르쳐 줄래?"

"민정이……."

"민정이?"

"얘는 지수예요."

"으음……. 민정이하고 지수……. 이름도 너무 예쁘구나. 그럼, 이제 새로운 집으로 갈 건데 준비되었니?"

"……."

아이들이 남자를 바라봤다. 그러자 그가 곁으로 다가와 무릎을 꿇고 앉았다.

"새로운 집으로 가면 친구하고 언니, 오빠들도 많아."

"다시 헤어지지 않아도 돼요?"

"그럼, 절대 헤어지는 일 없을 거야."

오늘 아이들과 친하게 지내던 언니가 해외로 입양을 가 버렸다. 선택받지 못한 아이들은 갈 곳을 찾지 못하다가 소식을 들은 최 원장이 데리고 가기로 결정을 한 것이었다.

"갈 길이 머니까 이만 서두를게요."

"네, 그렇게 하십시오. 눈까지 오려는지 하늘이 잔뜩 흐리네요."

"그러게요. 그럼 다음에 뵙겠습니다."

"민정이, 지수……. 잘 가렴."

"안녕히 계세요."

아이들은 그에게 인사를 해 보이곤 정윤을 따라 그곳을 나섰다.

출발한 지 30분 만에 눈발이 날리기 시작했다. 정윤은 백미러로 아이들을 바라보며 말을 붙였다.

"음악 다른 걸로 틀어 줄까?"

출발을 하기 전 아이들의 기분을 맞춰 주기 위해 동요를 틀었었다.

"……."

"배고프지 않아?"

"……."

"괜찮아. 선생님 무서운 사람 아니야. 하고 싶은 얘기해도 돼."

"……."

아이들은 쉽게 입을 열지 않았다. 그 순간 차가 덜컹거리더니 이내 멈추었다.

"어머, 이게 왜 이래?"

정윤은 갑작스럽게 차가 멈추자 당혹함을 감출 수 없었다. 그녀의 놀란 모습에 아이들이 잔뜩 겁을 집어먹었다. 눈발은 더 거세지고, 한적한 도로라 지나가는 차도 몇 대 없었다.

"전화를 해 보자. 괜찮을 거야."

그녀는 휴대폰을 꺼내 호준에게 전화를 걸었다. 연락을 받은 호준이 조치를 취해 주었지만, 눈이 갑자기 많이 내리는 바람에 도로는 한순간에 마비가 되어 버렸다. 일순간에 전화까지 불통이 되어 버리자 정윤은 눈앞이 캄캄했다. 이젠 호준에게 연락을 취할 방법도 없었다. 견인차가 올 때까지 기다리는 수밖에는.

"갑자기 폭설이 내릴 게 뭐람……. 춥지? 선생님이 뒤로 갈게."

정윤은 차에서 내려 아이들이 있는 뒷좌석에 올라탔다. 그녀는 아이들의 겉옷을 더 여며 주고 양팔에 두 아이를 껴안아 따뜻하게 해 주었다. 그리고 곧 그녀의 입에서 동요가 흘러나왔다. 아이들은 그녀의 품 안에서 조금씩 안정을 찾고 있었다.

사무실에 앉아 정윤의 전화를 기다리는 호준은 초조함에 이리저리 서성거렸다. 전화를 걸어도 연결이 되지 않아 애가 바짝 탔다. 보험사에 연락하니 기사는 두 시간 전에 출동을 한 상태지만, 도로 여건이 좋지 않아 지연이 되고 있다는 말을 들었다. 그것은 그녀가 길 한복판 멈춰진 차 안에서 아이들과 오돌오돌 떨고 있다는 걸 말해 주고 있었다.

"아직 연락이 닿지 않는 거냐?"

원장도 걱정이 되는지 안절부절못했다. 초행길인데다 눈까지 내려 걱정이 이만저만이 아니었다.

"차가 고장이면 히터도 안 돼서 추울 텐데……. 새 차로 바꿔야겠다. 위험해서 안 되겠어."

"네."

착잡한 심경에 호준이 안경을 빼고 눈을 비볐다. 그리고 창밖을 바라보며 한없이 내리는 눈을 원망스럽게 바라보았다.

"우리가 오늘 날을 잘못 잡았다. 콜록……."

원장의 기침 소리에 호준이 서둘러 그를 바라봤다. 시한부인생을 사는 그에겐 약한 감기도 치명적일 수 있었다.

"아버지, 들어가서 쉬세요. 이 선생님은 괜찮을 겁니다. 어서요."

원장의 기침 소리가 더 심해지자 호준이 재촉을 하며 그의 팔을 잡아끌었다. 그 순간 은철이 사무실 문을 열더니 정윤이 도착했다고 소리쳤다. 원장과 호준의 시선이 일제히 창문 밖에 닿았다.

운동장 한복판에 보험사 차량이 멈춰 서 있고, 그 옆으로 정윤과 아이들이 서 있었다. 정윤이 기사에게 고개를 조아리자 기사가 웃으며 다시 차에 올랐다. 차가 유유히 사라지는 동안 호준은 꼼짝도 못하고 있었다. 다른 때 같았으면 허둥지둥 서둘러 뛰어나갔을 텐데, 정윤의 얼굴을 보니 한순간에 안도감이 밀려와 오금이 다 저려 왔다.

"안 나가고 뭐하고 있나?"

원장의 물음에 호준이 정신을 차렸다.

"나가야죠."

그가 서둘러 사무실을 빠져나가 안으로 걸어 들어오는 정윤 앞에 섰다.

"이 선생님……."

"최 선생님."

호준이 서둘러 곁으로 다가와 그녀를 끌어안았다. 정윤은 너무 갑작스런 일에 깜짝 놀랐지만 이내 그를 받아들였다.

"……걱정 많이 하셨죠? 다행히 기사분이 친절하게도 여기까지 데려다 주셨어요. 전화는 기사님 것도 불통이라 연락 못 드렸어요."

"무사해서 다행입니다.

"차는 견인차가……."

"연락 올 겁니다. 그건 걱정 마세요. 이참에 확 폐차시켜 버리고 새 차 사야죠. 10년도 더 탄 건데 버릴 때도 되었어요. 추운데 들어가시죠……. 아, 인사가 늦었네."

그제야 정윤의 옆에 서 있는 아이들에게 눈길이 닿은 호준이 무릎을 굽혀 아이들을 바라봤다.

"앞으로 잘 지내보자."

아이들이 정윤의 뒤에 숨었다.

"인사는 들어가서 해요."

"그럽시다."

호준이 아이들의 가방을 받아 들고 먼저 안으로 들어갔다. 그 뒤를 정윤이 따르며 안으로 들어가자 수인이가 별안간 소리를 빽 지르며 그녀의 손에서 아이들을 분리시켰다.

"우리 엄마야! 만지지 마! 너희들 집에 가!"

수인이의 소리침에 안 그래도 기가 잔뜩 죽은 아이들은 더 움츠러들었다. 그 틈을 타서 영선이와 지혜가 나섰다.

"새 동생들은 저희가 데리고 갈게요. 수인이 한참 울었어요. 달래 주세요."

아이의 얼굴은 눈물 자국으로 엉망인 상태였다. 정윤은 서둘러 수인이를 안고 눈을 맞췄다.

"왜 울었어?"

"선생님이 안 와서……."

"선생님 아무 데도 안 가. 친구들 데리러 갔다 온 거야."

"나 저 애들 싫어."

"수인아, 이제부턴 우리 가족이야. 잘 지내야 하는 거야."

"아냐. 선생님은 내 거야."

수인이는 더 정윤의 목을 끌어안으며 떼를 썼다. 호준이 안타깝게 바라보자 정윤이 소곤거리듯 입을 열었다.

"시간이 필요할 거예요. 지켜보세요."

그렇게 말하고 난 뒤 정윤은 수인이를 안은 채 걸음을 옮겼다. 사무실로 들어서자 원장이 따뜻한 차를 건넸다.

"고생 많이 했습니다."

"아닙니다. 원장님 안색이 많이 안 좋으세요."

또다시 원장의 기침 소리가 들려왔다.

"그럼 저는 이만……. 좀 쉬어야 할 것 같습니다."

"네, 어서 들어가 쉬세요."

정윤과 호준의 얼굴에 시름이 한가득이다. 새로운 아이들이 적응을 하려면 당분간 그 아이들에게 정성을 쏟아야 하는데, 원장의 모습을 보니 조급함에 마음이 더 급해지는 것 같았다.

수인이를 안고 방으로 들어선 정윤은 큰 아이들이 민정과 지수를 각각 무릎에 앉히고 책을 읽어 주는 모습을 보고 흐뭇한 표정을 지어 보였다.

"수인아, 친구들 없어서 심심했었잖아. 같이 놀까?"

"아냐. 싫어, 싫어."

아이가 울상을 지으며 진절머리 나도록 고개를 저었다. 한순간 평온함이 깨지자 모두의 시선이 두 사람에게 닿았다.

"수인아, 너도 와. 언니가 책 읽어 줄게. 응?"

영선이 손짓을 했지만 수인이가 무시하며 고개를 돌려 버렸다. 이어 정윤이 안으로 들어서 그들의 맞은편에 앉아 수인이를 무릎에 앉혔다.

"민정아, 지수야. 얘는 수인이야. 너희들이 먼저 인사해 줄래?"

"안녕?"

민정이 수줍게 인사를 건넸지만 수인이는 받아 주지 않았다. 그리고 지수는 여전히 경계를 하며 눈치를 살폈다. 그 남자의 말이 마음에 걸렸다. 지수는 입양되었다가 몇 개월 만에 파양되어 돌아온 아이였다. 그는 지수의 상처가 유독 심하다면서 아이의 상처를 잘 보듬어 줄 것을 신신당부했었다.

정윤은 어떻게 해야 아이들의 마음이 열리고, 수인이가 이들을 받아들여 줄지 곰곰이 생각에 빠졌다. 그러다 생각난 것이 요리였다. 같이 음식을 만들다 보면 경계심이 조금은 늦춰지지 않을까 싶었다.

"선생님하고 요리할까?"

"요리요?"

"응. 어떤 요리해 볼까? 음⋯⋯. 아, 떡볶이 어때?"

"좋아요."

"그럼 우리 다 같이 주방으로 고고씽!"

정윤이 수인이의 손을 잡고 일어났다. 그리고 다른 아이들은 지수와 민정의 손을 잡았다.

주방으로 들어선 정윤이 냉장고 문을 열고 떡볶이와 어묵, 그리고 갖가지 야채를 꺼내 놓았다.

"영선이하고 지혜는 애들하고 이 야채 좀 씻어 줄래?"

"네."

"그리고 수인이하고 민정이, 지수는 선생님하고 양념장 만들

자. 자, 여기 소금, 설탕, 고춧가루, 마늘, 깨, 고추장……."

그녀가 양념장을 일렬로 내려놓았다. 그러고는 아이들에게 소
금과 설탕, 깨를 맛보게 해 주면서 어떠냐고 물었다.

"소금은 짜요. 설탕은 달고요. 깨는 고소해요."

"그래……."

"민정이는 어때? 지수는?"

"저도 얘랑 똑같아요."

"……."

지수는 말이 없었다. 아이는 조금도 표현을 하지 않았다. 얼
굴을 보면 무슨 표정인지 알 수가 없었다.

"그래……. 자, 그럼 이걸 조금씩 섞는 거야. 수인이는 소금
을 맡고, 지수는 설탕, 민정이는 깨를 맡는 거야. 선생님이 넣으
라고 하면 이 숟가락으로 넣는 거다."

"네!"

정윤이 중간 크기의 볼을 가져와 물을 담고 고춧가루와 고추
장을 넣었다. 아이들은 자신의 순서를 기다리며 정윤을 지켜보
고 있었다.

"자, 뭐부터 넣을까? 우리 가위바위보 할까?"

"네, 좋아요."

수인이와 민정이는 요리가 무척 재미난 모양이었다. 아이들을
잔뜩 경계하던 수인이는 온데간데없었다.

"자, 그럼. 안 내면 술래 가위바위보!"

그녀의 지시에 고사리 같은 세 손이 모였다. 먼저 지수가 이

겼다.

"와! 우리 지수가 일등."

정윤이 한참 오버를 해 주며 좋아하자 지수의 입꼬리가 살짝 올라갔다.

"여기다 세 숟가락 넣자. 세 번 넣는 거야."

아이는 가만히 숟가락을 들어 한 숟가락 퍼서 그릇에 털어 넣었다. 그 모습을 가만히 지켜보면서 다른 아이들은 빨리 자신의 차례가 왔으면 하고 바랐다.

게임을 하면서 아이들은 조금씩 친해지는 것 같았다. 야채를 손질할 때도 게임을 했는데, 나중엔 차례대로 순서가 정해져 서로 잘하라면서 다독여 주었다.

"손 다치면 안 돼."

민정의 말에 수인이가 진지한 표정을 지으며 야채를 썰기 시작했다.

"이것 좀 잡아 줄래?"

수인이의 말에 그동안 가만히 있던 지수가 얼른 파 끝을 잡아 주었다.

"그래."

아이들이 협동을 하며 야채를 써는 모습에 정윤이 흐뭇한 미소를 지어 보였다.

"와, 요리대회라도 하는 겁니까? 다들 너무 진지한데? 우리 남자팀만 쏙 빼놓고 이러깁니까?"

호준이 펼쳐진 광경을 바라보며 입을 다물지 못했다.

"남자팀은 설거지예요."

"우리도 요리 잘하는데? 그렇지?"

"그럼 저녁은 남자팀이 하면 되잖아요. 그렇죠?"

"같이 오순도순하면 안 되나? 난 같이하고 싶은데……."

그가 정윤의 곁으로 다가가려고 하자 옆에 서 있던 은철이 호준을 가로막았다.

"사랑싸움은 두 분이 계실 때나 하시죠. 정말 너무한 거 아닙니까? 다 보는데 꼭 그러셔야겠어요?"

은철이 어이가 없다는 표정을 지으며 혀를 끌끌 찼다. 그 모습에 호준이 두 눈을 동그랗게 뜨며 대답했다.

"너희들하고 항상 같이 있어야 하는데 우리가 언제 따로 있을 시간이나 있냐? 우린 잠도 너희들하고 같이 잔다."

"어? 그럼 두 분 진짜로 사귀는 겁니까? 난 그냥 농담으로 한 건데……."

"뭐?"

"딱 걸린 거네?"

은철이 웃어 보이자 호준이 멋쩍어하며 눈을 피했다. 본의 아니게 딱 걸려 버린 두 사람의 관계는 그렇게 탄로가 나 버리는 순간이었다.

"아니야. 최 선생님하고 나는 좋은 친구 사이일 뿐이야."

"정말이세요?"

"그럼. 우린 마무리 지어야 하니까 남자들은 좀 빠져 줄래? 다 되면 부를게. 어서 나가."

그녀가 아이들을 문으로 밀어붙이며 내쫓았다. 같이 쫓겨 나오는 호준은 심드렁한 표정을 지어 보였다. 분명 서로 좋아하고 사귀는 관계면서 왜 거짓말을 할까싶었다.

"잠깐, 잠깐만요!"

호준이 발끝에 힘을 주고 버티고 서며 외쳐 대자 정윤이 왜 그러냐고 물었다.

"우리 저녁엔 운동장에 모닥불 피울까요?"

"와, 근사한데요. 좋아요. 민정이랑 지수 환영파티 해 줘요!"

"알겠습니다. 저녁은 우리 남자팀이 준비합니다."

점심 식사를 맛있게 하고 난 후 각자 시간을 보내는 동안 호준이 정윤을 사무실로 불렀다. 그녀의 곁에는 수인이와 민정, 지수가 함께였다. 호준은 잠시 망설이다 아이들의 상황을 고려해 곁에 있게 하는 편이 나을 것 같아 그대로 두었다.

"선생님들끼리 얘기 나눠야 하니까 너희들은 그림 그리자."

그가 종합장과 색연필을 나눠 주자 아이들이 그것을 받아 들고 일제히 고개를 수그렸다.

"앉아요."

"왜요? 무슨 하실 말씀이라도 있으세요?"

"그럼요. 있습니다."

호준의 목소리에 서운함이 잔뜩 묻어 있었다.

"우리 연애하는 중 아닙니까?"

"맞아요."

"그런데 왜 아이들한테는 아니라고 하셨어요?"

"혹시 그거 때문에 맘 상하신 거예요?"

"그럼요."

"그렇다면 마음 푸세요. 아직 시기상조인 거 같아서 그랬어요. 우리 사이가 좀 더 진전되면 그때 말해도 늦지 않는다고 생각했어요."

아이들은 그림을 그리면서 두 귀를 쫑긋 세우고 있었다. 잠시 후 수인이가 대뜸 물었다.

"선생님, 여기 선생님이랑 결혼할 거야?"

"어?"

"연애한다고 했잖아. 연애는 둘이 사귀는 거야. 그렇지, 애들아?"

수인이가 두 아이를 바라보며 묻자 아이들도 고개를 끄덕거렸다. 6살 아이들이라 모를 거라 생각한 것이 오산이었다.

"아니야. 우리는 친구야. 좋은 친구……."

아이들은 두 눈만 말똥말똥 뜨고는 대답이 없었다. 두 사람은 다 안다는 식의 아이들의 표정을 보니 난감하기 짝이 없었다.

＊　＊　＊

호준이 모닥불 피울 준비를 시작했다. 겨울이라 날이 금방 어두워지기 때문에 모두들 분주하게 손을 놀렸다.

그는 남자아이들과 함께 운동장 한가운데에 나무를 척척 쌓아 놓고, 정윤은 여자아이들과 함께 고구마와 감자를 호일에 싸는 일을 했다. 그녀는 옆에서 고사리 같은 손으로 감자를 싸고 있는 수인이와 민정이, 지수를 바라봤다. 아이들은 정윤과 눈이 마주치자 함박웃음을 지었다. 그녀는 아이들의 겉옷을 더 여며 주고, 풀린 목도리를 잘 둘러 주었다. 그나마 날이 매섭게 춥지 않아 다행이었다.

모든 준비가 끝이 나자 호준이 불판을 얹고 고기를 올려놓았다. '치직' 고기 굽는 소리에 아이들의 표정이 환하게 폈다. 운동장은 고기 냄새로 가득하고, 연기가 피어오르는 동시에 날도 어두워지고 있었다. 서쪽 하늘에 걸려 있는 옅은 노을과 함께 연기가 허공으로 사라지고 있었다. 아이들이 모닥불을 중심으로 빙 둘러앉았다. 그러고는 젓가락을 들고 빨리 고기가 익기를 기다리고 있었다.

그렇게 시간이 지나는 동안 익은 고기들이 아이들의 뱃속을 채워 주고 있었다. 원장은 몇 점 먹은 뒤 즐거운 시간을 보내라며 안으로 들어갔다. 그는 힘든 몸을 이끌고 조금이라도 아이들과 함께하려고 애썼다. 하지만 생각만큼 쉬운 일이 아니었다. 잠시 후 호준이 은철이를 앞으로 불러내었다.

"우리 은철이를 시작으로 한 해를 마무리하는 소감, 새해 계획과 다짐을 말해 보는 시간을 갖도록 해 보자. 모두 찬성이지?"

호준이 손가락으로 표시를 해 보이자 아이들이 일제히 찬성을 했다. 이어 은철이를 시작으로 아이들은 모닥불이 활활 타오르는 불길 앞에서 2011년을 보낸 소감과, 맞이하는 2012년의 계획과 다짐을 말했다.

"전 주님이 저희들을 위해서 이 선생님을 쉼터로 보내 주신 것 같아요……. 감사드려요."

영선이는 할 말이 많은 듯했지만 눈물 때문에 더 잇지 못하고 끝맺었다. 아이들의 얘기를 듣고 있던 정윤의 볼에도 따뜻한 눈물이 흘러내렸다.

"자자, 다들 돌아가면서 새해 소망 얘기했으니까 이젠 고구마 먹고 들어가자."

"에이, 벌써요?"

"날이 춥다. 들어가야 해."

"안 추워요!"

큰 아이들이 저마다 소리를 지르며 더 놀기를 바랐다. 그러던 중 은철이 느닷없이 진실게임을 하자고 제안했다.

"진실게임? 너희들이나 해."

호준이 어이가 없는 듯 웃으며 손을 내저었다.

"안 돼요. 저희는 꼭 알고 싶은 게 있단 말이에요."

은철이 앞으로 나서며 자신의 얘길 아이들이 믿어 주지 않는다면서 꼭 말해 달라고 했다.

"무슨 얘기? 지금 나랑 진실게임을 하자고?"

"이 선생님도 같이요."

"나?"

정윤도 깜짝 놀라며 다시 되물었다.

"무슨 질문인데? 그냥 물어봐."

은철은 쉽게 대답하지 못할 거라며 진실게임을 하자고 우겼다.

"도대체……. 그래, 좋아. 진실게임을 하자고 했으니까 룰은 알고 있겠지? 대답하기 곤란하면 뭘 해야 되는 거냐?"

"노래요."

"노래?"

"어머, 나 노래 잘해. 얼마든지 물어봐."

"에이, 그럼 선생님은 춤이에요."

그 말에 정윤이 자리에서 일어나며 그런 게 어디 있냐고 했다. 그녀는 몸치라 춤은 절대로 못 추겠다는 말도 덧붙였다.

"그럼, 대답해 주시면 되죠."

"왜 하필 우리야?"

"그거야, 진실을 알고 싶으니까요."

녀석의 말에 정윤이 손을 내저으며 없던 걸로 하자고 했다. 낮에 있었던 일을 캐물으려는 모양이었다.

"해야 해요."

"왜?"

"저희한텐 아주 중요한 문제니까요."

지혜의 말에 일순간 주위가 조용해졌다. 하지만 그것도 잠시, 갑자기 일기예보에 없던 비가 내리기 시작하면서 금세 운동장은 아수라장이 되었다. 어찌나 갑작스럽게 폭우가 쏟아지는지 잠깐 사이에도 옷이 다 젖을 정도로 많은 양이었다. 정윤과 호준은 서둘러 아이들을 안으로 들여보냈다.

"아이들 옷을 갈아입혀야 해요. 이러다간 감기에 걸릴 거예요."

그녀가 여자아이들을 데리고 들어가자 호준도 남자아이들을 데리고 들어갔다. 하지만 아이들을 갈아입히느냐고 정윤은 젖은 옷을 벗지도 못했다. 그 바람에 그녀는 온몸에 추위를 느끼기 시작했다. 서둘러 아이들을 자리에 눕히고 그제야 마른 옷으로 갈아입고 그녀도 자리에 누웠다.

"다들 괜찮니? 어디 아픈 애들 없어?"

"네, 안 아파요."

"그래, 다행이구나."

하지만 정윤은 좀처럼 추위가 가시지 않았다. 그녀는 더 몸이 안 좋아지기 전에 약을 먹어야만 할 것 같아 주방을 찾았다. 마침 호준이 따뜻한 차를 준비하고 있었다.

"왜 그래요?"

정윤의 안색이 좋지 않자 호준이 곁으로 다가와 걱정스럽게 물었다.

"쌍화탕이 어디 있을 거예요. 그것 좀 데워 주세요."

그녀가 덜덜덜 몸을 떨자 호준이 서둘러 쌍화탕을 꺼내 뜨거운 물에 넣었다. 그것이 데워지는 동안 그가 팔을 벌려 정윤을 자신의 품 안으로 끌어당겼다.

"내가 좀 안아 줄게요. 사람 체온이 보기보다 무척 따뜻하거든요."

난로 앞에 서서 서로를 꼭 껴안은 두 사람. 사랑이란 감정이

몽실몽실 피어오르는 순간이었다.

　그 모습을 주방을 찾은 지혜가 발견하고는 서둘러 다시 방으로 도망치듯 건너갔다.

　지혜는 방에 들어오자마자 큰 아이들을 불러 모으곤 두 사람의 관계가 심상치 않음을, 뭔가 이상하다고 했다.

　"거봐, 내 말이 맞지? 두 분 아까 한 얘기 진심이라니까."

　"응, 그런 거 같아."

　"어휴, 비만 안 왔으면 물어봤을 텐데……."

　은철은 꽤나 아쉬운 눈치였다.

　"물어보나마나 맞는 거 같은데? 어떡하니?"

　"그렇게 되면 더 좋은 거 아니야? 언니, 우리한테 정말로 엄마가 생기는 거라고……. 두 분이 사랑해서 결혼하면 이 선생님이 쉼터를 떠날 일도 없을 테고……."

　영선이 좋은 현상이라며 이렇게 인상을 쓰고 있을 이유가 없다고 했다.

　"나도 영선이 말에 찬성이야. 오히려 우리가 더 적극적으로 밀어 드려야지."

　은철의 말에 지혜가 고개를 저었다.

　"그러다 이별을 하게 되면 더 이상 볼 수 없기도 해. 남녀가 사랑하면 무조건 결혼으로 골인하는 줄 아니? 연예인들 보면, 사랑하다 헤어지면 어느 한쪽이 잠수를 타게 되잖아. 그것은 이별을 하면 곁에 있을 수 없다는 거야. 이 선생님이 아무리 우리를 사랑한다고 하셔도 결국 힘들어서 관두실 거야."

그 말에 은철이 학을 떼며 어쩜 매사가 부정적이냐며 나무랐다.

"어쨌든 다들 모르는 척 지켜봐. 알았지?"

"알았어. 휴, 그래도 난 안심이 안 된다. 불안하다."

녀석들이 저마다 걱정을 하고 있는 사이, 한결 몸이 따뜻해진 정윤이 따뜻한 차를 가지고 방으로 돌아왔다.

"어머, 너희들은 왜 여기에 있는 거야?"

남자아이들이 방 안에 있자 그녀가 의아한 듯 물었다.

"어서 가 봐. 너희 컵은 최 선생님이 따로 가지고 가셨어."

"네, 갈게요."

서로 눈짓을 해 보이며 남자아이들이 방을 빠져나가자 정윤이 지혜한테 왜 그러냐고 물었다.

"아니에요. 아무것도……."

"너희들, 수상한데? 선생님 모르게 뭐 꾸미고 있는 거 아냐?"

"선생님……."

"응?"

"언니……."

지혜가 뭔가를 물어보려고 하자 영선이 제지하고 나섰다.

"아냐, 난 물어볼 거야."

"뭘 말이니?"

"선생님, 최 선생님이랑 어떤 사이세요?"

"어?"

아이의 말에 금세 정윤의 볼이 붉게 물들었다.

"말해 주세요."

아이들이 간절한 눈빛으로 바라보자 정윤도 더는 숨길 수 없을 것 같았다.

"이런, 들키고 나니까 생각보다 많이 부끄럽네. 그래서 아까 진실게임을 하자고 한 거였구나."

그녀가 멋쩍어하며 웃었다.

"너희들이 도와줘."

"그러다 헤어지시게 되면 여길 떠나야 하잖아요."

"이별 따윈 없을 거야. 얼마나 더 빨리 결혼을 하느냐, 안 하느냐가 관건이겠지? 선생님도 빨리 결혼해서 너희들에게 온전한 가정을 만들어 주었으면 좋겠다."

정윤은 아이들의 걱정에도 전혀 아랑곳하지 않았다. 두 사람에게 이별 따윈 결코 없을 거라는 확고한 신념 같은 것이 있었다.

"그럼 안심해도 되는 거네요? 전요, 선생님이 떠나시는 게 싫어요. 그래서 두 분 달라지신 모습 보고 걱정이 되더라고요."

정윤이 지혜의 머리를 쓰다듬어 주며 입가에 미소를 지었다.

"몰래 사랑 좀 해 보려고 했더니 눈이 많아서 그것도 안 되는구나?"

"저희가 기도 많이 할게요. 두 분 얼른 결혼하시라고요."

"그래, 고마워."

정윤은 아이들을 위해서라도 어서 빨리 호준과 진전이 있기를 바랐다.

　밤새 내리던 비는 새벽부터 눈으로 바뀌어 꽤 많은 양을 뿌려
댔다. 경기 북부에 위치한 쉼터는 자주 눈이 내리진 않지만 한
번 내릴 때마다 5cm는 족히 쌓이곤 했다. 오늘도 역시 그만큼
의 양이 쌓일 모양인지 아침이 되어서도 그칠 줄 몰랐다.
　"목욕 가는 날인데 안 되겠어요. 아주머니들도 오시지 말라고
해야겠죠?"
　"눈 많이 오면 안 가는 거 아니까 안 오실 겁니다. 한 주만
참아야죠."
　"이번에도 일기예보가 빗나갔네요. 세밑 날씨 좋다고 나들이
계획 세운 사람들 많은 텐데……."
　"우리도 피해자죠."
　"그러게요. 아침 준비해요."
　"몸은 어때요?"
　"괜찮아요. 참, 그거 아세요?"
　호준이 그녀의 얼굴을 빤히 바라보며 다음 말을 기다렸다. 곧
그녀가 아이들이 모두 자신들의 교제 사실을 알게 되었다고 털
어놓자 그가 환하게 미소 지었다.
　"그럼, 우리 공개 연애해도 되는 겁니까? 숨어서 하는 것도
하루 이틀이지 진짜 답답했거든요."
　"그렇다고 대놓고 그러시면 안 돼요. 여긴 직장이니까 공과
사는 확실히 구분하자고요."

"압니다. 알아요. 아침부터 좋은 소식을 들으니까 힘이 절로 솟아나네."

"그렇게 좋으세요?"

"그럼요. 천군만마가 지지해 주는 기분이랄까. 아이들은 우리 편이잖아요."

호준이 정윤의 볼을 쓰다듬으며 웃어 보이자 정윤의 볼이 붉게 달아올랐다. 그녀는 그가 갑작스럽게 스킨십을 해 올 때마다 심장이 멎는 것 같았다. 오늘도 어김없이 그녀의 심장은 빠른 강도로 뛰고 있었다.

6.
반갑지 않은 손님

한가로운 오전, 쉼터에 낯선 남자 4명이 찾아왔다. 그들은 하나같이 양복을 빼입고 거친 인상을 풍기고 있었다.

"어떻게 오셨습니까?"

호준이 그들을 경계하며 물었다.

"최문수 원장 좀 만나러 왔수다."

험상궂은 표정을 지으며 남자들이 이유 없이 책상을 발로 툭툭 치며 힘을 과시했다.

"무슨 일이십니까?"

호준의 말에 건장한 남자 한 명이 앞으로 걸어 나왔다.

"여기 쉼터 원장 최문수 맞잖아. 그 사람을 보증인으로 세워 놓고 내 돈을 빌려 갔어! 나 그 돈 받으러 왔어."

돈 받으러 왔다는 말에 호준은 황당해 말이 다 나오지 않았다. 평소 누군가에게 보증을 서 줄 부친이 아니기 때문에 언제 그랬는지 아리송할 뿐이었다.

"누가 빌려 갔는데요?"

"장지영."

"장지영이요?"

그는 얼굴이 예쁘장하고 착했던 아이의 얼굴을 떠올렸다. 설마……. 믿을 수가 없었다.

"뭔가 오해가 있나 본데요. 아버진 채무가 없습니다."

"여기 있잖아. 자, 보라고!"

남자는 서류를 그의 코앞에다 들이밀었다.

"최문수, 어디 있어?"

"지금 안 계십니다."

"그럼 여기를 잘 봐. 여기 쓰여 있지? 연대보증……."

그는 기막혀 하는 호준의 얼굴을 빤히 바라보며 연대보증이 그래서 무서운 거라며, 분명히 계약서에 명시했음에도 불구하고 장지영이 빌려갔다며 돈 내놓으라고 소리쳤다.

"나도 그 정돈 압니다."

호준은 혼란스러웠다. 원장은 지금 자신의 방에 있었다. 이 소란이 그의 귀까지 닿지 않기를 바랄 뿐이었다. 병석에 있는 그가 이 사람들을 상대하기엔 걱정스러운 일이 한두 가지가 아니었다. 최대한 빨리 이들을 돌려보내야 했다. 그의 대답을 기다리고 있던 남자가 책상을 '쿵' 치며 다시 입을 열었다.

"남의 돈 빌려갔으면 갚아야지. 그게 하늘의 이치 아닌가? 어려운 사람 돕고 사는 사람이 그런 기본적인 것조차 모르면 어떡해? 여기 애들 그렇게 가르쳤어?"

호준이 눈을 지그시 감으며 얼마냐고 물었다.

"5천만 원."

"원금은요?"

"백만 원 빠지는 천만 원."

"네에?"

그는 다시 한 번 놀란 호준에게 제 날짜에 갚지 않아 원금이 몇 배나 불어났다고 했다.

"내가 무슨 악덕 사채업자인 줄 아는데, 난 그런 사람 아니야. 벌써 2년째야. 기다릴 만큼 기다려 주고 또 기다려 준 거라고. 알아? 내가 언제 여기 와서 난리 핀 적 있어? 당신 나 본 적 있어? 못 봤지. 난 최대한 편의를 봐준 거야."

"지영인 어디에 있는데요?"

국장도 그 아이를 알고 있기에 걱정스런 마음으로 물었다.

"몰라. 꽁꽁 숨었어."

남자는 연신 거들먹거리며 옆에 있는 정윤과 국장을 번갈아 바라봤다.

"그년 얘긴 하지 맙시다. 어차피 꽁꽁 숨어 버려서 못 찾으니까. 자, 어떻게 하실 겁니까?"

호준이 대답이 없자 남자는 더 심한 말을 뱉어 냈다.

"돈이 없음 이 쉼터를 팔든가, 아니면 저 언니들을 뛰게 해. 둘이라 금방 갚겠네."

"뭘 뛰란 소리예요?"

국장이 화들짝 놀라며 물었다.

"다방, 룸살롱, 노래방, 기타 등등. 말만 해. 원하는 곳으로 보내 줄게."

"어머머, 기가 막혀!"

국장이 정윤의 뒤로 숨으며 혀를 끌끌 찼다. 곧바로 호준은 두 사람을 밖으로 내보내고 원장이 사무실에 오지 못하도록 조치를 취해 달라고 소곤거리며 부탁했다. 사무실 문을 닫고 호준이 다시 말을 이어 갔다.

"인감도장, 인감증명서 없이 어떻게 보증인이 될 수 있습니까?"

"하아, 이것 참……. 되게 끈질기네. 자, 보라고. 다 가져왔으니까."

남자는 안쪽 주머니에서 서류를 꺼내 그의 앞에 던져 놓았다. 그는 그것을 확인하고는 입을 다물 수가 없었다. 아버지의 인감도장과 인감증명서였다.

"잘 기억해 봐. 장지영이가 여기 쉼터로 직접 와서 보증 서 달라고 했으니까."

"그렇지만……."

호준은 몇 년 전 일을 떠올렸다.

어느 날 갑자기 사라져 버린 아이. 반항을 일삼아 원장을 힘들게 했던 아이. 하지만 아이의 심성은 누구보다도 착하다는 걸 알기에 원장은 끝까지 아이를 지키고 싶어 했었다. 아이에게 전

문적인 상담 치료까지 받게 했지만, 그럼에도 불구하고 부모에게 버림받은 상처를 끝내 치유하지 못한 아이는 그렇게 쉼터를 떠나갔었다. 그런 지영이 2년여 만에 처음으로 쉼터를 찾아왔었다. 따로 부친과 얘기를 나눈다며 자리를 비켜 달라는 말에 호준이 방을 나온 적이 있었는데, 아무래도 그때 해 준 모양이었다.

호준은 억장이 무너지는 가슴을 부여잡고 긴 한숨을 토해 냈다. 하지만 이 남자의 말을 모두 믿을 순 없었다. 이런 식으로 얼렁뚱땅 넘어갈 일이 아니었다. 호준은 최대한 침착해지려고 애써 담담한 표정을 지어 보였다.

"우리 점잖게 해결을 보자고, 내가 알아보니까 이 쉼터가 꽤 나가더라고……. 이거 팔아서 갚든지 팔기 싫으면 대출이라도 받든지. 아무튼 빨리 해결을 하는 게 좋을 거야. 이자 더 불어나기 전에……."

호준은 남자의 말에 주먹을 불끈 쥐었다. 부친이 이 쉼터를 어떻게 마련했는데, 50 평생 아끼고 아껴 모은 전 재산으로 주인에게 이곳을 사들인 지 불과 몇 년밖에 되지 않았다. 매번 옮겨 다녀야 하는 불편과 설움, 그것에 치이고 치여 결단코 죽기 전 아이들이 편히 쉴 수 있는 집을 마련할 거라고 했던 그였다. 이곳 쉼터는 그의 삶이 고스란히 바쳐진 그런 곳이었다. 호준은 이 쉼터를 처분할 생각도, 이곳을 담보로 대출을 받을 생각도 없었다. 하지만 뾰족한 수가 없었다.

"일단은 돌아가시죠. 빠른 시일 내로 연락을 드릴 테니 연락처 주고 가시고요."

"연락은 우리가 할 거야. 내일 다시 올게. 반이라도 준비해 둬. 그래야 신용이 쌓이지. 그럼 더 기간을 연장해 줄지 누가 알 겠어?"

남자는 실실 웃으며 육중한 몸을 일으켜 상담실을 빠져나갔 다.

창문 밖으로 차를 타고 사라지는 것을 확인한 호준은 안도의 한숨도 잠시, 눈앞이 캄캄했다. 국장과 정윤이 복도를 지나 상담 실로 뛰어 들어왔다.

"뭐래요?"

"내일 다시 온답니다."

"어머머, 경찰에 신고해요. 분명 악덕업자가 맞아요! 저런 놈 들은 콩밥을 먹여야 해요. 네?"

국장이 호들갑을 떨며 수화기를 들었다.

"잠깐만요. 내려놔요."

호준이 빠르게 국장을 제지했다. 국장은 그런 호준이 이해가 가지 않았다. 그의 힘으로 해결될 문제가 아니었기 때문이다.

"언젠가 신문에서 봤어요. 조직적으로 움직이는 거라면 신고 를 해도 우리한테 피해가 올지도 몰라요. 아이들을 생각해야 해 요."

정윤의 말에 국장은 아닐 거라며, 이참에 지방으로 이사를 가 는 건 어떻겠냐고 했다. 그녀는 잔뜩 흥분한 상태였다.

"일단 생각 좀 해 볼게요. 애들 좀 어때요?"

"애들은 괜찮아요."

"생각할 시간이 어디에 있어요? 어휴, 지영이 얘는 무슨 생각으로 그런 거야."

국장은 혈압이 오르는 듯 뒷목을 잡고 한숨을 뱉어 냈다.

"지영이 연락처 혹시 모릅니까?"

"없어요. 알려 달라고 했는데, 집전화도, 휴대폰도 없다고 안 알려 줬어요. 암튼 중학교 때부터 비뚤게 나가더니, 아주 대형 사고를 쳤네."

호준은 부친이 그렇게 가르치지 않았다며 지영을 감쌌다. 분명 무슨 일이 있었을 거라고, 순진한 아이가 덫에 걸린 것일 거라며 아이를 걱정했다.

"그나저나 어쩌실 거예요? 신고도 못 한다면 그냥 당하시게요?"

"지영이의 행방을 찾아봐야죠. 그 아이가 걱정입니다."

잠시 후 전화벨이 울렸다. 호준 대신 전화기 가까이에 있는 국장이 수화기를 들었다. 하지만 수화기 저편에선 아무 소리도 들리지 않았다.

"말씀을 하세요. 쉼터입니다."

국장이 몇 번이나 말해도 전화는 무심하게 '뚝' 하고 끊어졌다. 이어 직감적으로 누군가를 떠올린 호준과 국장은 전화벨이 다시 울리기만을 기다렸다. 그리고 잠시 후 전화는 두 사람의 바람대로 요란하게 울렸다.

"제가 받겠습니다."

호준이 서둘러 수화기를 들었다.

"쉼터 최호준입니다."

—……

"혹시 지영이니?"

호준은 단도직입적으로 물었다. 꼭 그 아이일 것만 같았기 때문이다.

"괜찮아. 어떤 얘기든 좋으니 네 목소리 듣고 싶다."

—죄송해요.

역시나 지영이었다. 호준은 아이의 목소리를 듣고 한시름 놓는 듯 안도의 한숨을 뱉어 냈다.

"잘 지내고 있는 거니?"

—봤어요. 그 사람들…….

"그랬구나. 여긴 괜찮아. 네가 걱정이다."

—죄송해요.

아이는 울먹이며 연신 죄송하다는 말만 되풀이했다.

"선생님이 다 해결할 거니까 걱정하지 마. 약속할게."

그의 말을 끝으로 한참 동안 말이 없던 아이는 또다시 죄송하다는 말을 뱉어 내고 전화를 끊었다. 호준은 말없이 수화기를 내려놓았다.

"지영이가 뭐래요?"

국장이 궁금한 듯 물었지만 호준은 고개를 저었다. 잠시 상담실에는 고요한 정적만이 흘렀다. 벽에 걸려 있는 시계 소리만 들릴 뿐이었다. 마치 시간이 멈춘 듯 세 사람 다 어떤 미동도 없었다.

잠시 후 호준이 의자에 털썩 앉으며 정윤과 국장을 안심시키려는 듯 입을 열었다.

"지영이는 잘 있는 것 같아서 한시름 놓았습니다. 그 아이가 걱정이었는데……."

"다행이네요."

국장도 의자에 앉아 긴 숨을 토해 냈다. 그 순간 사무실 문이 열리며 원장이 모습을 보였다.

"무슨 일이냐? 운동장에 있던 남자들은 뭐고?"

"아버지……. 아무 일도 아닙니다."

"아무 일도 아니긴……. 그런데 얼굴에 왜 이렇게 수심이 많아? 국장님, 무슨 일입니까?"

국장은 차마 입이 떨어지지 않았지만 원장이 알아야 할 일이었다. 그들의 힘으로는 당해 낼 재간이 없었다. 국장을 통해 얘기를 듣던 원장이 그만 다리에 힘이 풀려 털썩 주저앉자 호준이 서둘러 그를 부축했다.

"제가 해결하겠습니다."

"무슨 수로 해결을 한다는 거냐……."

"저 집에 좀 다녀올게요."

정윤의 갑작스런 말에 호준의 눈동자가 흔들렸다. 그러고는 어림짐작을 하고 빠르게 일어나 나가려는 그녀의 팔을 붙잡았다.

"됐어요. 이 선생님은 신경 쓰지 말아요. 내가 해결할 테니까."

"다만 얼마라도 보탬이 되려고 해요. 당장 내일 온다잖아요. 그 돈이면 한 달 정도는 봐줄 거예요."

"이 선생님, 한꺼번에 갚는 게 나아요. 얼마든 밑 빠진 독에 물 붓는 거밖에 안 된답니다. 돈을 좀 모아 볼까요? 우리 둘이, 원장님은 여기 쉼터 살 때 다 쏟아부으셔서 없잖아요."

"미안합니다. 신경 쓰게 해서…… . 어쨌든 제 선에서 해 볼게요."

호준이 두 여자를 안심시키려 했으나 정윤도 단호했다.

"국장님이나 저, 여기 식구잖아요. 도대체 몇 번을 말씀드려야겠어요? 저 다녀와요."

"조심해서 갔다 와요."

정윤은 국장의 배웅을 받으며 난처한 표정을 짓고 있는 호준을 뒤로하고 쉼터를 나섰다. 최 원장도 딱히 해결 방법이 없어 그녀를 잡지도 못했다. 그의 한숨 소리에 사무실 분위기가 한층 어두워졌다.

＊　＊　＊

집에 도착한 정윤은 자신의 통장과 보험을 확인했다. 20살부터 들었던 적금과 월급통장, 그리고 보험까지, 꽤 많은 돈이 적립되어 있었다. 하지만 이것으론 부족했다. 그녀가 머릿속으로 생각을 하는 사이 옥숙이 방으로 들어왔다.

"연락도 없이 갑자기 왜 온 거야? 아니, 통장은 왜?"

그녀의 손에 통장이 들려 있는 것을 보고 옥숙이 당황하며 물었다.

"엄마, 나 돈 좀 빌려 줘요."

다짜고짜 돈을 빌려 달라는 정윤의 말에 옥숙이 밖으로 뛰어나가 헌재를 불러왔다.

"얘가 생전 안 하던 짓을 하네요. 네가 무슨 돈이 필요하다고 이 난리를 펴? 죄다 꺼내 놓았네?"

"무슨 일이냐?"

헌재도 놀라 물었다.

"쉼터에 문제가 생겼어요. 엄마, 아빠, 두 분 저 믿으시죠?"

"믿어. 믿지만 자초지종을 들어야 알지."

옥숙의 말에 정윤은 하나도 빼놓지 않고 모두 털어놓았다. 그러자 가만히 생각에 젖은 부친과 달리 모친은 무척 난처한 표정을 지어 보였다.

"마음은 해 주고 싶은데, 그 돈…… 너 결혼 자금이야. 최 선생하고 결혼하려면 혼수해 가야지. 그냥 맨몸으로 갈 거야?"

"결혼은 당장 급한 게 아니지만, 지금은 급하잖아요. 원장님이 나 몰라라 할 사람도 아니고 꼭 갚을 거예요."

"알았다."

헌재가 승낙을 하자 옥숙이 체념한 듯 한숨을 뱉어 냈다. 그런 옥숙의 손을 잡으며 헌재가 미소를 지어 보였다.

"당신 우리 정윤이 못 믿어?"

"믿죠. 누가 안 믿는데요?"

"허투루 쓰는 거 아니잖아. 안 그럼 쉼터가 넘어간다는데…….
그 아이들 보고 오고 당신이 뭐라고 했어? 눈에 밟힌다고 했잖
아. 우리 베풀고 살자. 딸아이가 좋은 일 하면 우리도 보탬이 되
어야지."

지난 27년 동안 언제나 자신의 말을 따라 주었던 남편이었기
에 그녀는 처음으로 자신의 뜻대로 하려는 그의 마음을 모른 체
할 수 없었다.

"그럼 당신 돈으로 해요. 정윤이 돈은 건들고 싶지 않네요.
두 사람 언제 결혼할지 모르는데 가지고 있어야죠."

옥숙이 그녀의 손에서 통장을 뺏어 가자 헌재가 알겠다며 자
리에서 일어나 방으로 들어가더니 냉큼 통장과 도장을 들고 나
왔다.

"고마워요. 엄마, 아빠……."

정윤은 눈물을 훔치며 두 사람을 번갈아 안아드리고 집을 빠
져나왔다. 쉼터로 돌아가는 발걸음이 그 어느 때보다도 가벼웠
다.

그녀가 통장을 내밀었지만 호준은 받지 않았다.

"마지막에 정 안 되면 그때 받을게요. 넣어 둬요."

"안 그래도 상처 많은 아이들이에요. 더 이상 아픔을 주고 싶
지 않아요. 그 사람들, 분명 내일은 여길 부수고도 남을 거예요.
매체에서 많이 봤잖아요."

정윤의 안쓰러워하는 눈빛을 보며 호준은 한동안 입을 열지

못했다. 그녀의 맑은 눈동자 속에 자신의 얼굴이 고스란히 비춰졌다. 눈동자 한 번 흔들리지 않고 자신을 바라보는 그녀…….
호준은 그녀의 진심 어린 눈길에 마지못해 통장을 받았다.

"미안합니다."

그는 고개도 들지 못했다. 정윤의 부친과 통화를 하고 난 후 원장이 사무실로 들어섰다. 원장이 정윤의 손을 잡으며 연신 고맙다고 했다.

"아니에요. 원장님, 당연히 해야 할 일을 한 거예요."

"내가 면목이 없습니다."

"그런 말씀 마세요."

정윤이 해맑게 웃어 보였다. 잠시 그녀와 시선이 마주친 호준은 미안한 마음에 아까와 다르게 바로 쳐다보지 못하고 다른 곳으로 눈길을 돌렸다.

세상에 정윤 같은 여자도 있을까, 그 말로만 듣던 천사 같은 여자가 정말 자신 앞에 있는 그녀인가……. 뭔가에 홀린 듯, 호준은 아직도 꿈인 것처럼 아리송했다. 이것이 꿈이 아닌 현실이라면, 정윤이 천사가 맞는다면 그는 행운아였다. 호준은 잠시 과거를 떠올렸다. 여자에게 배신당한 그 순간이 적나라하게 영화처럼 펼쳐졌다. 그가 그녀의 팔을 잡고 매달렸을 때 지었던 표정이 눈앞에 펼쳐진 순간 두 눈을 질끈 감았다. 다시는 떠올리고 싶지 않을 만큼의 큰 상처였다.

"저도 좀 보태려고 했는데요. 이 선생님이 다해 주신다니 제가 다 감사하네요."

"국장님 사정 빤히 아는데요, 뭐……."

"그 마음 감사히 받겠습니다."

호준이 머리를 숙여 보였다.

"휴……."

국장이 길게 한숨을 쉬고는 웃어 보였다. 그녀, 월급도 받지 않고 무보수로 봉사를 하는 거나 진배없었다. 경제가 어려워져 남편의 연봉도 삭감되었다. 하지만 워낙 야무지게 살림을 하는 그녀였기에 틈이 난 구멍은 더 절약을 하는 것으로 메우고 있었다. 국장은 동네에서도 알아주는 알뜰한 주부였다.

"이만 퇴근해 보세요."

"가야지요. 내일 뵐게요."

"조심해서 가세요."

그녀가 가고 나자 두 사람 사이에 어색함이 흘렀다. 몇 초 후 정윤이 먼저 저녁을 해야겠다며 상담실을 빠져나갔다.

호준은 그녀의 마음을 감사히 받으며 통장을 서랍 깊숙이 집어넣었다.

"이 선생님 부모님이 오히려 날 걱정하면서 전화를 하셨더구나."

원장이 안경을 벗으며 피곤한 듯 말을 이어 갔다.

"이 선생님 볼 면목이 없구나."

호준이 이내 그의 곁으로 다가왔다.

"제가 더 잘하겠습니다. 그리고 꼭 갚을 테니까 아버진 걱정하지 마십시오."

"네가 무슨 수로⋯⋯."

원장이 골똘히 생각이 잠긴 듯했다. 이어 말없이 일어나 사무실을 나섰다.

다음 날, 국장이 도착하는 대로 은행으로 출발한 호준과 정윤은 돈을 찾아오는 동안 남자들이 오지 않기를 바랄 수밖에 없었다. 워낙 큰돈이라 정윤 혼자 보낼 수 없어 따라나섰는데, 호준은 쉼터 생각에 걱정이 앞섰다. 잠시 후 정윤이 수표를 받아 가방에 집어넣었다.

"됐어요."

"그럼, 갑시다."

은행을 나서 쉼터까지 가는 그 몇 분이 몇 시간처럼 길게 느껴지자 정윤은 호준에게 빨리 좀 가라고 다그쳤다. 그녀가 굳이 말하지 않아도 최대한 낼 수 있는 속력은 다 내고 있는 터였다. 하지만 두 사람이 쉼터에 도착했을 땐 이미 그들의 차가 운동장에 아무렇게나 주차되어 있었다. 멀리에서도 큰소리가 들릴 만큼 쉼터는 아수라장이 되고 있었다.

"그만들 하세요!"

"글쎄, 지금 은행에 갔다고요!"

원장과 국장이 물건을 집어 던지는 남자들에게 아무리 목소릴 높여 소리를 질러도 귓구멍이 막혔는지 소용이 없었다. 남자는 호준을 데려오라며 그 자식이 나타나지 않으면 여길 불살라 버리겠다고 으름장까지 놓았다. 아이들은 각자의 방에 모여서 숨을 죽인 채 흐느끼고 있었다.

"그만하시죠!"

호준이 물건을 던지는 한 남자를 있는 힘껏 밀쳐 버렸다. 그러자 금세 상담실은 쥐 죽은 듯이 조용해졌다.

"상담실을 이 지경으로 만들어 놓으면 어쩌란 말입니까?"

"돈 줘. 그럼 싹 물어 줄 테니까."

"먼저 주세요. 그럼 돈 드릴게요."

정윤이 목에 핏대를 세우며 목소리를 높였다. 하지만 그녀의 심장은 어느 때보다도 빨리 뛰고 있었다.

"어라, 세게 나오네? 정말 돈 가져왔어? 하루 만에 그 큰돈이 어디서 났어?"

"그건 당신들이 알 필요 없잖아요."

남자는 실실 웃으며 정윤의 곁으로 다가와 그녀의 옷자락을 잡아 뜯었다.

"당돌하네? 우리가 누군지 잘 모르나 본데, 고분고분해도 봐 줄까 말까야."

"돈 드린다고 했잖아요!"

정윤이 그를 밀치며 소리를 지르자 호준이 재빨리 그녀를 자신의 뒤로 보냈다.

"내가 할게요. 가만히 있어요."

"좋아, 여기 수리비 얼마면 될까? 컴퓨터가 3대에 책상, TV, 전화기……. 대충 500만 원이면 떡을 치겠네. 그렇지?"

남자는 호주머니에서 수표를 꺼내 호준에게 내밀었다.

"자, 이제 줘."

"이거 위조수표 아니에요?"

국장이 학을 떼며 물었다.

"아줌마, 그거 위조수표면 나한테 연락해. 나 그거 좀 전에 수금하고 온 거거든. 꼭 연락해. 가서 손봐 줘야 하니까. 거참……. 돈 받기 되게 힘드네. 이젠 좀 주시지?"

남자가 손을 내밀자 정윤이 봉투를 건넸다. 그는 수표를 확인하고는 맞다며 느끼하게 웃어 보였다.

"서류 다 주고 가세요. 영수증도 써주시고요."

국장의 말에 남자가 어이가 없다는 표정을 지었다.

"확실하게 받아 둬야죠. 나중에 또 혹시 알아요? 요즘 원금이 좀비처럼 살아난다고 매스컴에서 난리들인데……."

"하하하, 이 아줌마 모르는 게 없네. 여기 있수다. 서류하고 영수증하고 또 뭐 해 줄까?"

"원본 맞아요?"

국장이 서류를 꼼꼼히 살피며 물었다.

"난 내 돈 받으면 그걸로 끝이야. 나 같은 사람 만난 걸 다행으로 알아. 아줌마 말대로 이 바닥에 좀비 같은 놈들이 얼마나 많은 줄 알아? 당신들 운이 좋은 거야. 원장님, 그럼 전 이만 가 보겠습니다."

남자가 고개를 90도로 숙이며 인사를 해 보였다. 하지만 그의 태도와 목소리에는 빈정거림이 잔뜩 묻어 있었다.

"그럼 다시 볼 일 없겠네."

다행스럽게도 돈을 받은 남자들은 순순히 그곳을 빠져나갔다. 잠시 후 큰 아이들이 모습을 보였다.

"어휴, 많이 놀랐지?"

정윤이 아이들을 껴안으며 이젠 괜찮다고, 다 끝났다고 하자 저마다 깊게 한숨을 쉬었다. 언제 뛰어왔는지 수인이 그녀의 다리를 꽉 붙잡았다.

"선생님, 안아 줘."

"어? 수인이 왔구나. 많이 무서웠지?"

그녀가 힘껏 들어 올려 자신의 품에 안았더니 아이는 촉촉이 젖은 눈망울로 정윤을 빤히 바라봤다. 그러곤 곧 그녀의 볼에 자신의 작은 입술을 부딪쳤다.

"어머, 수인이 뽀뽀 잘 안 하는데? 여기도 해 주면 안 될까?"

국장이 얼굴을 내밀며 손가락으로 가리켰더니 수인이 정색을 하며 고개를 흔들었다.

"어휴, 내가 뭘 바라겠어?"

그들은 한바탕 웃고는 다 같이 엉망이 된 상담실을 정리하기 시작했다.

한밤중 호준은 자지 않고 상담실에 앉아 있는 정윤을 발견했다. 불도 켜지 않은 채 어두운 방 안에서 그녀는 낮게 한숨을 뱉어 내고 있었다.

"안 자고 뭐합니까?"

"어머, 제가 보이세요? 일부러 불을 끄고 있었는데요."

사랑을 알아가는 순간

"달빛이 환하잖아요. 잠이 안 와요? 난 피곤하던데……."

"몸은 피곤한데요, 일찍 자고 싶진 않아요. 내일 또 무슨 일이 일어날까 걱정이 되거든요."

그녀의 말에 호준은 이곳은 참 말도 많고 탈도 많은 곳이라고 했다. 밝은 면보단 어두운 면이 많은, 상처가 가득한 곳이라고 말이다.

"하지만 이젠 그러지 않을 거라고 믿습니다. 이 선생님이 있어 이 쉼터가 예전보다 더 밝아졌거든요. 아까의 일은 정말 뜻밖의 일이었고요."

그는 이젠 거친 폭풍은 다 지나간 것 같다며 희망적이라고 했다.

"그래요? 그럼, 다행이네요. 전요, 우리 아이들의 밝은 얼굴만 봤으면 좋겠어요."

아이들을 떠올리며 정윤이 미소를 지었다.

"이 선생님……."

"네?"

"저기……."

그가 뜸을 들이며 말하지 않자 정윤이 재차 물었다.

"왜요? 괜찮으니까 말씀을 하세요."

"그러니까……. 말할게요."

호준은 길게 심호흡을 하더니 말을 이어 갔다.

"이 선생님 마음속에 저는 얼마만큼 들어가 있습니까?"

"네? 갑자기 물어보시니까……."

정윤이 당황하며 머뭇거리자 호준이 다시 입을 열었다.

"제 가슴속에는 이 선생님이 있어요."

"제 가슴속에는 최 선생님과 아이들이 있어요."

"아…… 아이들……."

그가 싱겁게 웃었다. 그녀에게 물은 의도는 자신을 얼마만큼 사랑하느냐는 것이었다.

"최 선생님이 무슨 말씀을 하시는지 알아요. 저도 최 선생님 좋아요. 근데 솔직히 왜 그걸 확인하려고 하시는지 이해가 안 가요. 저를 못 믿으세요?"

"아, 아닙니다. 단지 우리가 결혼을 좀 서두를 수 있지 않을까 싶어서 여쭤 본 겁니다."

"결혼이요?"

호준은 계속해서 말을 이어 갔다.

"아이들은 고등학교를 졸업하면 이곳을 떠납니다. 남고 싶어 하는 애들도 있지만 대부분 다 떠나요. 이유는 자신들의 입이라도 덜려는 거지요. 지혜도 대학 진학하면 이곳을 떠나겠다고 넌지시 자신의 마음을 밝힌 적이 있어요. 난 그러지 않아도 된다고 했지만 마음이 편하지 않답니다. 많은 아이들이 이곳을 집으로 생각하기보단 잠시 머무르는 임시 거처쯤으로 여기고 있습니다."

정윤은 대답도 하지 못하고 호준을 빤히 바라봤다. 호준의 눈빛이 흔들렸다. 그리고 그 흔들리는 눈빛을 정윤이 재빨리 읽었다.

호준이 정윤에게 생각할 시간을 준다면서 먼저 자리를 피하려고 했다. 그러자 돌아 나가는 그를 정윤이 불러 세웠다.

"왜요?"

정윤이 천천히 자리에서 일어나 호준의 곁으로 다가갔다.

"그러면 우리가 서로를 좀 더 알아 가야겠네요."

그녀가 그의 손을 잡자 호준이 당황해했다.

"최 선생님 충분히 멋있는 남자예요. 보면 좋고, 이렇게 손잡고 있으면 마음이 설레요. 이런 증상이 사랑이라는 건가요?"

정윤이 빤히 바라보며 대답을 기다리자 호준의 볼이 붉게 물들었다. 몇 년 만에 느껴 보는 여자의 손길에 그의 심장이 미친 듯이 뛰기 시작했다. 그 역시 그녀와 똑같은 감정을 느끼고 있었다.

결국 정윤이 먼저 그의 품에 기대며 낮게 속삭였다.

"사랑을 알기 전에는 몰랐는데, 사랑을 알고 난 후에야 느꼈어요. 첫눈에도 사랑에 빠질 수 있다는 것을요."

"……."

"저 연애는 처음이라고 했잖아요. 그러니까 최 선생님이 이끌어 주세요. 선생님이 이끄는 대로 따라갈게요. 연애 시작한 지꽤 된 거 같은데, 그동안은 진전이 너무 없었어요. 그죠?"

정윤이 더 그의 가슴에 파고들었다.

호준은 쿵쾅거리는 심장 소리를 정윤에게 들킬까 봐 노심초사했다. 머릿속이 갑자기 텅 비어 버린 것 같았다. 아무 생각도 할 수가 없을 정도로 공황 상태에 빠졌다. 그럼에도 불구하고 정윤의 가슴이 무척 따뜻하다는 것은 또렷이 느낄 수 있었다. 그가 손을 뻗어 정윤을 안아 주었다.

상담실은 오랜 시간 정적에 흘렀다. 창문 밖 달빛이 두 사람을 은은하게 비춰 주고 있었다.

7.
사랑

다음 날, 호준은 그녀의 눈을 제대로 마주치기가 무척이나 곤욕스러웠다. 서로의 감정을 확실히 확인하자, 자꾸만 설레는 감정을 주체할 수가 없기 때문이었다.

연애가 처음이라는 그녀를 자신이 이끌어 주어야 하는데 뭐부터 해야 할지, 그전 연인처럼 그렇게 대하면 되는 것인지, 알 수가 없었다. 그리고 이미 그때의 순수한 마음이 아니라 쉽지만은 않을 것 같았다. 뭣 모르고 시작했던 사랑과 실연의 아픔에 다칠 만큼 다친 후는 달라도 너무 달랐다.

결국 마음이 시키는 대로 할 수밖에 없었다. 이미 그는 그녀에게 매료되어 꼼짝도 할 수 없는 상황이었기에…….

"잘 잤어요?"

"그럼요. 얼마나 달콤한 잠을 잤는지 몰라요."

나긋나긋하고 맑은 새소리가 귓가를 간질이듯 그녀의 목소리가 호준의 귓속에 파고들었다. 동이 트는지 넓은 창으로 탐스러운 아침 햇살이 드리워지며 그녀의 얼굴에도 살짝 내려앉았다. 한마디로 금방 천사로 탈바꿈한 모습 같았다. 그가 멍하니 바라만 보고 있자 정윤이 왜 그러냐고 물었다.

　"아니, 아닙니다. 오늘은 날이 좋을 것 같군요. 햇볕도 내리쬐고……."

　"오늘은 뭘 할까요?"

　"음……."

　두 사람이 생각에 잠긴 사이 원장이 뭔가를 들고 나타났다.

　"원장님, 안녕히 주무셨어요?"

　"그럼요. 두 분 선생님 덕분에 잠자리가 아주 편하답니다. 이거 받으세요."

　"뭐예요?"

　원장이 건네준 봉투를 받고 정윤이 어리둥절한 표정을 지어 보였다.

　"어제 봉사자 분이 두 분 영화 보라고 영화표 주고 갔습니다. 10시 표이니까 아침 식사하고 바로 갔다 오세요."

　"아, 아니에요. 애들도 봐야 하고요."

　"애들은 걱정 마세요. 국장님이 오시기로 했으니까. 오늘은 모든 걸 다 잊고 데이트하세요. 점심식사도 하시고요."

　"점심 식사까지요?"

　쉼터는 오전이 가장 조용한 편이었다. 겨울이라서 그런 것도 있겠지만, 아이들은 아침 식사를 하고 난 후엔 늘 책을 읽거나 공부를 하곤 했다. 그 시간에 영화를 보는 것은 문제가 거의 없어 보였지만 점심 식사까지는 무리일 것 같았다.

"영화만 보고 올게요."

"아닙니다. 제가 다 준비해 두었으니까 여긴 걱정 마세요."

정윤과 호준은 당황하면서도 원장의 뜻을 읽을 수 있었다. 그래서 그의 성의를 더 이상은 마다할 수가 없었다. 모두가 두 사람이 잘되기를 바라고 있었다.

"그럼 다녀오겠습니다."

호준이 대답하자 원장이 고개를 끄덕거렸다.

✳　✳　✳

아침 식사를 하고 난 후 호준과 정윤은 나갈 채비를 했다. 수인이와 지수, 민정은 큰 아이들이 벌써 데리고 가 재미있게 놀아 주고 있었다. 원장이 미리 손을 써 둔 것이었다.

준비를 마친 두 사람이 차에 올랐다. 얼마 전에 새로 구입한 승합차에 오르니 기분도 새로운 것 같았다. 그동안은 아이들만 통학 차량으로 이용해 정윤이 탈 일이 없었다.

"중고지만 참 깨끗하네요. 외관만 깨끗한 줄 알았는데……."

"지인한테 구입했다고 했잖아요. 그분이 차를 참 소중히 다루시거든요. 게다가 더 할인도 해 주셨고요."

"네에……. 잘되었네요."

"좀 더 일찍 태워 드려야 했는데, 죄송합니다."

호준이 꾸벅 인사를 해 보이자 정윤이 미소 지었다. 호준은 다정다감하면서도 유머러스한 남자였다.

두 사람은 시내로 가는 동안 그동안 알지 못했던 서로에 대해서 조금씩 알아 가고 있었다. 대화가 끊이지 않고 계속 이어지며 두 사람의 마음속에도 묘한 감정이 솟구쳤다.

"봄 되면 큰 아이들 몇 명만 데리고 지리산에 다녀올 계획입니다."

"산이요?"

"아이들에게 인내심도 가르쳐 주고, 또 다녀오면 방황하는 마음도 잡을 수 있을 것 같아서요. 아이들이 내색을 안 할 뿐이지 속은 많이 복잡할 겁니다. 저도 그 나이 때 아버지와 함께 지리산에 다녀왔거든요. 힘은 무척 들었지만 복잡한 마음은 단번에 날려 버릴 수 있었습니다."

"좋은 생각이네요."

"기회가 되면 정윤 씨도 함께 갑시다."

"네."

"산 잘 타요?"

"아뇨. 최 선생님이 이끌어 주실 거잖아요."

"산타는 거 보통 힘든 거 아닌데? 선생님이 스스로 올라가야죠."

"전 최 선생님만 믿을 거예요. 와, 벌써 시내예요. 사람 많네요."

정윤이 창밖으로 오고 가는 사람들을 바라봤다. 영화관 앞에는 많은 연인들이 즐비하게 서 있었다. 두 사람도 주차를 하고 영화관으로 올라가는 엘리베이터에 몸을 실었다. 엘리베이터는 곧 만원이 되었음을 알리는 벨을 울려 자연스럽게 뒤늦게 탑승한 연인을 내리게 했다. 문이 닫히자 사람들이 조금 더 안으로 밀려 들어왔다. 그 바람에 정윤은 호준의 몸에 기댄 채 구부정한 자세를 취할 수밖에 없었다. 그러자 호준이 이내 정윤을 자신의 품 안으로 가까이 끌어당겨 안았다. 그제야 정윤은 조금 편한 자세를 취할 수 있었다.

"고마워요."

정윤이 낮게 속삭였다.

"별말씀을……."

호준은 겸연쩍은 표정을 지었지만 내심 웃음이 절로 나왔다. 정윤을 안고 있으면 엄마 품처럼 포근했다. 한편으로 정윤이 너무 마른 가녀린 여자라 보호본능을 일으키기도 했다.

'띵' 소리와 함께 엘리베이터 문이 열리고 사람들이 일제히 우르르 몰려 나갔다. 정윤과 호준도 그 뒤를 따라 서둘러 내렸다.

"우리 팝콘 먹읍시다. 콜라도?"

"우리만 먹어도 될까요? 애들한테 미안해지는데요."

"눈 딱 감고 오늘만……."

마음이 불편한 건 호준도 마찬가지였지만 최 원장이 용돈까지 쥐어 주며 정윤과 즐거운 데이트를 하고 오라며 신신당부했기에 그렇게 하기로 했다.

영화관 안으로 들어간 두 사람은 지정 좌석을 찾아 앉았다.

그 뒤로 많은 연인들이 오고 가며 자리를 채우고 있었다. 멜로영화라서 그런지 그들처럼 연인들이 대부분이었다.

영화가 시작되고 20여 분이 지났을 무렵 앞 쪽에 앉아 있는 연인들이 별안간에 키스를 하는 바람에 정윤은 깜짝 놀라 하마터면 소리를 지를 뻔했다. 그러자 호준이 조용히 그녀에게 속삭였다.

"자리를 바꿀까요? 뒷좌석에 남는 자리가 있는데……."

"아, 아니에요. 괜찮아요."

정윤은 그렇게 말했지만 사실은 앞의 연인들이 신경 쓰여 제대로 영화를 관람할 수가 없었다. 그것은 호준도 마찬가지였다. 그녀가 영화에 집중을 못하고 안절부절못한다는 것쯤은 알고도 남았다. 결국 호준이 영화가 채 끝나기도 전에 정윤의 손을 잡고 그곳을 뛰쳐나왔다.

"왜 그러세요?"

"이 선생님 집중 못하고 있었잖아요. 이러지 말고 우리 밥이나 먹으러 갑시다."

"밥이요?"

"가요."

정윤의 대답도 듣지 않고 호준이 발걸음을 서둘렀다. 마음이 급했다. 막상 외출을 하고 보니 그녀와 보낼 수 있는 시간이 그리 많지 않다는 것을 깨달았다.

솔직히 영화를 보고 나면 그녀와 밥을 먹고 급하게 쉼터로 돌아가야만 한다. 일이 이렇게 그르치게 된 것도 어쩜 하늘이 준

기회일지도 몰랐다. 호준은 좀 더 오랜 시간 정윤과 함께하고 싶었다.

영화관을 나온 두 사람은 메뉴를 정하지도 않고 바로 보이는 식당 안으로 들어갔다. 곧 두 사람 앞에 종업원이 모습을 보였다.

"주문하시겠어요?"

"이 선생님, 뭐 드시겠어요?"

"음⋯⋯."

메뉴판을 보며 정윤이 아랫입술을 질끈 깨물었다. 그녀는 한참이나 고민에 빠진 듯 말이 없었다.

"제가 정할까요?"

호준의 말에 정윤이 고개를 저었다.

"아뇨. 저 못 먹겠어요. 우리 다음에 먹어요."

정윤이 그대로 식당을 뛰쳐나오자 그 뒤를 호준이 따랐다.

"왜요?"

"도저히 아이들이 마음에 걸려서 못 먹겠어요. 최 선생님, 그러지 말고요. 그 돈으로 아이들 간식 사 가지고 가면 안 될까요?"

"간식이요?"

"네⋯⋯."

정윤이 근처를 두리번거렸다. 그녀는 마땅한 간식을 찾기 위해 눈을 돌리며 애를 썼다. 그 모습을 보면서 호준은 가슴 깊숙이 뭔가가 솟구쳐 오르는 것을 느꼈다. 그녀, 자신을 만나지 않았다면 이런 작은 사치에 힘겨워하지 않아도 되었을 텐데⋯⋯.

자꾸만 미안한 마음에 호준은 가슴이 아파 왔다.

"마땅한 게 없네요."

정윤이 다시 자신을 바라보자 호준은 타오르는 아픔을 감추기 위해 일부러 웃는 표정을 지어 보이며 입을 열었다.

"대형마트 갑시다. 거기 가서 간식거리 사요."

"그럴까요?"

결국 두 사람은 영화도 제대로 보지 못하고 식사도 하지 못한 채 쉼터로 돌아왔다.

호준은 원장의 꾸지람을 들으면서 내내 허탈하게 웃어 보였다.

"쯧쯧, 자리를 깔아 줘도 못해?"

"아버지도 참……. 우리가 대놓고 연애를 할 수 있는 사람들이 아니잖아요. 아이들 때문에 걸리는 게 너무 많다고요."

"그래서 내가 오늘은 다 잊으라고 했잖아."

"잊는다고 잊힙니까?"

"둘 다 너무 순수해서 탈이다. 그러다 10년도 더 걸리겠다."

"그러게요. 저는 이만 아이들한테 가 볼게요."

뒤돌아 나가는 호준을 바라보며 원장이 쓸쓸한 표정을 지어 보였다. 소원이 있다면 죽기 전에 두 사람의 주례를 서 주는 것인데, 그 소원이 이루어질 수나 있을지 걱정이었다. 하루가 다르게 느껴지는 죽음의 문턱이 오늘따라 더 가까이 다가온 듯하다.

✻　✻　✻

다음 날 오전, 아이들의 간식을 챙겨 주고 사무실로 들어선 정윤은 호준이 나갈 채비를 하자 의아한 듯 물었다.

"어디 가세요?"

"국장님이 잠시 앞으로 좀 나와 달라고 하시네요."

"네? 오늘은 쉬는 날인데……."

쉬어야 할 사무국장이 아침부터 쉼터를 찾았다. 오늘도 그녀는 빈손이 아니었다.

"뭐예요?"

"신정에는 내가 시댁에 가야 해서요. 그래서 오늘 만두 빚으려고요. 많이 빚어서 오늘도 먹고, 신정에도 먹으면 되잖아요."

"어머, 속을 다 만들어 오신 거예요?"

통 하나 가득 담겨 있는 만두 속을 보고 정윤의 눈이 휘둥그레졌다. 아침부터 힘들었겠다며 국장에게 따뜻한 보리차를 건넸다.

"봉사하시는 분들도 몇 분 오실 거예요. 안 그래도 만두 빚어서 가져오려고 하셨대요. 신정 날 못 오시니까."

"마음이 따뜻하신 분들이라 눈에 밟히셨을 거예요. 고마워서 어쩌죠……."

"크리스마스 이후로 자주 못 오신 것에 오히려 더 미안해하시고……. 참 인정 많은 분들이죠. 그런 분들이 계시니까 이곳 쉼터가 쟁쟁하게 버티고 있는 거지요."

국장이 정겹게 웃으며 자리에서 일어났다.

"원장님은요?"

"저희 부모님하고 함께 나가셨어요. 볼일 보고 오신대요."

"부모님이요?"

국장은 궁금했지만 더 묻지 않았다.

"그럼, 시작할까요?"

"제가 반죽하죠."

호준이 팔을 걷어붙이고 밀가루를 가져왔다.

만두피를 만드는 기계가 없어 손수 손으로 밀고 찍었더니 호준의 이마에 송알송알 구슬땀이 맺혔다.

"제가 좀 할까요?"

"그냥 최 선생님이 하게 두세요. 밀면 어깨 아프고, 찍으면 손목 아프고, 안쓰러워도 우린 빚기만 해요. 저런 건 남자가 해야 해요. 그렇죠?"

"네, 제가 하는 게 낫습니다. 신경 쓰지 말아요."

손발이 척척 맞는 세 사람은 점심 무렵까지 만두를 다 빚을 수 있을 것 같았다. 국장의 손이 무척이나 빨랐고, 어쩐 일인지 정윤도 다른 때에 비해 빨리 손을 놀리고 있었다.

"난 그렇다 치고, 이 선생님은 만두 많이 빚어 봤나 봐요?"

"네, 제가 만두 귀신이거든요. 틈만 나면 빚어 먹었어요. 사실 속을 만드는 게 힘든 거지 빚는 건 쉽잖아요."

"맞는 말이네요. 예쁘게 빚는 걸 보니 예쁜 딸 낳겠는데요?"

"그래요?"

정윤과 국장은 뭐가 그리 재미있는지 연신 수다를 떨며 웃었다. 그 속에서 호준은 묵묵히 손을 놀리며 정윤의 얘기를 하나도 빼놓지 않고 가만히 듣고 있었다. 그녀에 대해서 많은 걸 알고 싫었기 때문이다. 어떻게 살았는지, 어떤 것에 관심이 있는지, 뭘 좋아하는지…….

"보면 가리는 음식이 없는 것 같아요. 다 잘 먹죠? 그러고도 왜 이렇게 날씬한 거야?"

국장이 부러움 반, 질투 반의 눈으로 정윤을 바라봤다.

"싫어하는 음식 있어요. 냉면하고 국수요. 전 이상하게 가는 면이 싫더라고요. 우동이나 칼국수는 너무 좋아하는데……."

"희한하네? 그 씹히는 느낌 때문에 그런가?"

"아마도 면발 차이겠죠. 최 선생님은 뭐 좋아하세요?"

정윤이 한쪽에서 열심히 만두피를 만들고 있는 호준에게 질문을 했지만 워낙 갑작스럽게 질문이 날아와 당황한 그는 금방 말하지 못했다.

"뭐 좋아하시냐고요?"

"나야, 뭐……. 가릴 입장이 아니라서 먹을 수 있는 음식은 다 좋습니다."

"어머, 그렇게 되는 거예요? 그럼, 저 또 실수한 거네요. 어휴……. 왜 이러죠? 이제 적응할 때도 되었는데……."

국장은 별걸 다 가지고 미안해한다면서, 이젠 똑같은 입장으로 같이 배를 곯아야 하는 동반자가 되었다면서 멋쩍어하는 그녀의 등을 어루만져 주었다.

"이 선생님 보면 내 여동생 생각나요. 내 얼굴에 침 뱉는 격이지만, 이 선생이랑 동갑인데 그 앤 하나도 철이 안 들었거든요. 시집갈 나이가 되었는데도 하고 다니는 꼬락서니를 보면 자

다가도 한숨이 나온다니까요. 절약할 줄도 모르고, 저축을 할 줄도 모르고, 월급을 받은 대로 다 써 버리고……. 우리 집 애물단지예요. 이 선생님 반의반만 닮아도 소원이 없겠네요."

국장은 곁눈질로 호준을 바라보며 정윤을 데려가는 남자는 복을 받은 거라며 입이 닳도록 칭찬을 해 댔다. 그 말에 호준이 정윤을 흘끗 바라봤다. 그녀, 정윤은 말없이 미소만 짓고 있었다.

점심 무렵, 쉼터 식구들과 만둣국을 먹으며 한 해를 마무리한 그들, 다들 어려운 환경 속에 일을 다니면서 짬짬이 봉사를 하는지라 오늘도 일찍 자리에서 일어나야만 했다. 국장도 일찍 집으로 돌아갔다.

정윤의 부모와 찻집에서 얘기를 나누는 원장의 얼굴에 화색이 돌았다. 그는 정윤의 부모가 적극적으로 일을 추진해 준다는 말에 고마워 연신 고개를 조아렸다.

얼마 전 두 사람이 데이트도 하지 못하고 돌아온 일을 안타깝게 생각한 원장이 정윤의 부모에게 그 일을 의논한 적이 있었다. 그는 두 사람에게 쉼터를 맡기고 싶다는 의사를 밝혔고, 오늘 그 대답을 듣기 위해 만나기로 한 것이었다.

"쉼터는 최 선생님이 맡는 것이 맞는다고 봅니다. 대신 저희가 쉼터 일을 함께하면 두 사람 어깨도 한결 가벼워질 겁니다. 제 지인들이 후원을 해 준다고 약속도 했고요. 쉼터 살림이 예전보다는 좋아질 겁니다."

"말씀만으로도 힘이 나고 위안이 됩니다."

"딸아이 덕분에 노후를 좋은 일을 하면서 보낼 수 있어 참 다행으로 생각합니다. 저희가 복 받은 사람들입니다."

"제가 면목이 없습니다."

"아이들 걱정은 하지 마시고, 항암 치료를 시작하시죠. 지금도 늦지 않았습니다."

옥숙의 말에 최 원장이 고개를 저었다.

"저는 살 만큼 살았습니다. 제 아들이 좋은 배필을 만나서 전 더 이상 여한이 없습니다. 그리고 두 분이 저 대신 아이들 곁을 지켜 주신다고 약속하셨으니까 전 그 말만 믿고 조용히 갈 날만 기다리면 됩니다."

"원장님도 참……."

옥숙이 코끝을 매만지며 눈물을 참으려고 애썼다. 세 사람은 그날 정윤과 호준의 결혼 문제에 대해서 더 의논을 하기 위해 오랜 시간 함께했다.

저녁 무렵, 외출을 마치고 돌아온 원장과 정윤의 부모가 두 사람을 찾았다. 옥숙이 먼저 입을 열었다.

"아빠하고 엄마하고 여기 쉼터 일 도와주기로 했다."

"네?"

정윤은 뜻밖의 일에 몹시 당황한 듯했지만 호준은 오히려 미소를 짓고 있었다. 그 모습을 보며 원장이 말했다.

"호준이 네 어깨가 너무 무거워 보여서 함께하시기로 결정한 거다."

"감사합니다. 열심히 더 공부하고 배우겠습니다."

호준이 넙죽 엎드려 절까지 해 보였다.

"그건 우리가 배워야지요. 아무쪼록 한숨 돌리고, 우리 딸아이와 좋은 추억 많이 만들어서 얼른 결혼해요."

"알겠습니다."

호준이 정윤을 보고 환하게 웃어 보이자 옥숙과 헌재도 미소를 지었다.

호준이라면 정윤을 평생 따뜻하게 감싸 줄 거라고 믿었다. 어렵고 힘든 일을 하는 그였지만, 그래서 정윤의 어깨도 무거워질 거라는 걸 알았지만 흔쾌히 호준을 받아들일 수 있었다. 두 사람은 아이들에게 좋은 엄마, 아빠가 될 자격이 충분히 있었다.

＊　＊　＊

그로부터 며칠 후, 원장이 가슴을 부여잡고 쓰러졌다. 그는 두 사람 곁에 정윤의 부모가 함께한다는 약속을 듣고 한순간에 잡았던 끈을 놓아 버렸다. 간신히 붙잡고 있었던 끈은 그가 힘 한 번 놓은 것으로 맥없이 끊어지고 말았다. 원장은 응급실로 가는 중에 숨을 거두고 말았다.

"아버지……."

그가 낮게 뱉어 내며 눈물을 쏟아 내기 시작했다.

불현듯 옛일이 떠올랐다. 부모가 모두 사고로 사망한 후 호준은 자신을 맡아 줄 친인척이 없어 3살 때 이곳 쉼터로 오게 되었다. 그날부터 호준은 그를 친아버지라 생각하며 살았다. 30년이 지난 지금도 여전히 그는 호준의 친아버지였다. 피만 섞이지 않았을 뿐이지, 온전하게 그의 친자식이었다.

쉼터의 모든 아이들이 그렇듯, 이젠 떠난 할아버지를 대신해 그가 그들의 아버지가 되어야만 했다. 잘해 낼 수 있을까? 부친이 아이들에게 쏟은 정성만큼 똑같은 사랑으로 대할 수 있을까? 어깨가 더없이 무거워졌다. 자신도 없을 뿐더러 한순간 모든 의욕이 상실되는 것 같았다.

넌 참 강한 녀석이라고, 어렸을 적부터 부친은 입버릇처럼 호준에게 말했었다. 하지만 그것은 부친이 옆에 있었기 때문이었다. 든든한 버팀목이 있었기 때문에 세상 무서운 줄 몰랐던 것이다. 정윤의 부모가 대신 그의 빈자리를 채워 주겠지만 호준은 한동안 슬픔에서 못 헤어 나올 것 같았다.

사무국장이 아이들을 데리러 간 사이, 정윤은 지혜와 함께 간식 준비를 했다. 혼자서 아이들의 간식을 준비하려니 여간 바쁜 게 아니었지만 지혜가 옆에 있어 그나마 일손을 덜 수 있었다.

그녀는 계속 호준을 생각하고 있었다. 가족이 없다는 큰 원장의 빈소를 그 혼자 지켜야 하는 것이 안쓰러웠지만, 그렇다고 정윤이 쉼터를 비우고 갈 수도 없었다. 사무국장 역시 마찬가지였다.

잠시 후 지혜가 입을 열었다.

"원장님 돌아가신 거죠?"

"응? 그래……."

아이는 금방 눈물을 쏟아 내며 자신도 병원에 가고 싶다고 했다. 그러자 학교에 다녀온 사무국장이 들어오며 입을 열었다.

"저녁때 갔다 오자."

"정말이죠?"

"그래, 큰 아이들만 데리고 갔다 올게요. 아무래도 마지막 가시는 길, 아이들이 함께해야 하는 게 마땅하지 않나 싶네요. 애들 데려다 주고 전 다시 올 겁니다. 네 시간 정도 혼자 있을 수 있죠?"

"그럼요."

"그리고 봉사하시는 분들이 소식을 접하고 병원으로 가시나 봐요. 그나마 한시름 놓을 수 있을 것 같네요."

"다행이네요. 걱정되었는데……."

정윤이 씁쓸하게 미소를 지어 보였다.

저녁 무렵, 정윤의 부모가 쉼터에 모습을 보였다.

"정윤아, 여긴 우리가 있을 테니까 다녀와."

"엄마……."

"손님이 없어서 쓸쓸하더라. 너라도 최 선생 옆에 있어야지. 원장님 마지막 가시는 길, 인사도 하고 오고……."

"네, 그럼 다녀올게요."

정윤은 그들에게 쉼터를 맡기고 장례식장으로 향했다. 다시 눈발이 날리기 시작했다. 그녀가 장례식장에 도착했을 때는 하얀 눈이 소복이 쌓여 있었다. 정윤은 조심히 주차를 하고 호준이 있는 곳으로 빠르게 발걸음을 옮겼다.

잠시 후 정윤이 들어오는 모습을 발견한 호준이 씁쓸하게 미소 지었다. 너무 힘들었는데, 그래서 그녀가 너무 보고 싶었는데 이렇게 달려와 준 것이 눈물 나도록 고마웠다. 하지만 호준은 덤덤하게 입을 열었다.

"왔어요?"

"식사는 하셨어요?"

"조금요. 아버지한테 절하셔야죠."

그의 말에 정윤이 시선을 돌려 영정사진이 놓여 있는 쪽을 바라봤다. 그제야 실감이 나는 것 같았다. 아까는 그의 죽음이 와 닿지 않았는데, 비로소 인정을 해야만 할 것 같았다. 눈물이 앞을 가려 영정사진이 뿌옇게 보였다. 코끝이 찡해지고, 감정이 복받쳐 올라 향을 꽂고 불을 켜는 손이 떨려 왔다.

정윤이 말없이 눈물을 삼키는 모습을 보면서 호준은 다시금 눈시울을 붉혔다. 얼마나 더 울어야 할까. 얼마나 더 슬퍼해야 이 슬픔에서 벗어날 수 있을까. 아이들을 생각해서라도 강하게 마음먹기로 했던 그 결심은 매번 무너지고 있었다.

정윤이 돌아가기 전, 두 사람은 잠시 시간이 나자 자리를 비우고 밖으로 나왔다.

"수고 좀 해 줘요."

"쉼터 걱정은 마세요. 원장님, 편하게 가실 수 있게 그만 울고요. 아셨죠?"

호준이 낮게 웃었다.

"제가 한 번 안아 줄게요."

이어 정윤이 그를 자신의 품으로 끌어당겼다.

"조금만 힘들어해요."

"고마워요."

호준은 오래도록 그녀의 품에 머물고 싶었다. 잠깐이라도 그녀를 품에 안고 잠을 자고 싶었다. 무척 따뜻한 가슴이라 떠나고 싶지 않았지만 마음을 다잡아야 했다.

호준이 그녀의 품을 벗어나 미소를 지었다.

"운전 조심해요."

"네."

"도착하면 전화하고요."

"네……."

긴 인사를 뒤로하고 정윤이 차에 올랐다. 그녀는 차 문을 열고 다시 인사를 하고 싶었지만 그대로 출발을 했다. 그렇게 하면 계속 그의 곁에 머물고 싶어질 거 같아서였다.

그가 없는 동안 정윤은 국장의 도움을 받으며 쉼터를 이끌어 나갔다.

정윤의 부모를 비롯해 큰 아이들은 호준과 함께 장례식을 치르기 위해 계속 곁에 남아 있었다. 마땅히 정윤도 함께해야 했지만, 어린아이들 때문에 며칠씩 쉼터를 비울 수 없었다. 자신들을 돌봐 주었던 큰 아이들이 곁에 없자 아이들은 다시 정윤의 곁에 착 붙어 떨어질 생각을 하지 않았다. 어린아이들이 영문도 모른 채 언니, 오빠들이 왜 오지 않느냐며 시무룩하게 물었다.

"다 어디 갔어요?"

"응, 조금만 참자. 내일 언니, 오빠들 올 거야. 서울로 공부하러 간 거야."

"으응. 그렇구나. 그럼 나도 언니들처럼 크면 서울 가요?"

"응."

정윤이 아이들의 머리를 쓰다듬어 주며 낮게 한숨을 뱉어 냈다.

*   *   *

며칠 만에 그가 돌아왔다. 물론 제일 반기는 것은 아이들이었다. 큰 아이들과 호준은 야윈 얼굴로 웃으며 녀석들의 머리를 한 번씩 쓰다듬어 주었다. 그는 제일 어린아이를 품에 안으며 그제야 정윤과 국장을 바라봤다.

"별일 없었습니까?"

"그럼요. 장례는 잘 치르셨어요?"

"네. 들어가죠. 추운데……."

두 사람이 얘기를 하는 동안 정윤은 지혜와 영선, 그리고 다른 아이들의 손을 가만히 잡아 주었다. 그리고 눈빛으로 고생 많았다고, 잘 견뎌 주어서 고맙다고 말하고 있었다. 아이들도 그런 그녀의 마음을 읽었는지 밝게 웃어 보였다.

쉼터는 여전히 침묵 속에 가라앉아 있었다. 아이들이 모두 잠든 시간, 그녀가 상담실에 앉아 있는 호준을 찾았다. 그는 무표정으로 모니터의 커서가 깜박거리는 것을 바라보고 있었다. 정윤이 가만히 자신의 자리에 앉으며 나지막이 호준을 불렀다.

"예? 아, 안 자고 왜 왔어요?"

그가 자세를 고쳐 앉으며 애써 태연한 척 대답했다.

"괜찮은 거죠?"

"물론입니다."

호준이 억지로 웃어 보이자 정윤이 살며시 그의 곁으로 다가갔다.

"이리 오세요."

그녀가 팔을 벌리자 호준이 코끝을 긁적이며 머뭇거렸다.

"어서요. 가끔은 이렇게 기대도 돼요."

정윤의 말에 호준이 붙잡고 있었던 마음을 한순간에 놓아 버렸다. 그가 덥석 안기자 정윤이 그를 세게 끌어안았다. 그녀가 안아 줄 수 있을 만큼, 그녀가 포용할 수 있을 만큼의 사랑으로 그를 감싸 안았다.

"고마워요."

호준은 한참 동안 정윤의 품에 머물면서 그동안 참았던 눈물을 쏟아 내고 있었다. 그의 가슴에 멍울졌던 아픔이 조금씩 치유가 되고 있는 듯했다.

그로부터 일주일 뒤, 호준이 원장의 정리한 방을 정윤의 부모가 쓸 수 있도록 준비를 하고 있다.

"서랍장이 필요할 것 같은데 사러 갑시다."

"서랍장은 집에서 가져온다고 하셨어요."

"그래요? 그럼 다 된 건가?"

호준이 이곳저곳을 훑어보며 부족한 것이 없는지 살폈다.

정윤의 부모는 한사코 마다했지만, 일주일 정도 출퇴근하는 그들을 지켜보면서 건강을 염려한 호준이 근처로 집을 구할 때까지 임시로 이곳에서 지내길 바랐다. 그들도 더는 고집을 피우지 않았다. 자신들이 건강해야 오래도록 두 사람의 그늘막을 할 수가 있기 때문이었다.

원장의 죽음 뒤로 쉼터는 많은 부분이 변해 가고 있었다. 무엇보다 아이들 마음의 동요가 걱정이었다. 원장을 잘 따르던 아이들이 정윤의 부모를 어떻게 받아들일 수 있을까 걱정이었지만, 다행스럽게도 아이들은 두 사람을 할머니, 할아버지처럼 편하게 대했다.

두 사람은 식사와 아이들의 통학 차량을 맡아서 하기로 했다. 식사 준비가 제일 손이 많이 가는 일이라는 걸 알기에 조금이라도 그들의 수고를 덜어 주고 싶은 마음에서였다. 두 사람의 노력으로 아이들은 원장의 빈자리를 채워 준 그들에게 마음을 활짝 열어 주었다.

쉼터는 어느 때보다도 활기가 넘치고, 웃음이 넘치고 있었다.

8.
옛 여자

은행 앞에 차를 세운 호준이 긴 숨을 토해 냈다.

오늘은 정부 보조금이 들어오는 날이었다. 그리고 뭔가를 확인해야 했다.

잠시 머뭇거리던 호준이 이내 차 문을 열고 은행으로 성큼성큼 걸어 들어갔다. 아침 일찍이라 은행은 비교적 한산했다. 그는 비어 있는 3대의 CD기 중 가운데를 선택했다. 호준이 호주머니에서 통장을 꺼내 빠르게 기계 안으로 집어넣고 통장정리를 시작했다. 마음이 급하다 보니 빨리 통장이 나오기만을 기다렸다.

몇 초 후 소음을 내던 기계가 멈추고 통장을 뱉어 냈다. 그는 그것을 빼서 찍힌 내역을 살펴보았다. 보조금이 찍혀 있고, 꾸준히 후원금을 보내 주는 고마운 분들의 이름이 찍혀 있었다. 그리고 역시나 지난달과 마찬가지로 정미림이란 이름으로 꽤 큰돈이 들어와 있었다.

호준은 절로 눈살이 찌푸려졌다. 그것은 정미림이란 이름이, 옛 애인의 동생 이름과 똑같았기 때문이다. 때문에 호준은 제멋대로 상상을 하지 않을 수 없었다. 하지만 정미림이란 이름을 가진 여자가 대한민국에 하나일 리 없었다. 아닐 거라고 마음을 다잡으며 생각을 버리려 했지만 불길한 마음은 어쩔 수 없었다.

호준은 그 돈을 지난번과 같은 통장에 이체를 시켜 놓았다. 조금도 손을 대고 싶은 마음이 없었다.

은행에 다녀온 호준이 정윤을 상담실로 불렀다.

"통장을 확인해 봐요. 월급날이잖아요."

결혼을 전제로 사귀기로 한 마당에 월급을 받는다는 것은 무의미했다. 하지만 그녀는 고맙다는 인사를 해 보였다.

"네, 감사히 잘 받을게요."

정윤은 지난번 월급까지 모두 적금을 들어 놓을 참이었다. 만일의 사태를 대비해 비상금으로 가지고 있으려는 것이었다. 지난번처럼 또 그런 일이 일어나면 그녀도 이젠 도와줄 수 있는 방법이 없기 때문이다.

며칠 후 쉼터는 일상으로 돌아왔다. 묵은해를 보내고 새해를 맞이하면서 들떠 있던 쉼터는 한결 조용해졌다.

모처럼 날이 따뜻해지자 남자아이들은 운동장에서 축구를 하고, 여자아이들은 줄넘기를 하면서 시간을 보내고 있었다. 그런 녀석들 앞에 차 한 대가 멈춰 섰다.

"누구지? 못 보던 찬데?"

은철과 아이들이 잔뜩 궁금해하며 차 문이 열리기만을 기다렸다. 하지만 차에서 내린 사람은 그전에 봤던 낯이 익은 얼굴의 여자였다. 한참만에야 그 여자가 누군지 떠오른 은철의 얼굴이 일순간 일그러졌다. 그리고 몇몇 큰 녀석들의 얼굴도 일그러지긴 마찬가지였다.

차에서 내린 여자는 너무도 익숙하게 아이들에게 인사를 해 보였다. 낮은 톤의 목소리로 인사를 하는 여자는 키가 무척이나 컸다. 짧은 쇼트커트가 인상을 강하게 보이게 했지만 전체적으로 세련되었다. 정윤의 소박한 생김새와는 정반대였다.

"녀석들, 그새 많이 컸는데?"

친근하게 대하는 여자와 달리 녀석들은 시큰둥하게 대답도 하지 않은 채 그녀를 무시했다. 하지만 여자는 그런 아이들을 대수롭지 않게 여기고 너무도 익숙하게 상담실을 찾아 안으로 들어갔다.

여자가 노크도 하지 않은 채 상담실의 열려진 문으로 성큼 들어섰다.

"오랜만이야."

갑작스런 여자의 방문에 업무를 보던 세 사람은 깜짝 놀랐다.

"어머, 여긴 어쩐 일이세요?"

국장도 여자를 아는 모양이었다.

"……"

"국장님, 오랜만이네요. 그동안 잘 지내셨죠?"

"그, 그럼요."

국장이 정윤과 호준을 번갈아 바라보며 난처한 듯 대답했다.

"죄송하지만, 잠시 자리 좀 비켜 주실래요?"

여자의 요청에 국장과 정윤이 빠르게 상담실을 빠져나왔다. 두 사람이 나가자 여자는 의자를 끌어다 호준의 옆에 놓았다. 그러고는 자리에 앉자마자 어안이 벙벙한 상태의 얼굴로 자신을 바라보는 호준에게 웃어 보였다.

"호준 씨, 하나도 변한 게 없네? 얼굴이 조금 탄 것 빼곤 그대로야. 난 어때? 많이 변했지?"

호준이 보기에도 그녀 또한 외관상 변한 게 하나도 없었다. 화장이 조금 짙어진 것뿐이었다.

"어쩐 일이야?"

호준이 자리에 앉으며 사무적으로 물었다.

"근처 지나다가 당신 생각나서 들렀어. 우리 그래도 되는 사이잖아."

'우리'라는 말에 호준이 싱겁게 웃었다. 잠시 후 여자가 핸드백에서 봉투를 꺼내 내밀었다.

"뭐야?"

"기부하려고. 1억이야."

호준은 자신의 귀를 의심했다. 지인을 통해 그녀가 모 기업의 자제와 결혼을 했다는 소식을 들었었다. 아무리 그래도 이해가 가지 않았다. 몇 년 만에 갑자기 나타나 돈 봉투를 내미는 여자의 마음을 읽을 수가 없었다. 여자한테 1억은 어떤 의미일까 싶었다.

"거액인데, 남편도 알아?"

"나 남편 없어. 이혼했어. 이혼하면서 위자료 많이 받았어. 필요하면 더 얘기해. 아니, 이참에 여기 후원자나 될까?"

그 순간 호준은 '정미림'이란 이름이 떠올랐다.

"혹시 그것도 네가 한 거니?"

"뭐?"

호준은 빠르게 이름 석 자를 말했다.

"아……. 미림이한테 부탁했었어."

"왜?"

"자기 도우려고. 그러다가 생각을 바꾼 거야. 뒤에서 도와주는 건 내 성격하고 안 맞더라고. 염치없더라도 직접 나서고 싶었어."

호준은 뭔지 모를 감정에 휩싸였다. 태평한 옛 애인의 얼굴과 봉투를 번갈아 바라보며 심장 깊숙한 곳에서 그녀 모르게 한숨을 뱉어 냈다.

"네 후원금 필요 없어."

그가 봉투를 여자에게 내밀자 그녀는 어이없는 표정을 지으며 다시 그의 손에 쥐어 주었다.

"왜? 옛 애인 돈이라 싫은 거야? 호준 씨, 공과 사는 구분하자."

천연덕스럽게 뱉어 낸 여자가 천천히 자리에서 일어나 상담실을 둘러보았다.

"당신처럼 변한 게 없네? 아버님은?"

"……."

"아버님 안 계셔? 여기까지 왔는데 뵙고 가야지."

"얼마 전에 돌아가셨어."

그의 대답에 여자의 미소 띠었던 얼굴이 굳어졌다. 그러고는 빠르게 호준의 곁으로 다가와 그의 손을 잡아 어루만져 주었다. 호준은 너무도 급작스런 일에 깜짝 놀라 손을 빼려고 했다. 하지만 여자가 더 완강히 잡고 놓아주지 않았다.

"미안해."

"……."

"내가 잘못했어. 아버님 소원이셨는데……."

"이미 지난 일이야. 아버지도 잊으신 지 오래전이야."

호준이 손을 빼고 한 발자국 뒤로 물러섰다.

7년 전, 이곳 쉼터에 오기 전 한 여자를 사랑했다. 첫사랑이었고, 그의 목숨만큼이나 소중한 여자. 그녀가 바로 앞에 서 있는 여자였다. 사내커플로 만나 꽤 오랜 시간 함께했다. 하지만 함께 쉼터를 이끌어 가자는 부친의 말에 그녀는 180도 바뀌었다. 그는 한 번도 그녀의 사랑을 의심한 적이 없었다. 늘 강직하고 한결 같았기 때문에 그가 이 같은 결정을 내렸을 때 누구보다도 반가워해 줄 거라 생각했다. 그가 늘 쉼터 얘기를 하며 언젠가는 그곳에 자리를 잡을 거라고 했기 때문이다. 그때는 아무런 반대조차 하지 않았는데 막상 그렇게 되니까 여자는 막말도 서슴지 않았다.

"난 호준 씨하고 결혼하고 싶어. 하지만 쉼터는 안 돼. 난 거기 못 들어가. 언젠가 아버님이 찾아오셨었어. 안주인이 되어 달라고……. 하지만 나까지 그럴 필요 없잖아. 결혼해서 쉼터로 출퇴근할 수도 있는 일을 꼭 들어가서 살아야 해?"

"아버지가 많이 연로하셔. 내가 곁에 있어야 해."

"친아버지도 아니잖아."

여자의 말에 호준은 상당한 충격을 받았지만 참고 입을 열었다.

"나한텐 친아버지야."

"피가 안 섞였는데 어떻게 친아버지니? 게다가 그 많은 연봉을 포기하고 거길 들어가서 살자고? 궁상맞게?"

"너 왜 그래? 이런 애 아니었잖아."

여자는 자리에서 벌떡 일어나며 길을 막고 물어보라고 했다. 어느 여자가 쉽게 들어가겠냐면서 봉사활동도 아무나 못하는데 하물며 그런 자리에, 자신은 도저히 할 수 없다고 했다.

"여기서 끝내. 결혼은 사랑도 중요하지만 조건도 중요해. 호준 씨가 계속 우긴다면 나도 별수 없어. 가슴 아파도 끝낼 거야."

그렇게 여자는 가 버렸다. 호준은 그녀를 이해하면서도 그만큼 배신감도 맛보았다.

호준은 그녀가 왜 다시 나타났는지 조금도 이해를 할 수가 없었다. 그는 그녀와 멀찌감치 떨어져 등지고 섰다. 하지만 여자가 다시 곁으로 다가와 말을 이어 갔다.

　"지금이라도 해 드리면 어떨까?"

　"무슨 뜻이야?"

　"솔직히 말할게. 기부는 핑계에 불과해. 나 호준 씨, 보고 싶어서 온 거야. 나 당신 버리고 간 거 후회하고 있어. 하지만 과거는 과거잖아. 현재가 중요하지."

　호준은 머리끝이 쭈뼛 서면서 소름이 돋았지만 겨우 입을 떼었다.

　"현재가 어떤데?"

　"나 여기 안주인 하러 왔어. 그동안 많이 깨달았어. 반성도 많이 했어. 정말이야. 그때는 내가 너무 어렸었어. 덜컥 겁이 났던 것도 사실이고. 자기, 나 이해한다고 했잖아."

　"그래, 이해한다고 했어."

　"내가 너무 늦은 거 아니지?"

　그녀의 말에 호준은 할 말을 잃었다. 몇 년 사이 여자는 어린 아이가 되어서 돌아왔다. 생김새는 달라진 것이 없었지만 이렇게 어리광을 부리면서 매달릴 여자가 아닌데, 그녀는 호준을 바라보며 연신 미소를 짓고 있었다. 예전의 정혜림이 아니었다. 예전 정혜림은 냉철하고 도도하고 이기적인 여자였다. 한 번도 자신을 굽힌 적이 없었다.

　"호준 씨, 내가 한 번 결혼했다고 싫은 거야? 아기도 없어.

일부러 안 낳았어."

코맹맹이 소리로 매달리며 묻는 여자를 떼어 내야 한다는 생각도 잊은 채 호준은 깊은 절망감에 빠져 있었다.

"너한테 결혼은 어떤 거니?"

그렇게 묻는 호준의 얼굴엔 원망이 잔뜩 섞여 있었다. 하지만 돌아온 대답은 가히 충격적이었다.

"두 번, 세 번 결혼하는 여자도 있어. 그게 문제가 되는 시대는 아니잖아? 호준 씨도 이해할 수 있잖아. 살다가 성격이 안 맞으면 헤어질 수도 있는 거고."

"그럼 나하고도 결혼해서 살다가 안 맞으면 헤어질래? 그렇지. 한 번 떠난 사람이 두 번 못 떠날까! 그래, 네 말대로 두 번, 세 번 결혼할 수도 있어. 성격 안 맞으면 이혼할 수도 있어. 하지만 여긴 그렇게 할 수 있는 곳이 아니야. 적어도 나랑 결혼을 하려면 아이들이 우선이라고. 나는 그렇게 할 수가 없다."

호준이 거칠게 여자의 팔을 뿌리쳤다.

그 시각, 정윤과 사무국장은 방에서 여자에 대해 얘기를 하고 있었다. 국장은 마땅히 정윤이 알아야 한다고 생각했지만, 막상 말하고 나니 너무 경솔했던 건 아닌가 싶었다.

"그런 사람이 왜 찾아왔을까요? 떠날 때는 언제고……."

국장이 정윤의 눈치를 보며 물었지만 정윤은 아무 말도 하지 않았다. 그 여자에 대해서 조금도 생각하고 싶지 않았다. 여자가 다시 시작을 하러 찾아온 거라고 해도 이미 호준은 자신과 연애를 시작한 사이였다. 장래까지 약속했다. 알 수 없는 불안감이 있었지만 정윤은 호준이 흔들리지 않을 거라는 걸 믿었다.

잠시 후 복도 쪽에서 우당탕거리는 소리가 들려왔다. 정윤과 사무국장이 깜짝 놀라 밖으로 나가 보니 녀석들이 공을 들고 사무실로 뛰어 들어가고 있었다.

"선생님! 저희 축구 시합하는데 감독 좀 해 주세요!"

"어서요!"

손님이 찾아왔을 때 아이들이 사무실을 찾아오는 일은 극히 드물었다. 때문에 호준은 녀석들이 왜 이러는지 알고도 남았다. 큰 녀석들은 혜림에 대해서 알고 있었다. 호준은 이곳 쉼터에 정착하기 전에 자주 혜림과 같이 놀러 왔었다.

"이만 돌아가시죠."

호준이 봉투를 여자의 주머니에 찔러 넣고 밖으로 나가려고 했다. 그러자 등 뒤로 여자의 목소리가 들려 왔다.

"또 올게."

"……."

호준은 잠시 머뭇거렸으나 이내 사무실을 빠져나왔다.

혜림은 사무실 창문으로 운동장을 바라보았다. 호준이 아이들과 축구를 하고 있는 모습을 가만히 눈에 담으며 한참을 그곳에 서 있었다. 잠시 후 국장과 정윤이 사무실로 들어섰다.

"커피 좀 드려요?"

국장의 목소리에 창밖을 바라보던 여자가 황급히 돌아섰다.

"그럼 한 잔 마시고 갈까요?"

"잠시만 기다리세요."

국장이 나가자 사무실엔 정윤과 혜림만 남게 되었다. 혜림이 먼저 정윤에게 악수를 청했다.

"정혜림이에요. 앞으로 자주 볼 건데 친하게 지내요."

정윤은 자주 볼 거라는 말이 생전 처음으로 거북하게 들려왔다.

"이정윤입니다."

"여긴 언제 왔어요?"

"몇 개월 되지 않았습니다."

사무적으로 말하는 정윤의 얼굴에 경계심이 가득했다. 그것을 알 리 없는 여자는 국장이 커피를 내오자 의자에 앉아 다시 운동장을 바라봤다. 정윤은 그런 혜림을 눈으로 좇았다.

호준은 꽤 오랜 시간 운동장에 머물렀다. 그녀가 가기 전까진 계속 운동장에 있을 생각이었다. 시간이 지날수록 아이들도 지쳐 갔지만 꾹 참고 축구 시합을 멈추지 않았다. 자신들 곁에 호준을 붙들어 놓으려는 심산이었다. 잠시 후 호준이 호루라기를 불며 타임을 외쳤다.

"잠시 쉬다 하자."

호준의 얼굴에도 지친 기색이 역력했다. 몸보다 심적으로 더 지쳐 있었다. 바닥에 그대로 주저앉아 창문 쪽을 바라보았다. 정윤과 혜림, 국장이 나란히 서서 자신들을 지켜보고 있었다. 국장과 혜림은 대화를 주고받으며 미소를 짓고 있었고, 정윤은 무표정으로 호준을 바라보고 있었다. 때문에 그는 정윤이 혜림의 존재에 대해서 알게 되었다는 걸 짐작할 수 있었다.

"은철아!"

호준의 부름에 은철이 벌떡 일어나 그의 곁으로 뛰어왔다.

"네!"

"사무실 가서 이 선생님 좀 모시고 와."

"지……금요? 아, 알았습니다."

눈치가 빠른 은철이 재빠르게 사무실로 뛰어가 정윤을 불렀다.

"이 선생님!"

"응?"

"최 선생님이 운동장으로 나오시래요."

"그, 그래."

정윤은 혜림의 눈치를 살피며 은철을 따라 운동장으로 나갔다. 그녀가 운동장에 모습을 보이자 호준이 자리에서 일어나 그녀의 곁으로 뛰어갔다.

"두 팀으로 나눠서 피구합시다. 자…… A팀, B팀은 각자 위치로!"

그의 지시에 아이들은 홍해가 갈리듯 두 편으로 나눠 운동장에 섰다. 호준은 정윤에게 A팀을 맡으라고 했다. 갑작스런 게임에 어안이 벙벙한 표정을 짓던 정윤이 잠시 후 빠르게 적응을 하곤 자신의 팀을 이끌었다.

어느새 아이들은 뿌연 먼지를 일으키며 피구를 시작했다. 이제 그들의 공간에 혜림은 없었다. 정윤도 그 시간만큼은 잠시 혜림의 존재를 잊을 수 있을 것 같았다.

그들이 피구를 하는 동안 30여 분이 흘렀다.

이윽고 혜림이 운동장에 모습을 보였다. 하지만 호준은 그녀를 무시했다. 그리고 그녀가 차를 타고 사라질 때까지도 눈길 한 번 주지 않았다. 정윤만이 흘끗 정문을 바라보며 멀어져 가는 차를 응시했다. 그때 공이 정윤의 가슴팍을 치며 바닥으로 뚝 떨어져 데굴데굴 굴러갔다.

"이 선생님 아웃!"

"윽! 더 뛸 수 있었는데. 아깝다……."

정윤은 라인 밖으로 나오며 영선과 지혜에게 파이팅을 해 보였다. 그렇게 10여 분이 더 흐른 후 A팀이 모두 아웃이 되자 게임은 끝이 났다.

"식사하기 전에 모두 샤워 마쳐라."

아이들이 우르르 안으로 몰려 들어가자 정윤과 호준은 공을 정리했다. 그러는 사이 두 사람 사이에 어색한 감정이 흘렀다. 잠시 후 호준이 먼저 입을 열었다.

"정혜림 씨 일은……."

그가 말을 채 끝내기도 전에 정윤이 그의 입을 가로막았다.

"저는 괜찮아요. 선생님이 잘 처신하리라 믿거든요. 선생님, 옛 애인과 저 사이에서 우유부단하게 행동하실 분 아니잖아요. 그렇죠?"

어금니를 사리물며 아픈 감정을 감추고 겨우 뱉어 냈지만 복받쳐 오르는 감정을 누르기엔 역부족이었다. 어느새 정윤은 그 때문에 눈물을 보이고 말았다.

"큰 아이들은 아는 눈치던데요. 아이들한테 상처가 되지 않도록 해 주세요."

정윤은 안으로 들어가기 전 눈물을 멈추려고 애썼다. 연신 흘러내리는 눈물을 소매로 닦으며 감정을 추슬렀다. 아이들한테 약한 모습을 보이고 싶지 않았다. 사랑 때문에 아파하는 모습은 아이들에게도 분명 상처가 되었다. 누구보다도 잘되길 바라는 아이들이었다. 하지만 정윤은 복잡한 심경 때문에 눈물을 쉽게 멈출 수 없었다.

"그런 일 없을 겁니다. 날 믿어요."

호준이 그녀를 꼭 끌어안아 주었다. 운동장에 덩그러니 남아 서로를 꼭 껴안고 있는 두 사람은 오래도록 서로를 놓지 않았다.

❋　❋　❋

그 이후로 쉼터에 문제가 생겼다. 혜림이 하루가 멀다 하고 물품들을 보내기 시작한 것이다. 아이들이 먹을 식료품은 물론 책과 옷 등, 새 컴퓨터는 20대가 넘었다. 호준은 그것을 바라보며 한숨을 뱉어 냈다. 돌려받은 1억을 이런 식으로 기부를 하려는 모양이었다. 하지만 전혀 반갑지 않았다. 다음 날은 자전거, 그다음 날은 전자수첩이었다.

그녀가 보낸 줄 모르는 아이들은 생전 처음 보는 물건에, 어쩜 한 번쯤은 소장하고 싶었을 물건이 눈앞에 있자 좋아서 어쩔 줄 몰라 했다. 그런 아이들의 손에서 물건을 돌려받는 것도 빼앗는 것만 같아 호준은 아무런 조치도 취하지 못했다.

"혜림 씨가 무슨 생각으로 이러는 걸까요? 이러다 안 보내면 아이들 실망이 이만저만 아닐 텐데……. 괜히 버릇만 나빠질까 봐 걱정인데요."

국장이 걱정스런 눈길로 자전거를 타고 있는 아이들을 바라봤다.

"혹시 내일도 오면 그대로 돌려보내세요."

호준의 지시에 국장이 고개를 끄덕거렸다.

다음 날도 어김없이 물건이 도착했다. 아이들은 이번엔 또 어떤 물건인지 궁금해 우르르 몰려들었다. 그러자 국장이 송장번호가 찍힌 스티커를 가리며 목소리 톤을 높여 소리쳤다.

"이건 너희들 거 아니니까 다들 방으로 들어가. 다시 돌려보낼 거야."

"왜요?"

"그러면 그런 줄 알아. 안 들어갈래? 너희들이 들어가야 동생들이 들어가지. 큰 녀석들이 이러면 어떡해?"

국장이 호통을 치자 아이들이 마지못해 방으로 들어갔다. 그녀는 택배직원에게 다시 박스를 내밀었다.

"잘못 왔어요."

"예? 분명 쉼터가 맞는데요."

"반품해 주세요. 저희는 못 받습니다. 보낸 사람한테 따지든지, 그건 알아서 하시고요. 물건 도로 가져가 주세요. 제발 부탁입니다."

국장이 두 손을 모으며 간절한 눈빛을 보내자 택배직원이 어리둥절한 표정을 지으며 박스를 도로 가지고 갔다.

"아무튼 악역은 나만 맡는다니까. 아이들이 날 뭐로 보겠어. 가뜩이나 무서워하는데……. 그렇다고 이 선생님한테 시킬 수도 없고……. 그래, 내가 하자, 해. 악역 뭐, 하루 이틀 하나……."

그녀가 이러쿵저러쿵 혼잣말을 뱉고 있는 사이, 언제 왔는지 정윤이 뒤에서 국장을 가만히 끌어안아 주었다.

"어머! 다 들으신 거예요?"

"네, 죄송해요."

"뭘요……. 아무튼 내일은 안 왔으면 좋겠네요. 아이들 실망한 얼굴 보면 내 마음이 다 아프다니까요."

"그러게요."

"아휴……. 올 겨울은 유난히 춥네. 빨리 봄이나 왔으면 좋겠어요. 우리 여기서 이러지 말고 안으로 들어갑시다."

국장이 정윤의 손을 잡고 사무실로 들어갔다. 두 사람은 따뜻한 보리차를 마시며 잠시 걱정은 날려 보내고 다시 업무에 집중했다.

물건이 오는 족족 무조건 반품을 시켰더니 그 이후론 더 이상 물건이 오는 불상사는 일어나지 않았다. 대신 혜림이 다시 쉼터를 찾았다. 그날은 호준도 쉼터에 없었다. 개학하기 전 아이들을 씻기기 위해 남자아이들을 데리고 시내에 있는 목욕탕에 갔기 때문이다. 국장이 차를 내오곤 혜림이 들고 온 작은 박스를 가리키며 물었다.

"이건 뭐예요?"

"아이들 영양제예요. 한 달 분량이니까 다음 달에 또 들고 올게요. 영양이 많이 부족할 것 같아서요. 그리고 이건 국장님이 받아 주세요."

혜림이 국장에게 봉투를 내밀었다. 국장은 그걸 보자마자 정색을 하며 손을 저었다.

"저는 받을 수 없습니다. 후원금이라면 통장으로 입금을 시켜 주세요. 이런 식으로 받지는 않습니다."

"호준 씨도 안 받는다고 해요. 그럼 전 누구한테 해야 하는 거죠? 아이들한테 도움이 되고 싶은데요. 받아 주세요."

"쉼터 후원금 계좌 있잖아요."

"그렇게 넣어도 호준 씨 10월도 안 건드리고 다시 돌려줬어요. 그럼 아무 의미 없잖아요."

얼마 전 호준은 혜림의 동생 미림을 만나 그동안 입금이 되었던 금액을 모두 돌려주었었다.

옆에서 가만히 듣고 있던 정윤은 더 이상 참을 수 없을 것 같았다. 그동안 쭉 지켜본 결과, 그녀의 진심은 조금도 담겨 있지 않은 것 같았다. 그녀의 후원은 마치 호준의 주위에 머물기 위한 수단인 것만 같았다.

"제가 한 말씀드려도 될까요?"

정윤이 그녀의 곁으로 다가오며 물었다.

"뭐죠?"

혜림이 무관심하게 뱉어 냈다.

"지난번 일도 그렇고, 저희는 혜림 씨의 후원이 하나도 반갑지 않습니다. 최 선생님과 회의를 통해서 결정된 사항입니다. 이런 식의 후원은 받지 않기로 했습니다."

"후원도 사람 골라 가면서 받나요? 어쨌든 전 못 들은 걸로 하겠습니다. 제 마음이 이끄는 대로 하고 싶군요."

혜림이 전혀 못 알아듣자 정윤은 자신이 정말로 하고 싶었던 말을 뱉어 냈다.

"이건 횡포라고밖에 할 수 없어요. 돈 자랑할 데가 없어서 안달 난 사람 같습니다."

그 순간 정윤의 눈앞이 번쩍했다. 국장이 말릴 새도 없이 일이 벌어지고 말았다. 혜림이 눈에 불을 켜고 정윤을 바라보고 있었다. 그녀는 두 주먹을 불끈 쥐고 부르르 떨고 있었다. 정윤은 아랫입술을 지그시 깨물고 흐트러지지 않은 모습으로 그녀를 바라봤다. 혜림에게 자신은 주제넘게 끼어든 존재일 수도 있었다. 하지만 계속 방관만 할 수는 없었다. 쉼터의 문제였고, 호준의 일이었다. 그렇다면 자신과도 상관이 있는 일이었다.

"남의 진심을 그렇게밖에 해석할 수 없나요? 그런 사람이 사회복지사라고 할 수 있어요? 사람 마음 하나 못 읽는 사람이 어떻게 아이들의 마음을 읽을 수 있죠?"

부르르 떨리는 몸과는 달리 혜림은 너무도 차가운 목소리로 또박또박 뱉어 내고 있었다. 정윤도 물러서지 않았다. 그녀에게 지고 싶은 마음은 추호도 없었다.

"사회복지사는 신이 아니에요. 신이 아닌 이상 그 누구도 사람 마음 읽는 거 쉽지 않아요. 노력하고 있어요. 진심으로 아이들을 대하려고 노력한다고요. 난 당신처럼 돈이 많지 않아서 그렇게 못해요. 하지만 하나도 부럽지 않아요. 당신처럼 돈으로 다 치장을 하면 처음엔 좋겠죠. 하지만 그건 결코 아이들을 위하는 게 아니거든요. 망치는 거라고요."

혜림은 한동안 아무 말도 하지 않았다. 그녀는 무표정으로 정윤을 바라보기만 했다. 사무실은 개운치 않은 적막감으로 가득했다.

"그리고 혜림 씨의 진심은 아이들이 아니에요. 최 선생님이잖아요. 아닌가요?"

"그게 무슨 상관이에요? 내가 누구를 위해 하든지 말든지 당신이 무슨 상관이냐고요."

국장도 숨을 죽이고 두 사람을 응시했다. 혜림은 그렇다 치고, 정윤에게 저런 면이 있었다니 새삼 놀라웠다. 여리고 순수한 줄로만 알았는데 이제 보니 당찬 구석이 있었다. 혜림에게 하나도 질 것 같지 않았다. 혜림에게 나쁜 감정이 있는 건 아니었지만, 한 남자를 사이에 둔 두 여자 중 자신이 응원을 해 주어야 할 사람은 정윤이었다. 그건 분명한 사실이었다. 국장도 쉼터의 안주인은 혜림보다 정윤이 제격이라고 믿어 의심치 않았다.

와자지껄한 소리에 국장이 서둘러 밖으로 나가니 남자아이들이 목욕을 마치고 안으로 들어오고 있었다. 그 뒤로 호준이 모습을 보였다. 국장은 빠르게 뛰어나가 호준에게 혜림이 왔다고 알리면서 방금 전 있었던 껄끄러운 사건까지 모두 얘기를 해 주었다. 얘기를 다 들은 호준은 1초도 지체하지 않고 국장에게 아이들을 맡기고 사무실로 들어섰다.

호준이 안으로 들어서자 혜림이 자세를 고치며 그에게 인사를 해 보였다. 하지만 그는 인사를 받는 대신 정윤에게 아이들의 간식을 부탁했다.

"그럴게요."

"고마워요."

정윤이 사무실을 나가자 호준이 혜림의 팔을 거칠게 잡으며 입을 열었다.

"도대체 무슨 생각으로 여길 다시 나타난 거야? 우린 오래전에 이미 끝났잖아."

"다시 시작할 수 있잖아. 당신도 나 못 잊고 여직 혼자잖아."

"혼자 아냐."

"누가 있어?"

"그래, 이 선생님하고 결혼하기로 했어."

호준은 조금도 주저하지 않았다. 혜림이 또 찾아올 줄 알았으면 진즉에 알려 줄 걸 그랬다.

"이 선생님? 방금 나간 저 여자 말이야?"

"그래."

혜림은 넋이 나간 사람처럼 아무 말도 하지 못하고, 조금도 움직이지 못했다. 그런 그녀를 호준이 의자에 앉혀 주었다.

"그러니까 이제 그만 찾아와. 네가 왜 후원을 하는지······. 그 이유 충분히 아니까 그것도 그만해."

"그래서 이 선생이 나한테 그런 식으로 말했던 거야? 참 오지 랖 넓다고 생각했는데 그런 이유가 있었구나. 하지만 이 선생 몇 개월 되지 않았다는데······. 그사이 벌써 사랑이 싹트기라도 한 거야? 그래?"

혜림은 믿지 못하겠다는 듯 따져 물었다. 하지만 돌아오는 대답은 호준의 마음이 흔들리지 않을 거라는 것이었다.

"시간은 중요하지 않아. 그건 네가 더 잘 알잖아. 우리 그렇게 오래 만났어도 인연이 아니었어."

혜림은 좀처럼 자리를 뜨지 못했다. 한 번도 호준에게 다른 여자가 있을 거란 생각은 해 본 적이 없었다. 자격이 없는 건 알지만 자신이 돌아온다면 호준이 기꺼이 받아 줄 거라는 착각에 빠져 있었던 것이 더 큰 상처로 다가왔다. 그에 대한 기대를 조금만······. 아니 조금도 생각하지 않고 왔더라면 이렇게 절망적이지 않았을지도 모를 일이었다. 그의 곁에 있는 정윤의 존재가 밉기보단 자신의 오만함에 더 화가 났다.

"좀 마셔."

사색이 되어 있는 혜림에게 호준이 보리차를 내밀었다.

"고마워. 자기는 여전히 따뜻하네."

혜림은 억지로 웃어 보였다. 그러고는 그가 건넨 보리차를 한 모금 마셨다. 하지만 곧 심한 자괴감에 빠져들고 말았다. 그와 시선도 못 마주칠 정도로 자신의 존재가 부끄럽고 창피하게 느껴졌다.

그녀는 찻잔을 책상 위에 놓고 황급히 일어섰다.

"이만 갈게. 그래도 호준 씨, 내가 또 찾아올지도 몰라. 아직 혼란스러워서 생각을 정리 못했거든. 내가 당신 왜 떠난 줄 알잖아. 결코 당신을 사랑하지 않아서가 아냐."

그녀는 자신이 무슨 말을 하는지도 모른 채 횡설수설 나오는 대로 뱉어 냈다. 그리고 호준의 대답도 듣지 않은 채 황급히 사무실을 빠져나오다 앞에 서 있는 정윤을 발견했다. 잠시 머뭇거리던 혜림이 빠르게 입을 열었다.

"아깐 미안했어요. 용서하세요."

정윤은 뒤돌아 가는 혜림을 가만히 지켜보았다. 그녀의 어깨가 무척이나 쓸쓸해 보이자 갑자기 연민이 느껴졌다. 만약 자신이 호준과 연애를 시작하지 않았더라면 어쩜 두 사람은 재회의 기쁨을 만끽하고 있을지도 모를 일이었다.

"저도 죄송했습니다."

정윤의 사과에 뒤돌아 가던 혜림이 돌아섰다. 그러고는 살짝 미소를 지어 보이고 빠르게 걸음을 옮겨 코너를 돌아 정윤의 시야에서 사라졌다. 정윤은 그녀가 가고 없는데도 한참을 그곳에 서 있었다.

"잠깐 들어올래요?"

호준의 목소리에 정윤이 정신을 차리고 그를 바라봤다. 호준이 어색하게 손을 내밀고 있었다. 정윤이 자신의 손을 잡자 호준이 부드럽게 안으로 끌어당겼다. 그녀가 사무실로 들어오자 호준이 천천히 문을 닫았다. 그러고는 가운데 소파로 정윤을 데리고 가 가장자리 안쪽에 앉혔다. 그 자신도 맞은편에 앉았다. 아주 짧은 동선이었지만, 복도에서 사무실 안으로 들어오는 데 몇 초 걸리지 않았지만 그 시간이 마치 몇 시간은 지난 것만 같다.

그 이후로도 두 사람 사이에선 어색한 정적만이 흘렀다. 먼저 입을 연 건 정윤이었다.

"앞일을 훤히 내다볼 수 있었으면 좋겠어요. 그랬으면 혜림 씨의 등장을 미리 알 수 있었을 텐데요."

"무슨 뜻입니까?"

"우리요. 우리 두 사람…… 아무 일도 없었겠죠."

기운 없는 목소리로 뱉어 내는 정윤의 얼굴엔 혜림에 대한 죄책감이 묻어 있었다. 하지만 호준의 생각은 전혀 달랐다.

"우리 두 사람 시작하지 않았어도 난 혜림이를 받아들이지 않았을 겁니다. 받아들일 거면 떠나보내지도 않았습니다."

"그…… 그래요. 근데 전 왜 이렇게 불안한 거죠?"

정윤이 어색하게 웃어 보였다. 호준은 그제야 정윤에게 자신에 대한 확신을 보여 주지 않았기 때문에 생긴 오해라는 걸 깨달았다. 그런 상태라면 정윤이 혜림의 일로 충분히 불안해할 수 있었다. 하지만 어떻게, 어떤 식으로 확신을 줘야 하는 건지 금방 떠오르지 않았다. 시작하는 단계였고, 그 자신도 아직은 어색하기만 했다.

"내가 어떻게 해 줘야 할까요?"

"그걸 저한테 물으시면 어떡해요? 무책임하게. 전 선생님이 하라는 대로 다할 테니까, 선생님이 뭘 하든 다 받아 줄 테니까 그게 뭐든 해 보세요. 남자 배포가 그렇게밖에 안 되나요?"

톡 쏘듯 뱉어 낸 정윤은 그가 채 뭐라고 하기도 전에 상담실을 빠져나왔다. 아직도 그녀의 심장은 두근거리고 있었다. 자신이 무슨 생각으로 말했는지도 모른 채 무조건 나오는 대로 뱉어 낸 것이었다. 안에서 호준의 인기척이 들리자 정윤은 빠르게 걸음을 옮겨 공부방으로 쏙 들어가 버렸다.

꽁지 빠지게 도망치는 정윤의 뒷모습을 보게 된 호준은 그만 웃음을 터트렸다. 그녀의 뒷모습이 너무나 귀여웠기 때문이다. 그는 그런 정윤을 생각하며 마음을 다잡았다. 어찌 되었든 혜림의 일로 그녀에게 상처를 준 것은 사실이었다. 만회를 하기 위해서라도 좀 더 분발할 필요가 있었다.

9.
지리산의 별똥별

새 학기 준비로 쉼터도 정신이 없긴 마찬가지였다.

밀린 방학 숙제 때문에 큰 녀석들이 어린 녀석들 몇 명을 붙들고 씨름을 하고 있었다. 자발적으로 하는 아이들이 대부분이었지만 어디든 꾀피우는 녀석은 껴 있기 마련이었다. 결국 은철이 한 녀석의 머리통을 쥐어박았다. 하지만 맞은 녀석이 호준한테 이른다며 자리를 박차고 뛰어나갔다.

"선생님! 은철이 형이 제 머리 때렸어요!"

사무실로 뛰어 들어오며 큰소리로 외치는 녀석을 호준이 덥석 안아 들었다.

"왜?"

"그게······."

아이도 차마 그 이유는 선뜻 말하지 못했다. 일기가 밀렸다는

것이 이유인데, 녀석 딴에도 그 얘길 하면 자신이 불리하다는 걸
아는 모양이었다.

"너 형한테 대들었어?"

"아뇨."

"근데? 이유가 뭐지?"

"사실은요. 제가요. 일기가 조금 밀렸거든요. 저 금방 쓸 수
있는데 형이……."

망설이던 아이는 한 번 입이 터지자 능청스럽게도 아양까지
떨며 상황을 얘기하고 있었다. 평소 꾀돌이란 별명이 붙을 만큼
아이는 난처한 순간에서도 융통성 있게 잘 해결해 나갔었다. 하
지만 자신보다 몇 살이나 더 많은……. 한 살 차이라도 형이라
는 존재는 무섭기 마련이었다.

"일단 일기 밀린 건 네 잘못이니까 어서 가서 쓰도록 해."

"강민이 일기 보고 써도 돼요?"

"그건 안 되지. 넌 강민이가 아니잖아. 하나하나 다 떠올려
봐. 그러니까 녀석아, 일기는 밀리면 안 되는 거라고 했잖니."

"알아요. 그래도 졸린 걸 어떡해요……."

아이의 투정에 호준이 녀석의 볼을 쓰다듬어 주었다.

"은철이 형은 선생님이 혼내 줄 테니까 넌 가서 숙제해. 개학
며칠 안 남았으니까 열심히 써야 한다. 알았지?"

"네!"

"은철이 형 나한테 오라고 하고."

"네!"

뛰어가는 녀석은 사무실을 나서기도 전에 벌써 큰소리로 은철이를 불러 대고 있었다.

잠시 후 은철이 머리를 긁적이며 모습을 보였다.

"부르셨어요?"

"앉자."

호준은 자리에 앉으며 은철이 앉기를 기다렸다. 그는 녀석이 자리에 앉자 차분한 목소리로 말했다.

"어떤 이유에서든 동생은 때리지 말자. 그게 꿀밤이어도. 알았지?"

"네, 잘못했습니다."

"그래."

호준은 간단명료하게 끝냈다. 그가 화내는 일은 극히 드물었다. 아니, 거의 없었다. 앞으로도 없을 것이었다. 화를 내는 것보다 한마디의 격려와 칭찬, 믿음이 아이들에겐 더 효과가 있는 법이었다.

"근데요, 선생님."

은철이 머뭇거리며 조금씩 의자를 당겨 그의 곁으로 바짝 다가왔다.

"왜? 할 말 있니?"

머리를 긁적이며 잠시 머뭇거리던 녀석이 단도직입적으로 물었다.

"이 선생님하고는 잘되어 가십니까?"

"뭐?"

"아니, 요즘 통 같이 있는 모습을 본 적이 없어서……. 지난 번 혜림 누나 일도 그렇고, 그 누나 때문에 선생님하고 이 선생 님하고 갈라선 건 아닌가 싶어서요. 저만 그런 생각을 가지고 있 는 게 아니고……."

은철이는 아이들이 표현을 못할 뿐이지 무척 걱정을 하고 있 다고 전했다. 안 그런 척 내색을 안 하려고 자신들 딴에는 많이 노력하는 것이라면서 말이다.

"문제가 생긴 건 아니고……. 내가……. 뭐랄까."

호준은 가만히 창밖을 응시하면서 고민을 하는 눈치였다. 눈 도 새치름하게 뜨면서 제법 진지한 표정을 짓고 있었다. 그런 호 준의 대답을 기다리며 은철도 같이 미간을 찌푸렸다.

잠시 후 사무실 안으로 정윤이 불쑥 들어왔다.

"상담 중이세요?"

그녀의 목소리에 은철이 화들짝 놀라 일어섰다.

"어머, 놀랐어?"

"아, 아니에요. 그럼, 전 이만……."

은철이 서둘러 사무실을 빠져나가자 호준도 자세를 고쳐 앉으 며 볼펜을 들었다. 정윤은 이상한 낌새에 눈을 흘기며 호준의 곁 에 섰다.

"무슨 얘기 중이셨어요? 혹시 제 얘기?"

그녀의 말에 호준이 깜짝 놀랐다. 그의 반응에 정윤이 어리둥 절한 표정을 지어 보였다.

"전 농담으로 한 건데, 정말이세요? 무슨 얘기하신 거예요?

벌써 애들한테 제 험담하는 건 아니시겠죠?"

"험담은 무슨……. 출출하지 않습니까? 점심 먹은 지 얼마 안 되었는데 배고프네. 우리 떡볶이 해 먹을까요? 오랜만에 어른들 쉬시라고 하고 우리가 점심 준비하면 어떨까요?"

"좋은데요."

"OK! 주방으로 가죠."

호준이 자연스럽게 그녀의 허리를 감싸며 문 앞으로 이끌자 정윤이 어색하게 미소를 지어 보였다. 곧 심장이 미친 듯이 뛰기 시작했다. 잠시 다른 곳에 시선을 두었다가 다시 마주 봐도 여전히 심장은 멈추지 않았다. 그와 눈을 마주칠 때마다 부끄러운 감정이 솟구쳐 올랐다. 그래서 그녀 자신도 모르게 그의 눈길을 자꾸만 피하고 있었다.

"왜 그래요?"

"아, 아니에요."

"그러지 말고, 떡볶이는 내가 할 테니까 정윤 씨는 아이들 공부 좀 봐 줄래요?"

갑작스럽게 호칭이 바뀌자 정윤이 어리둥절한 표정을 지었다. 그러자 호준이 재빠르게 말을 이어 갔다.

"선생님이란 호칭보단 이름을 부르는 게 좋을 거 같아서요. 우리 둘만 있을 때는 그렇게 부르겠습니다. 괜찮지요?"

"그럼 저는 뭐라고 부를까요? 저도 선생님은 별론데?"

"글쎄요. 그럼 정윤 씨도 이름 불러요."

"어떻게 이름을 불러요. 아! 오빠라고 부를까요?"

말을 해 놓고도 웃긴지 정윤이 생글 맞게 웃어 보였다. 그녀는 곧 농담이었다면서 다시 생각에 젖었다. 하지만 아무리 생각해도 딱히 맞는 호칭이 없었다.

"아무래도 선생님이란 호칭밖에 없는 것 같네요. 아쉽지만, 저는 계속 선생님이라고 부를게요."

"난 이름 불러도 괜찮은데……."

"호준 씨? 호준 씨……. 아휴, 전 하나도 안 괜찮은데요."

"알아서 편하게 불러요. 그럼 이따 봅시다."

호준이 먼저 주방으로 들어갔다. 정윤은 그가 저만치 멀어졌는데도 아직 그의 온기가 남아 있는 것 같아 야릇한 감정 때문에 쉽게 발을 뗄 수가 없었다. 아무래도 호준보다 자신이 그를 더 사랑하는 모양이었다.

*　*　*

아이들이 모두 잠든 시각, 사무실 라디오에선 조용한 음악이 흘러나오고 있었다. 정윤과 호준은 각자의 자리에 앉아 어린아이들 학용품에 이름을 적고 있었다. 정윤은 낮에 수인이 자신에게 했던 말을 떠올리곤 자신도 모르게 웃음소리를 냈다.

"뭐가 재밌습니까?"

"네? 아까 수인이가 했던 말이 떠올라서요."

"뭐라고 그랬는데요?"

"수인이가 유치원 다녀올 때까지 선생님하고 놀지 말라고 그러던데요?"

그녀의 말에 호준이 호탕하게 웃었다. 그는 수인이 왜 그런 말을 했는지 알고 있었다. 그 사건 이후 아이는 자신의 곁에도 잘 오지 않았으며, 정윤과 함께 있는 걸 무척이나 싫어했다. 다행히 아이는 유치원에 가는 걸 반겼지만 그동안 정윤과 호준이 가까이 지낼까 봐 그것이 마음에 걸렸던 모양이다.

"그 녀석 말재주엔 당할 수가 없네. 정윤 씨, 우리 친하게 지내지 맙시다. 안 그래도 나 눈 밖에 났는데, 나는 수인이 말 들을 겁니다. 그 녀석한테 점수 따야죠."

"전 질투 하나도 안 나니까 마음대로 하세요. 아, 다 끝났다."

기지개를 켜며 정윤이 자리에서 일어났다. 뒷목이 당기는지 손으로 주무르는 정윤의 미간이 살짝 찌푸려 있다. 곧이어 호준이 곁으로 다가왔다. 그가 정윤에게 뒤로 돌아보라고 하고선 두 손으로 정윤의 가냘픈 어깨를 주무르기 시작했다. 이따금 그녀가 움찔거렸지만 곧 이어 그녀의 수줍은 웃음소리가 새어 나왔다.

"간지러워요."

"시원하지 않아요? 어디 그럼, 좀 더……."

그 순간 호준이 강도를 높여 손에 힘을 가했다. 그러자 정윤이 고통스런 비명을 질러 대며 도망치려 했다.

"가만있어요. 여기 많이 뭉쳤잖아요. 풀어야 합니다. 안 그럼 계속 뭉쳐 있어요."

호준은 도망가려는 정윤을 끌어당겼다. 그녀는 그의 손길이 몹시 부담스러웠지만 어쩔 수 없었다.

정윤의 어깨가 가느다랗게 떨려 오자 호준이 주무르던 손을 멈추었다. 그에겐 아무렇지도 않은 스킨십이었지만 그녀에게는 떨리는 손길임을 그때야 눈치챘다. 그녀가 왜 도망치려고 했는지 그제야 알 것 같았다. 호준은 미안함에 그만두려 했으나 한쪽 마음에서는 왠지 모를 끌림이 있었다. 어느샌가 그는 두 손으로 정윤의 허리를 감싸고 그녀를 꼭 껴안고 있었다.

"조금만 이러고 있읍시다."

"……"

"미안해요. 갑작스러운 거 다 압니다. 내가 노력하고 있는 거라고 생각해 줘요."

"상관없어요. 선생님한테 맡긴다고 했잖아요."

정윤은 그제야 편하게 그에게 몸을 맡겼다. 열린 창문으로 시원한 바람이 불어왔다. 두 사람은 오래도록 그 바람을 맞으면서 서로의 체온을 느끼고 있었다.

"내가 앞으론 더 잘할 겁니다. 정윤 씨, 이메일 주소 좀 알려 줘요."

"왜…… 왜요?"

"연애편지 쓰려고요."

"아……. 저도 답장 써야 하는 거죠?"

"써도 되고 안 써도 되고……. 맘대로."

"알았어요."

정윤은 저도 모르게 미소 지었다. 앞으로 그와 주고받을 편지가 새삼 기대되는 이유는 뭘까. 어쩜 보는 눈이 많아 서로에게 다가서지 못했을 수도 있었다.

그녀는 꼭꼭 숨겨 두었던 그들의 연애본능이 편지로 인해 발휘가 되지 않을까 싶었다.

＊　＊　＊

새 학기가 시작되고 며칠 뒤 햇살이 따사로운 오후, 아직 바람은 차가웠지만 산책하기엔 더 할 나위 없이 좋은 날이었다. 호준과 정윤은 학교에서 돌아온 어린아이들을 데리고 뒷동산으로 올라갔다. 그들은 널찍한 곳에 돗자리를 펴고 미리 준비해 온 간식을 펼쳐 놓았다.

아이들은 그것을 하나씩 집어 들고 자리에 앉지도 않은 채 이리저리 돌아다녔다. 꽃냄새도 맡고, 나뭇가지로 흙바닥도 파면서 저희들끼리 담소를 나누었다. 그 모습을 가만히 지켜보는 두 사람의 입가엔 절로 미소가 지어졌다.

"살면서 가장 행복한 때인 것 같네……."

"저도 참 좋아요. 아이들 때문에 웃게 되고, 제 가슴속이 꽉 채워진 느낌? 암튼 이 행복 속에서 나오고 싶지 않아요."

"그렇게 될 겁니다."

"그렇겠죠?"

자세를 고쳐 앉던 호준의 손이 정윤의 손끝에 닿았다. 그녀는 저도 모르게 깜짝 놀라며 살짝 옆으로 비켜나려고 했다. 하지만 호준이 빠르게 그녀의 손끝을 잡았다. 곧 닿아 있는 두 사람의 손끝으로 옅은 전율이 흘렀다. 정윤과 호준은 그 느낌을 가만히 가슴에 담으면서 서로를 바라봤다.

"이메일 확인해요."

"언제 보내셨어요?"

"새벽에요."

"네에. 이따 밤에 확인할게요."

두 사람이 대화를 주고받는 사이, 언제 왔는지 수인이 그들 사이에 껴들었다.

"선생님 저리 가."

"왜에?"

"선생님은 수인이 거야. 선생님, 수인이 여기가 아파."

"어디 가?"

아이가 옷을 들어 보였다. 그녀는 가슴과 배를 여기저기 만져가며 어디가 아픈 거냐고 물었다. 하지만 아이는 간지럽다며 웃어젖혔다.

"수인이 아픈 거 정말 맞아?"

"아니, 안 아파. 이젠 괜찮아."

"수인이 아프면 안 돼. 알았지?"

"응, 하나도 안 아파."

아이의 해맑은 미소에 정윤은 대수롭지 않게 생각했다. 호준과 자신에게 질투를 느낀 아이의 어리광일 뿐이라고 여겼다.

"수인아, 유치원 재미있었니?"

"응, 친구들도 많아. 근데 선생님, 내일은 나랑 같이 가."

"왜?"

"친구는 엄마랑 같이 온단 말이야."

"아……. 그랬구나. 그럼 내일부턴 선생님이 꼭 같이 갈게."

"약속!"

"약속! 계속 약속!"

두 사람이 손가락을 걸었다. 아이의 눈 속에는 기쁨이 가득 담겨 있었다. 친엄마에게 버림받은 아이의 상처는 이제 찾아볼 수 없었다. 아이는 너무도 빠르게 정윤에게 적응해 가고 있었다. 두 사람은 엄마와 딸이었다.

늦은 오후, 쉼터의 전화벨이 울렸다.

"네, 쉼터입니다."

전화는 은철의 학교에서 걸려 온 것이었다. 그러고 보니 아직 은철이 귀가하지 않았다. 평소 4시면 어김없이 모습을 보이곤 했는데, 시계를 보니 5시를 훌쩍 넘기고 있었다.

"무슨 일이십니까? 네? 알겠습니다. 곧 가겠습니다."

전화를 끊은 호준이 이마를 긁적이자 옆에 있는 정윤이 걱정스럽게 물었다.

"무슨 전화예요?"

"은철이 학교에 가야 합니다."

"왜요?"

"은철이가 한 아이를 다치게 한 모양입니다. 자세한 건 다녀와서 얘기할게요."

"저도 같이 갈까요?"

"아뇨. 별일 아닐 겁니다. 녀석하고 얘기도 해 봐야 할 것 같고요. 정윤 씨는 여기 좀 맡아 주세요."

"그럴게요. 걱정 마시고 다녀오세요."

"네, 그럼 부탁해요."

어색하게 미소를 지은 채 빠르게 사라지는 호준의 뒷모습을 바라보며 정윤은 낮게 한숨을 뱉어 냈다. 요즘 들어 은철의 웃는 얼굴을 통 볼 수가 없었는데 기어코 사고가 터진 모양이었다. 정윤은 큰 사고 없이 일이 마무리되길 바라면서 아랫입술을 질끈 깨물었다.

* * *

호준과 은철은 차를 타고 오면서 한 마디도 나누지 않았다. 호준은 가끔씩 은철을 바라봤지만 은철은 그 어떤 미동도 없었다. 얼굴은 울긋불긋 열이 오른 상태였고, 이따금씩 깊은 숨을 토해 내는 모양새가 뭔가에 단단히 화가 난 모양이었다.

"그럴 필요 없다. 이미 지난 일이야. 10분 전의 일이어도 과거다. 내가 항상 말하지. 과거에 연연하지 말라고."

"그래도 억울해요. 도저히 용서가 안 될 거 같아요."

"안다. 그래도 잊고 용서해. 그래야 네가 마음이 편해질 거야."

"선생님도 그러셨어요? 억울한 누명 쓰고도 가만히 계셨어요? 그게 용서가 돼요?"

"그래서 주먹을 휘두른 거니?"

"전 더한 것도 할 수 있었어요. 그 자식이 뒤로만 넘어지지 않았다면……. 정말 마음 같아선……."

은철이 두 주먹을 불끈 쥐어 보이자 호준이 단호하게 말했다.

"주먹 함부로 쓰지 말라고 했어. 운 안 좋으면 사람이 죽을 수도 있다. 괜히 네 인생 망치지 마."

"……."

"시작에 불과해. 사회는 더 냉정하고 차갑다. 그래서 공부를 하라는 거다. 너 나하고 약속한 거 잊지 않았지?"

"네."

은철은 몇 년 전 호준에게 자신은 의사가 되겠다고 약속을 했었다. 그래서 밤낮을 가리지 않고 공부에 전념했다. 학교에서도 모르는 문제가 있으면 선생님께 매달려 알 때까지 집요하게 묻고는 했다. 선생님이 그만 찾아오라고 할 정도로 그의 집념은 대단했다. 과외를 받지 않고, 학원을 다니지 않기 때문에 그가 할 수 있는 방법은 그것뿐이었다.

하지만 그렇게 공부에만 전념하는 모범적인 은철을 아이들은 가난하고 고아라는 이유만으로 짓밟고 무시하고 미워했다. 이번 사건도 마찬가지였다. 창문은 다른 녀석이 깨 놓고 엄한 은철에게 뒤집어씌웠다. 은철이 바닥에 떨어져 있는 공을 주운 것을 빌미로 궁지로 몰아넣은 것이다. 선생님도 은철이 안 했다는 걸 알았지만 녀석들은 계속해서 거짓말에 또 거짓말을 보태 더욱더 은철을 모욕적으로 대했다. 결국 은철은 더 이상 참지 못하고 선생님이 있는 앞에서 녀석들에게 주먹을 휘둘렀다. 그리고 미처 말릴 새도 없이 한 녀석이 뒤로 나자빠지면서 모서리에 머리를 심하게 부딪쳤다.

"내일 병문안 다녀와."

"선생님!"

"사람 다치게 한 건 사과해야지. 네가 먼저 마음을 열어 봐. 그 녀석도 지금 많이 후회하고 있을 거다."

"……."

"알았지?"

"네."

은철이 마지못해 대답을 했다.

이런 일을 접할 때마다 호준 또한 억울하고 분한 건 사실이었다. 하지만 아이 앞에서는 담담한 척 감정을 숨겨야만 했다. 은철에게 감정을 조절할 수 있는 능력을 가르쳐야만 했다. 호준은 녀석이 스스로 이겨 낼 수 있는 방법을 터득하길 바랐다. 그가 해 줄 수 있는 건 피해 학생 부모에게 용서를 구하고 선처를 호소하는 것뿐이었다. 마음을 다치지 않게 은철이뿐만 아니라 모든 아이들이 스스로 강해져야만 했다.

생각보다 일찍 산에 다녀와야 할 것 같았다. 아이의 숨통을 조금이라도 트여 주고 싶은 마음이 간절히 솟구쳤다.

"은철아."

"네."

"우리 지리산 다녀오자."

"지리산이요?"

"그래, 갔다 오면 네 마음도 많이 홀가분해질 거야."

"언제요?"

"이 선생님하고 상의해 보고……. 쉼터 스케줄도 맞춰야 하고, 여러모로 준비할 게 많지만 늦지 않게 갈 수 있을 거야."

"기대돼요."

아이가 차를 탄 이후 처음으로 미소를 지어 보였다.

지리산 계획은 생각보다 일찍 이루어질 수 있을 것 같았다. 정윤의 부모가 곁에 있었고, 국장도 며칠 숙식을 해 준다고 했다. 옥숙의 지인 후원으로 아이들은 등산화까지 선물을 받았다.

"등산복도 입고, 아이젠도 마련해야 하고, 기타 여러 가지가 있지만 그건 생략하자. 모든 장비를 다 구비하지 않아도 우린 안전하게 산행을 마칠 수 있을 거라 믿는다."

"옳습니다."

은철이 엄지를 들어 보였다.

"예정 날짜는 이틀 후다. 기상 상황에 따라서 연기가 될 수도 있으니까 기대는 하지 말도록 하자."

"네. 근데 최 선생님만 가시는 거예요?"

지혜가 묻자 호준이 정윤을 바라봤다.

"이 선생님하고 나하고 너희들을 인솔할 거야."

호준의 말에 아이들이 저마다 한 마디씩 하느냐고 상담실은 금세 아수라장이 되었다. 그런 아이들을 진정시킨 건 옥숙이었다.

"얘기 다 끝났으면 간식 먹자. 수제비 끓였다."

아이들이 일제히 환호성을 지르며 상담실을 빠져나가자 옥숙이 정윤을 향해 윙크를 해 보였다. 난처한 상황에서 구해 준 고마운 구세주였다.

"최 선생님도 오셔서 드세요. 너도……."

"네, 금방 가겠습니다."

옥숙이 미소를 지으며 사라지자 호준이 머리를 긁적거리며 입을 열었다.

"녀석들, 별걸 다 물어보네. 진땀 나서 애먹었어요."

한 녀석이 결혼도 안 한 두 사람이 어떻게 1박 2일로 여행을 갈 수 있는 거냐며 놀리듯 물었다. 아무리 자신들이 있다고 해도 명백히 어긋난 일이라면서 계속 물고 늘어졌다. 은철이 곧 나서서 사태를 수습했지만 다른 아이들도 궁금한 눈치였다. 두 사람은 갑작스런 질문에 당황해 빨리 대답을 하지 못했고, 그 찰나에 옥숙이 등장한 것이었다.

"한창 궁금할 때잖아요. 아무튼 잘 넘어간 거 같은데요. 근데요. 만약 엄마가 등장 안 하셨다면 최 선생님은 어떤 대답을 해 주셨을까요? 갑자기 궁금해지는데요."

"저야……. 그랬겠죠. 너희들이 있으니까 함께 갈 수 있는 거다. 너희들이 없다면 우리도 그런 여행은 갈 일이 없다. 그랬을 거 같은데……. 말해 놓고 보니 이것도 아닌 거 같고……. 어휴,

참 어렵다. 애들 때문에 걸리는 게 너무 많은데요. 본보기가 되어야 하니까 다른 연인들이 만들 수 있는 추억도 못 만들고……."

"우린 그 사람들과 다른 추억을 만들고 있잖아요. 전 괜찮은데요."

"이 선생님이 괜찮다고 하면 저도 괜찮습니다. 근데 따지고 보면 1박 2일도 아닌데? 이런, 우리가 애들한테 걸린 거네요."

"그러네요."

정윤이 시원스럽게 웃었다.

"정신 바짝 차리고 있어야지. 짓궂은 녀석이 있어서 잘못하단 된통 걸리겠네. 자, 그럼 우리도 가서 수제비 먹을까요?"

"그럴까요?"

정윤이 먼저 손을 내밀자 호준이 그녀의 손을 부드럽게 감싸 쥐었다. 두 사람은 두 손을 꼭 잡고 서로를 향해 미소를 지어 보이며 천천히 상담실을 나섰다.

✶ ✶ ✶

깊은 밤, 가방을 하나씩 메고 차에 오르는 아이들 뒤로 국장과 정윤의 부모가 함께했다. 아직 아침, 저녁으론 쌀쌀한 봄이라 마음이 안 놓이긴 했으나 별일이 있을 거란 생각은 하지 않았다. 다만 일교차가 심해 아이들이 감기에나 걸리지 않을까 걱정스러웠다.

"옷 든든하게 입은 거지?"

"걱정 마세요."

아이들은 신이 난 모양이었다. 차가 떠나기 전 국장과 하이 파이브를 하며 엄지를 들어 보였다.

"잘 다녀오세요. 여긴 걱정 마시고요."

"수고 좀 해 주십시오. 저희 잘 다녀오겠습니다."

마지막으로 정윤과 호준이 그들과 인사를 나누고 차에 올랐다. 차는 몇 초 후 운동장을 벗어나 곧 시야에서 사라졌다.

"한숨 자요. 도착하려면 아직 멀었으니까요."

"말동무해 드릴게요."

"자야 됩니다. 산행이 힘드니까 한숨 자야 해요."

"알았어요. 최 선생님이 힘들겠어요."

"저는 아까 잤습니다. 그리고 도착해서 조금 자고 올라갈 거니까 걱정 말아요."

"네, 그럼 좀 잘게요."

"너희들도 자야 한다."

호준이 백미러로 아이들을 바라보니 아이들은 벌써 눈을 감고 있었다. 그는 정윤을 한 번 더 바라본 후 조용한 음악을 틀고 지리산으로 향했다.

중산리 휴게소에 차를 세운 호준이 정윤을 살며시 깨웠다. 곧 정윤이 눈을 비비며 주위를 두리번거렸다.

"다 왔어요? 저 사람들은 뭐예요?"

창밖으로 많은 사람들이 빙 둘러서 있는 게 보였다. 그들은 하나같이 등산 장비를 갖추고 만반의 대비를 하듯 준비운동을 하고 있었다.

"코스가 긴 사람들은 지금부터 올라가야 하니까요. 우리는 날 밝으면 올라갈 겁니다. 천왕봉까지 갈 거니까 시간은 충분할 겁니다."

"그래요……. 화장실이 어디죠?"

"음……. 저쪽이네요."

왼쪽으로 화장실이 보였다.

"다녀올게요."

곧 차에서 내린 정윤이 쌀쌀한 바깥공기를 온몸으로 훑으며 화장실로 뛰어 들어갔다. 그 모습을 보고는 호준도 잠깐 눈을 감았다. 잠시 후 막 잠에 빠지려던 호준은 별안간 정윤이 앞문을 열고 소리치자 깜짝 놀랐다.

"왜요?"

"와! 하늘이 별천지예요. 저렇게 많은 별 처음 봐요. 막 쏟아질 거 같아요!"

정윤이 어린아이처럼 좋아하며 웃고 있었다. 그녀는 감탄을 연발하며 하늘에서 눈을 떼지 못했다. 별은 머리 위 아주 가까운 곳에 있는 것처럼 느껴질 정도로 빛을 발하고 있었다.

"빨리 나와 보세요."

정윤의 손에 끌려 나온 호준도 하늘을 바라봤다. 그녀의 말대로 별이 쏟아지고 있었다.

"와, 진짜 많다."

잠시 후 그의 머릿속에 돌아가신 아버지와 함께 보았던 그때의 하늘이 주마등처럼 스쳐 지나갔다. 그때도 이랬던 것 같다. 무척이나 신기하고 아름다운 모습에 가슴이 마구 설레었던 기억이 있었다. 손을 뻗으면 금방이라도 한 무더기의 별이 손에 잡힐 것만 같았다. 그는 그때처럼 허공에 손을 뻗어 별과 더 가까워지려 했다.

"애들 깨워야겠어요."

그 순간 무수히 촘촘하게 박힌 별들을 바라보던 정윤이 반대편으로 달려가 차 문을 열고 아이들을 흔들어 깨우기 시작했다.

"애들아, 일어나. 하늘 좀 봐. 별이 쏟아지고 있어."

잔뜩 들떠 있는 정윤의 낭랑한 목소리가 차 안에 울려 퍼졌다.

"졸…… 졸려요."

"추워요……. 문 좀 닫아요."

아이들은 긴 여정 동안 차를 타서 그런지 쉽게 일어나지 못했다. 미간을 잔뜩 찌푸린 채 온몸을 웅크렸다. 그렇다고 포기할 그녀가 아니었다. 아이들에게 꼭 장관을 보여 주고 싶었다.

"어서 일어나 봐. 정말 봐야 한다니까."

정윤이 은철의 볼을 살며시 꼬집자 녀석이 비명을 질러 대며 가까스로 눈을 떴다. 그러자 옆에 있던 다른 아이들도 시끄러워 몸을 뒤척이며 하나씩 몸을 일으켰다.

"뭔데요?"

"저것 봐. 난 저렇게 많은 별 처음 봐."

아직도 흥분의 도가니에서 헤어 나오지 못하는 정윤을 따라 아이들도 차에서 내려 하늘을 올려다봤다. 하지만 여자아이들은 좋아하는 반면 남자아이들은 아무런 감흥이 없는 모양이었다.

"너희들은 아무런 느낌도 없니?"

"저게 뭐가 어때서요? 으. 춥다. 난 들어가야지."

은철이 안으로 들어가자 다른 아이들도 따라 들어가 날름 문을 닫았다. '쾅' 하고 문이 닫히는 순간 정윤의 미간이 살짝 찌푸려졌다.

"무드도 없어. 너희들은 어때? 선생님이 괜히 깨웠니?"

"아니에요. 너무 예뻐요. 안 봤으면 후회했을 거예요."

여자아이들 역시 하늘에서 눈을 떼지 못했다.

"그렇지? 암튼 누가 남자 아니랄까 봐. 우리끼리 두 눈에 꼭꼭 담고 가자. 언제 또 오겠니……."

"네에……."

정윤은 여자아이들을 품에 안고 다시 하늘을 올려다봤다. 그 모습을 지켜보는 호준의 입가에 살며시 미소가 지어졌다.

날이 밝자 호준이 잠들었던 아이들을 하나씩 깨웠다. 잠에서 깬 아이들과 두 사람은 미리 준비해 온 김밥으로 가볍게 식사를 하고 준비운동을 한 뒤 천천히 천왕봉을 향해 산행을 시작했다. 벌써부터 가슴이 설레고 벅차올랐다.

"너무 천천히 가면 안 된다. 여기는 부지런히 올라가야 해."

호준의 지시에 아이들이 발걸음을 맞추며 그의 뒤를 따랐다.

맨 뒤로는 정윤이 따르고 있었다.

처음에 산행을 우습게 알았던 아이들은 산을 올라갈수록 점점 숨이 턱까지 차오르자 무척 힘들어했다. 중간에 멈추고 싶은 마음도 있었으나, 곧 아무 생각 없이 앞만 보고 올라갔다. 그러다 보면 목적지가 나올 것이라는 희망으로 무조건 위로 올라가기만 했다. 보이지 않는 어떤 힘이 이끌고 있는지 녀석들은 묵묵히 자신과의 싸움을 하고 있었다.

호준은 올라가는 길이 험해지자 자꾸 뒤를 돌아다보며 아이들의 상황을 체크했다. 하지만 우려했던 것과 달리 아이들도, 정윤도 잘 따라오고 있었다.

꽤 오랫동안 산을 탄 것 같은데 그곳엔 그들뿐이었다. 간간이 들리는 새소리가 잠깐 가슴에 와 닿았지만 다시 숨이 차오르자 금세 그 느낌이 달아나곤 했다. 대화도 없는 산행 속에서 그들은 같은 생각을 하며 같은 것을 느끼며 함께하고 있었다.

얼마쯤 지났을까. 언제 나타났는지 정윤의 뒤로 남자 한 명이 따라붙었다. 정윤은 자신이 더 늦게 오를 것 같아 한쪽으로 길을 터 주었다.

"고맙습니다. 선생님인가 보네요."

"네, 그렇습니다."

앞에 먼저 올라가는 아이들을 바라보고는 그가 미소를 지었다.

"보기 좋습니다. 행운을 빕니다."

"감사합니다."

남자가 먼저 위로 올라갔다. 그 뒤로도 중간 중간 그들을 지나 먼저 올라가는 사람도 있었고 하행을 하는 사람도 있었지만, 대부분 금세 사라져 버렸다.

길이 험해 자연경관을 보는 것도 힘이 들었다. 오직 땅바닥만 바라보며 올라갈 수밖에 없었다. 조금씩 여자아이들이 뒤처지자 호준이 거리를 좁히기 위해 휴식을 갖기로 했다. 그는 칼바위 앞에 자리를 잡고 뒤에 아이들이 모두 도착할 때까지 이마의 땀을 닦고 있었다. 아이들이 하나둘 그의 앞으로 쓰러지듯 자리에 주저앉았다. 숨을 헐떡거리며 자신들의 가방에 있는 물을 꺼내 벌컥벌컥 마셨다.

"힘들지?"

"네⋯⋯."

은철과 다른 아이들이 헉헉거리며 숨을 내쉬는 동안 여자아이들도 하나둘 자리를 잡고 앉았다. 맨 마지막으로 정윤이 모습을 보였다.

"물 마셔요."

호준이 물을 건네자 정윤이 힘들게 숨을 몰아쉬며 미소를 지었다.

"힘들죠?"

"애들도 하는데요. 뭐⋯⋯ 괜찮아요."

쉬는 시간이 되자 비로소 그들의 눈에 주변 경관이 들어왔다. 아직은 차가운 기운이 감도는 산이지만, 맑은 공기와 그들이 내뿜는 기운은 다른 멋을 선사하고 있었다.

"초코바 하나씩 먹고, 사진도 한 방 찍고, 또 올라가자."

그가 건네는 초코바를 받아 들며 아이들은 이마에 맺힌 땀방울을 닦아 냈다. 한 아이가 겉옷을 벗으려고 하자 호준이 제지했다.

"움직이지 않으면 춥다. 더운 것 같지만 산바람이 매섭거든. 참아."

그의 말이 떨어지기가 무섭게 갑자기 '휑' 소리를 내며 바람이 그들을 빠르게 훑고 지나갔다.

"으윽……. 그러네요. 벗었으면 엄청 추웠겠네."

아이가 몸을 부르르 떨자 정윤이 따뜻한 물을 꺼내 건넸다.

"마시면 좀 나아질 거야."

"자, 그럼 사진 찍게 일렬로 쭉 서 봐. 이게 칼바위라는 거다."

남자아이들이 일제히 칼바위에 올라가 앉았다. 그 앞으로 여자아이들이 서고, 정윤이 왼편에 섰다.

"그럼 찍는다."

"잠깐만요. 저분한테 찍어 달라고 부탁해요."

마침 하행하는 사람을 발견한 정윤이 말하자, 그 말을 들었는지 그는 호준이 부탁하기도 전에 손을 내밀었다.

"고맙습니다."

"이거 누르면 되는 겁니까?"

"네."

"그럼 서 보세요."

호준이 재빨리 걸어가 오른쪽에 섰다.

"그럼 찍습니다. 하나, 둘, 셋! 잘 나왔네요. 여기 있습니다."

"고맙습니다."

손을 흔들고 가는 남자에게 두 사람과 아이들은 인사를 해 보였다.

"그럼 또 가 볼까?"

호준이 빠르게 아이들을 바라보며 발걸음을 재촉했다. 마지막으로 그의 눈에 정윤이 닿았다. 많이 지친 모습이었지만 정윤은 그와 시선이 마주치자 환하게 웃어 보였다. 그 미소가 다시금 힘이 솟게 만들었다. 호준은 가벼운 발걸음으로 선두에 섰다.

정윤은 그들의 뒤를 따르면서 호흡을 조절했다. 그녀 역시 힘든 건 마찬가지였지만, 내색을 할 수 없는 것은 여자아이들이 힘들어도 참고 올라가기 때문이었다.

정윤은 한 번도 산을 오른 적이 없었다. 그녀가 처음으로 오르는 산이 지리산이라고 하면 다들 대단하다고 엄지손가락을 들어 보일지도 모른다. 아니면 어느 누군가는 가지 말라고 뜯어 말렸을지도 모른다. 그녀 역시 아이들이 아니라면 지금쯤 많은 후회를 했을지도 모른다. 중간 중간 낭떠러지를 지나면 아찔하고 숨이 턱하니 막혀 왔고, 불쑥 솟아 있는 바위를 넘어야 할 때는 오금이 다 저려 왔다. 하지만 아이들과 함께라서……. 호준과 함께 좋은 추억을 만든다는 의미가 그녀에게 힘을 주고 있었다. 이런 추억은 그 어떤 추억보다 값지다는 것을 그들은 모두 알고 있었다.

다시금 숨이 턱까지 차오르자 호준은 한 번 더 쉬기로 했다. 여자아이들이 체력적으로 약해 무리하게 진행을 하고 싶은 마음은 없었다. 그리고 또다시 출발……. 그렇게 한참을 올라가던 아이들 눈에 법계사가 보였다.

"절이에요. 저만큼 가면 휴게소가 있는 거죠?"

"응."

하지만 절은 까마득하게 멀리 있었다. 그래도 그들의 눈에 닿았다는 것이 조금은 힘이 나게 했다. 그만큼 힘든 산행이라는 의미였다.

법계사로 가는 길, 많은 사람들이 눈에 보였다. 그들은 산장 앞에서 준비해 온 음식을 먹고 있었다. 정윤과 호준도 아이들을 그곳에서 쉬게 했다. 아이들은 두 번째 식사를 하면서, 힘든 몸을 휴식하면서 멀리 보이는 천왕봉을 바라보았다. 장관이지만 올라갈 걸 생각하니 벌써부터 다리가 후둘거렸다.

"천왕봉은 남자아이들과 저만 다녀올게요. 아무래도 무리일 것 같군요."

여자아이들을 바라보며 호준이 걱정스런 표정을 지어 보였다.

"네? 아니에요. 저희도 갈게요. 갈 수 있어요. 그렇지?"

정윤은 아빠와 아들만 보내는 것이 마음에 걸린 엄마의 마음처럼 끝까지 함께하고 싶었다. 여자아이들도 함께하고 싶다는 뜻을 밝혔다.

"여기까지 왔는데 끝까지 가고 싶어요. 저희도 갈 수 있어요.

아까 유치원생도 올라가던데요."

"그래……. 맞다. 우리는 당연히 해야 하는 거야."

"할 수 없군요. 다 같이 합시다. 그럼 이동합시다."

그의 지시에 아이들이 자리에서 일어났다. 그 순간 갑자기 하늘에서 비가 쏟아지기 시작했다. 아이들과 두 사람은 산장으로 뛰어가 비를 피했다.

"이런……. 갑자기 무슨 비야?"

"아무래도 그냥 내려가라는 하늘의 뜻인 거 같은데요?"

"그러게요. 번개까지 치네. 여기서도 이동은 불가해요. 비가 그쳐야 갈 수 있을 것 같은데……."

호준은 걱정이 태산이었다. 비가 그쳐도 길이 미끄러워 하산이 더 힘들어지기 때문이었다. 소나기라고 생각했던 비는 한 시간 가까이 멈추지 않고 내렸다. 그렇게 되면 시간상으로도 천왕봉까지 가는 건 무리였다. 그대로 하행을 할 수밖에 없었다. 호준은 다음을 기약하며 비가 그치기를 기다렸다. 그렇게 시간이 지나 조금씩 비가 그치기 시작했다.

"그래도 절에는 다녀와요. 바로 저기잖아요."

정윤이 손짓으로 가리켰다. 목탁 소리가 은은하게 들려왔다.

"그럽시다."

아이들과 함께 돌담길을 걸어 올라가면서 그들은 천천히 주변 경관을 둘러보았다. 산 중턱에 소박하게 자리를 잡고 있는 절을 바라보는 정윤과 호준은 편안한 마음이 들었다. 그들은 좀 더 위로 올라가 목탁을 치며 염불을 외우시는 스님이 계시는 곳으로 발걸음을 옮겼다. 호준이 먼저 조용히 신발을 벗고 들어가 엎드려 절을 했다. 정윤이 그 뒤를 따랐고, 아이들도 두 사람이 하는 걸 지켜보면서 따라 했다. 호준과 정윤은 부처님께 산행을 무사히 마칠 수 있도록 도와 달라며 같은 기도를 드렸다.

절을 마치고 무릎을 꿇고 앉은 그들은 10여 분간 그곳에 머물며 각자 사색에 젖었다. 이윽고 절을 나서면서 호준이 아이들에게 물었다.

"어땠어? 오늘 지리산에 온 소감."

"힘은 들었지만 자신감이 생겼어요."

"웬만한 산은 다 오를 수 있을 것 같은데요."

"인내심과 끈기가 필요한 자신과의 싸움인 것 같아요."

아이들과 얘기를 나누며 다시 휴게소에 모습을 보인 그들은 간단한 간식을 먹고 하산을 시작했다.

하산을 할 때는 다른 코스를 택했다. 법계사까지 올라오는 버스가 있다는 코스였다. 지친 아이들이 덜 힘들게 하기 위해서였지만 반은 걸어 내려가야만 했다. 그 코스가 처음인 호준은 내려가면서 잘못 선택했다는 것을 뒤늦게 깨달았다. 길이 더 험했고 바위가 무척이나 많아 발목을 다치기 쉬운 곳이었다. 이렇게 된 이상 안전을 고려해 천천히 하산을 할 수밖에 없었다.

"하산이 더 힘들다. 관절에 무리 많이 가니까 천천히 움직이자. 미끄러우니까 돌 밟을 때 조심하고."

호준은 아이들이 다칠까 봐 걱정이었다. 얼마쯤 내려왔을까 한쪽으로 맑은 물가가 보였다. 물가를 발견한 호준이 그냥 지나칠 리 없었다.

"저기다 발 담그고 쉬었다 가자."

그가 먼저 신발과 양말을 벗고 성큼 안으로 들어갔다.

"악! 차갑다. 물이 얼음장이야."

그의 말에 호기심이 발동한 아이들도 하나같이 준비를 마치고 물에 발을 담갔다. 여기저기 비명 소리가 터져 나왔다. 마지막으로 정윤이 발을 담그기 위해 움직이기 시작했다. 하지만 그만 발을 잘못 헛디뎌 미끄러지고 말았다. 다행히 옆에 있는 호준이 잡아 줘서 물에 빠지는 불상사는 일어나지 않았지만 발을 삔 모양이었다.

"괜찮아요?"

"네, 괜찮아요."

정윤은 호준에게 짐이 되고 싶지 않아 일부러 괜찮은 척했다. 조금 주물러 주면 정말로 나아질 거라고 생각했지만 걷는 데 지장이 있을 만큼 불편한 통증이 있었다. 그래도 내색을 하지 못했다.

정윤 역시 내려가는 길이 더 험한 것 같았다. 올라갈 때처럼 숨이 턱 막히는 일은 없었지만 발끝에 힘을 잔뜩 들어가 아까 삔 발에 무리가 갔다. 힘이 들었고, 걷기가 힘들었지만 안 그래도 험한 산길에서 그의 등을 빌리고 싶은 마음은 조금도 없었다. 다행히 호준이 천천히 하산을 하는 덕분에 앞 사람과 거리가 많이 벌어지지 않았다.

그는 휴식을 더 많이 취하면서 아이들이 뭉친 다리 근육을 풀수 있도록 시간을 충분히 주려고 노력했다.

얼마쯤 걸었을까. 중간에 만난 등산객이 조금만 더 가면 버스 타는 곳이 있다면서 희망적인 메시지를 전했다. 정윤은 무척이나 반가웠다. 통증이 더 심해지고 있었기 때문이었다. 하지만 반가움도 잠시, 곧 큼지막한 바위가 앞으로 쭉 펼쳐져 있자 정윤은 아찔한 현기증까지 느꼈다. 게다가 한쪽 길은 낭떠러지였고, 두 사람이 겨우 지나갈 수 있을 정도로 길이 좁았다. 앞쪽에서는 호준이 조심하라며 모두에게 소리치고 있었다. 정윤의 시선이 멀리 보이는 호준에게 잠깐 닿았다. 그 순간 아까 접질렸던 발이 그대로 옆으로 미끄러지면서 정윤의 몸이 순식간에 아래로 떨어졌다.

"아악!"

"선생님!"

먼저 발견한 지혜가 소리를 쳤다. 아이는 나뭇가지를 잡고 있는 정윤의 손을 잡기 위해 몸을 숙였다. 하지만 손이 닿지 않았다. 그 순간 소리를 듣고 달려온 호준이 재빠르게 엎드려 정윤의 손을 잡았다.

"정윤 씨, 손 놓으면 안 됩니다. 꼭 잡아요. 내가…… 내가 끌어 줄게요."

"윽……. 힘이 빠지려고 그래요…….."

"안 돼요!"

호준이 은철을 바라봤다. 지금은 선택의 여지가 없었다. 한 손으론 부족했다. 두 손으로 정윤을 끌어 올려야만 했다. 그러려면 아이들이 그의 허리를 잡고 지탱을 해 주어야만 했으나, 잘못하면 모두가 낭떠러지로 떨어질 수도 있었다. 하지만 짧은 순간이라 머릿속은 빙빙 돌기만 할 뿐 어떠한 결단도 내릴 수가 없었다.

"저희가 잡을게요. 저희 믿으세요."

호준의 눈에 녀석들의 큰 체구가 들어왔다. 그것을 무척이나 반가워하며 호준이 결단을 내렸다. 신이 그들의 편에 서기를 바라면서 은철에게 지시를 내렸다. 그러자 정윤이 고개를 저었다.

"안 돼요. 그러지 마세요……. 제발……."

"아무 일 없을 겁니다. 시간이 없어요. 은철아, 허리 잡았니? 너희들은 나무 꼭 잡고!"

"네, 걱정 마세요."

이윽고 호준이 나무를 잡고 지탱하던 한 손을 살며시 놓았다. 잠깐 그의 몸이 앞으로 쏠리는가 싶더니 그가 있는 힘껏 정윤을 끌어 올려 남은 한 손으로 그녀의 얇은 손목을 움켜쥐었다.

"끌어 올리자!"

그의 말에 아이들이 일제히 뒤로 몸을 움직였다. 잠시 후 정윤이 조금씩 위로 올라오는가싶더니 이내 멈춰 버렸다. 아이들도 한계에 부딪힌 것이다.

"다 됐습니다. 조금만……."

호준이 마지막 힘까지 쥐고 정윤을 끌어 올렸지만 역부족이었다. 이대로 끝나면 어떡하나싶은 것이 눈물이 왈칵 쏟아졌다. 그 순간 웅성거리는 소리가 들려오더니 등산객 두 명이 황급히 달려와 호준의 몸을 끌어 올렸다. 호준은 미끄러지는 정윤의 손을 가까스로 꽉 잡고 그들의 도움을 받아 그녀를 끌어 올릴 수 있었다. 그는 정윤을 품에 안은 채 안전한 곳으로 옮긴 후, 사시나무 떨듯이 떨고 있는 그녀의 등을 쓰다듬으며 안도의 한숨을 뱉어 냈다.

"이제 됐습니다. 고맙습니다."

"큰일 날 뻔했습니다. 여기가 사고가 많아요. 얼마 전에도 한 사람 죽었어요. 정말 눈 깜짝할 사이에 밑으로 떨어진다고요. 정말 다행입니다."

도와준 등산객들도 놀랐는지 물을 마시면서 혀를 끌끌 찼다.

아이들과 엉겨 붙어 가슴을 움켜쥐었던 정윤이 조금씩 진정이 되는지 이마에 손을 짚었다.

"애들아, 미안해. 선생님 때문에……."

그녀의 말에 아이들이 또다시 훌쩍거렸다.

"조금 더 내려가면 버스 타는 곳 있어요. 걸을 수 있어요?"

"그럼요."

정윤이 자리에서 일어났다. 그 순간 접질렸던 다리에 다시 통증이 왔다.

"왜 그래요? 어디 다쳤어요?"

"사실은 아까 다리를 삐었어요. 선생님한테 부담 주고 싶지 않아서……. 미안해요."

일을 크게 만든 것만 같아 정윤은 끝내 눈물을 보이고 말았다. 아이들이 있었지만 지금 이 순간은 꼭 어린애가 된 것만 같았다.

"그 마음 다 이해해요. 자, 업혀요."

"아니에요. 부축해 주세요. 걸을 수 있어요."

"그냥 업혀요."

"아뇨. 저 한 번 더 고집 부릴게요. 길이 너무 험해요. 선생님까지 다치면 애들 힘들어져요."

"알았어요. 은철아, 같이 부축하자."

"네."

결국 정윤은 호준과 은철의 부축을 받으며 산을 내려왔다. 더디게만 진행된 하산도 다리 하나를 건넌 뒤부터는 평지가 나와서 모두의 얼굴에 미소를 짓게 만들었다. 마음 졸이며 하산을 했던 가슴이 한순간에 뚫리는 것 같았다.

"자, 이제 업혀요. 평지잖아요."

"알았어요."

정윤은 다시 마다하지 않았다. 자신의 걸음 때문에 시간상으로 많이 지체되어 있었다. 정윤이 그의 등에 업히자 아이들이 아까의 시름 따윈 던져 버리고 '알나리깔나리'라며 장난을 쳤다. 정윤이 부끄러워 그의 등에 얼굴을 파묻었다.

"무겁죠?"

"하나도 안 무거워요. 하나도……."

호준은 할 말이 참 많았지만 말을 아꼈다. 아까는 정말로 정윤을 잃는 줄 알았다. 그녀를 다시 볼 수 없을 거라 생각했기 때문에 지금 등에 업혀 있는 정윤이 그렇게 고마울 수가 없었다. 호준은 눈물이 핑 돌자 참기 위해 노래를 부르기 시작했다. 그의 목소리가 잔잔하게 정윤이 귓가에 파고들어 심장에 머물렀다.

그렇게 얼마쯤 걸었을까. 반가운 버스가 그들을 기다리고 있었다.

10.
가족의 의미

    FM을 즐겨 듣는 쉼터 가족들은 오늘도 어김없이 라디오를 켜고 업무를 시작했다. 아이들이 모두 학교에 간 시간은, 그들이 유일하게 쉼터의 살림을 돌볼 수 있는 시간이었다. 국장은 서류와 컴퓨터의 모니터를 바라보며 바삐 예산을 체크하고 있었다. 정윤과 호준은 아이들의 문제집을 체크하고, 새로운 문제를 뽑아 프린터를 하고 있었다. 그러던 중 라디오에서 쉼터에 대한 사연이 소개되고 있었다. 가만히 듣고 있던 국장이 먼저 입을 열었다.

    "여기 우리 쉼터 얘기 아니에요?"

    "우리요?"

    "들어 봐요."

    DJ는 쉼터에서 온 사연을 소개하며 은철의 이름을 거론했다.

"은철이가 보냈나 봐요. 어머, 신기해라."

국장이 안경을 고쳐 쓰곤 다시 귀를 기울였다. 아이는 지난번 지리산에 다녀왔던 얘기를 사연으로 보낸 모양이었다. 은철은 아주 세세하게 그날의 일들을 묘사하고 있었다. 정윤의 사고까지 얘기를 읽어 내려가던 DJ가 깜짝 놀라하며 정윤이 안부를 묻고 있었다.

"그런 일이 있었어요? 근데 왜 얘기 안 했어요?"

국장도 가슴을 쓸어내리며 정윤을 걱정스럽게 바라봤다.

"놀라실까 봐요. 저 무사히 돌아왔잖아요."

"어머……. 뭐라고 할 말이 없네요."

"좋은 일 아니어서 말씀 안 드렸어요."

끝으로 DJ는 은철의 소원대로 선물로 워터파크 초대권을 보내 준다며 말을 끝맺었다.

"워터파크요?"

세 사람 다 입을 모았다.

"애들이 정말 좋아하겠어요. 은철이가 대박을 터트렸네요?"

국장이 시원스럽게 웃었다. 워터파크에 한 번도 가 보지 못한 아이들에게 좋은 선물이 될 것이란 생각에 세 사람 다 미소를 지우지 못했다.

"수영복도 사야 하고, 튜브도 마련해야겠지요. 제 손이 바빠지겠어요."

국장이 손가락을 흔들어 보이며, 머릿속으로는 아이들의 인원수를 체크하면서 즐거운 표정을 지어 보였다.

사무실에서 저녁을 먹고 쉬고 있는 정윤의 곁으로 옥숙이 다가와 물었다.

"바쁘니?"

"아뇨."

읽던 책을 덮고 옥숙을 바라본 정윤이 눈으로 무슨 일이냐고 묻고 있었다.

"엄마랑 얘기 좀 하자."

"네."

소파로 자리를 옮긴 후 옥숙이 빠르게 입을 열었다.

"빠른 시일 내로 두 사람 결혼하는 게 어떨까 싶은데…… 원장님이 돌아가시기 전에 두 사람 더 늦기 전에 식 올려 달라고 신신당부하셨거든. 시간은 자꾸만 가고, 엄마 마음이 초조해진다. 최 선생님이 결혼하자고 안 해?"

"아뇨."

"그럼 네가 먼저 해 봐. 쑥스러워서 못할 수도 있잖아."

"……"

"정윤아……"

"알았어요. 얘기해 볼게요."

"그래."

옥숙이 정윤의 등을 어루만져 주고 자리에서 일어나자, 때마침 호준이 사무실로 들어섰다.

"말씀 중이셨나 봐요."

"다했습니다. 볼일 보세요. 전 나갈 겁니다."

그녀가 미소를 지으며 사라지자 호준이 궁금한 표정으로 정윤의 맞은편에 앉아 물었다.

"무슨 일 있어요?"

"아뇨. 그냥……."

정윤이 머뭇거리며 어색한 웃음을 흘리자 호준이 다시 물었다.

"무슨 일 있는 거 같은데요? 얘기해 봐요. 네?"

호준이 잔뜩 긴장한 표정을 지어 보이자 정윤이 시원스럽게 웃어 보였다.

"별일 아니고요. 우리 두 사람 언제 결혼하냐고 물으셨어요."

"결…… 결혼이요? 그게 별일이 아닌가?"

"우리 언제 할 거예요? 하긴 할 거예요?"

정윤은 농담으로 건넸지만 호준은 심각한 듯했다.

"해야죠. 합니다. 언제 할까요? 말 나온 김에 이번 달에 할까요?"

"네? 전 농담으로 한 건데……."

"농담이 어디 있어요? 진지하게 생각해 봅시다."

"선생님……."

"왜요?"

"선생님, 저 사랑하세요?"

"네? 그런 질문이 어디 있습니까? 이 선생님은 저 사랑 안 해요?"

"아뇨. 하죠……. 해요."

정윤이 부끄러운 듯 고개를 숙여 보였다.

"저는 이 선생님이 저를 사랑하는 것보다 더 많이, 아주 많이 사랑합니다. 진심으로……."

호준이 쑥스럽게 하트까지 그려 보였다.

다음 날, 두 사람은 옥숙과 헌재에게 자신들의 뜻을 밝혔다. 결혼을 미룰 이유가 없다는 것이 그들의 생각이었다.

"두 사람 바쁘니까 우리가 좋은 날 잡을게. 예식장은……."

"쉼터에서 하려고요. 운동장에서……."

"그래, 그거 좋은 생각이다."

"신혼여행은 아이들하고 워터파크 놀러 갈 거고요."

"그건 두 사람이 알아서 해. 어련히 잘하겠어……."

"5월쯤에 하면 되겠다. 그렇지?"

"네."

"그래."

호준에게 시선을 옮긴 옥숙이 그의 손을 잡고 신신당부하듯 입을 열었다.

"최 선생님, 우리 정윤이 행복하게 해 주셔야 합니다."

"예, 그렇게 하겠습니다. 그리고 말씀 놓으세요. 제가 너무 불편합니다."

"천천히요."

"그럼 우리는 잠시 나갔다 오겠습니다. 빨리 진행을 해야죠."

옥숙과 헌재가 사무실을 나서자 호준이 정윤을 끌어당겨 품에 안았다.

"얼렁뚱땅 식 올린다고 생각하는 거 아니죠?"

"그게 무슨 말씀이세요?"

품에 안긴 채 정윤이 물었지만 호준은 대답 대신 그녀를 더 끌어안았다.

"무슨 말씀인지 얘기 안 하실 거예요?"

"아뇨. 그냥……. 남들처럼 제대로 연애도 못해 보고 데리고 오는 거 같아서 미안해서 그럽니다. 진짜 우리 키스도 안 해 봤네?"

"왜 그래요……. 부끄럽게……."

정윤이 빠르게 호준의 품을 벗어나 밖으로 도망치려고 하자 호준이 그녀의 팔을 붙잡았다.

"우리 얘기 아직 안 끝났는데?"

"얘기 안 해도 다 통해요. 애들 데리러 안 가실 거예요? 기다리겠어요."

"이런, 시간이 벌써 이렇게 되었네. 갔다 와서 다시 얘기합시다."

호준이 키를 챙겨 들고 바삐 움직였다. 정윤은 그런 호준의 뒤를 따라 차 타는 곳까지 배웅을 했다.

"다녀올게요."

"네."

그녀가 손을 흔들어 보이자 호준이 재빠르게 그녀의 입술에 입맞춤을 했다. 깜짝 놀란 정윤은 부끄러워 그와 눈도 못 마주쳤다.

"들어가요."

차가 출발하자 그제야 정윤이 고개를 들고 멀어져 가는 차를 바라봤다. 그녀는 짧았지만 긴 여운을 남긴 그와의 첫 입맞춤을 오래도록 잊지 못할 것 같았다.

결혼식은 일사천리로 진행이 되었다. 옥숙이 받아 온 날짜가 불과 3주밖에 남지 않았기 때문에 두 사람이 함께 쓸 신혼 방을 꾸미는 일부터 야외 식장을 꾸미는 일 등, 기타 필요한 것들을 준비하느냐고 옥숙과 헌재는 몸이 두 개라도 모자랐다.

오늘은 두 사람이 함께 쓸 방에 가구가 들어오는 날이었다. 가구라고 해 봤자 장롱이 전부였다. 옥숙의 마음 같아서는 다 들여놓고 싶었지만 이들의 시작은 다른 신혼부부와 같을 수 없었다. 혼수보다 두 사람의 마음가짐이 무엇보다 중요했다. 어깨가 무거운 그들이었다.

결혼식을 준비하면서 마음이 들뜬 건 아이들도 마찬가지였다. 녀석들은 옥숙과 헌재를 도와 야외 식장을 꾸미는 일을 맡아서 했다. 정윤과 호준은 근처에도 얼씬 못하게 했다.

"두 분 결혼하시면 난 호칭부터 바꿀 거야."

은철이 의자를 정리하면서 뱉은 말을 듣고 지혜가 의아한 듯 물었다.

"어떻게 바꿀 건데? 설마 엄마, 아빠라고 부르려고?"

"아니지."

"그럼?"

"아버지, 어머니."

"으응……. 근데 그게 쉽게 나올까?"

"난 할 수 있어. 두 분은 가슴으로 우리를 낳으신 분들이니까."

"그래."

"형이 그렇다면 나도 그렇게 부를 거야."

"우리한테 진짜 엄마, 아빠가 생긴 거네?"

아이들은 저마다 한 마디씩 뱉으며 이것이 꿈인지 생시인지 분간이 안 가는 듯 자신의 볼을 꼬집었다.

"나도 실감이 안 난다. 결혼식을 올리면 그때나 받아들일 수 있을 것 같아."

아이들이 옹기종기 모여 있는 모습을 멀리서 바라보는 정윤의 입가에 미소가 지어졌다. 며칠 전 아이들은 자신들이 결혼 선물로 해 줄 수 있는 것이 없다면서 무척 미안해하며 얼굴을 붉혔었다. 그런 아이들의 시름을 덜어 준 것이 옥숙이었다. 그녀가 먼저 아이들에게 식장을 꾸미자고 제안을 했고, 아이들은 흔쾌히 받아들였다. 정윤은 아이들이 호준과 자신의 결혼식장을 꾸며 주는 일을 맡아 줘서 진심으로 고마웠다. 아이들의 손길이 닿은 식장을 바라보는 정윤의 눈 속에 애착이 가득 담겨 있었다.

"뭐해요?"

"우리 아이들이요. 하나같이 천사가 따로 없어요. 세상에 저렇게 착한 아이들은 없을 거예요."

"우리 아이들이잖아요."

호준이 자연스럽게 정윤의 어깨를 감싸 안았다. 내 여자라고 생각한 순간부터 오랫동안 그리웠던 그녀의 온기였다. 손끝만 닿아도 그녀의 체온을 느낄 수 있었던 때가 있었는데, 지금은 그 온기를 온몸으로 받아들이고 있었다. 따뜻했다. 피로가 한순간에 풀리는 보약과도 같은 존재였다.

그 순간 어느 틈에 나타났는지 수인이가 두 사람 사이에 파고 들어 둘을 떨어트려 놓았다.

"우리 엄마야. 선생님 비켜!"

아이가 다리를 저만치 밀치자 호준이 뒤로 쓰러지는 장난을 해 보였다. 정윤이 옆에서 거들어 주었다.

"어머, 선생님 쓰러지셨네. 어떡하지? 수인아?"

"몰라."

아이가 톡 쏘듯 뱉어 내며 고개를 돌렸다.

"수인아, 선생님 정말로 아픈가 봐. 안 움직이잖아."

"진짜? 난 살살 밀었는데?"

그제야 수인이가 곁으로 다가와 호준을 빤히 바라봤다. 호준 은 꿈쩍도 하지 않은 채 눈을 꼭 감고 있었다. 아이의 미간이 점 점 찌푸려졌다. 걱정이 되는 모양이었다. 수인이가 살며시 호준 의 팔을 흔들었다. 손가락으로 얼굴도 찔러보았지만 그는 조금 도 움직일 생각을 하지 않았다.

"선생님 정말 아픈가 봐. 난 정말⋯⋯."

그 순간 호준이 '으악' 소리를 내며 자리에서 벌떡 일어났다. 아이는 심하게 놀란 듯 뒤로 넘어졌지만 금방 웃음소리를 내며 안도의 표정을 지어 보였다.

"선생님 진짜 아프다."

"거짓말! 엄마, 나도 저기 갈래."

"그래, 갔다 와. 근데 다른 애들은?"

"자. 그럼 엄마 나 저기 갔다 올게. 선생님이랑 놀지 마."

"응."

아이는 손을 흔들어 보이고는 계단을 내려갔다. 이내 호준이 입을 열었다.

"설마 우리 침실에까지 들어오는 건 아니겠죠?"

"왜요? 걱정되세요?"

"그럼요."

"수인이가 안 들어온다고 해도 내가 데리고 들어와야지."

"예? 그건 절대로 안 됩니다. 절대로……."

"선생님 하는 거 봐서요."

정윤이 자리를 털고 일어나 빠르게 사무실로 들어가자, 그 뒤를 따르면서 호준이 계속 뭐라고 떠들어 댔다. 잠시 후 건물 안에서 두 사람의 웃음소리가 나지막이 울려 퍼졌다.

결혼식 당일, 웨딩드레스를 입은 정윤이 사무실에 다소곳하게 앉아 있다. 그 옆으로 어린아이들이 빙 둘러앉아 있었다. 쉼터의 가장 큰 행사라 봉사하는 아주머니들과 그들의 지인들까지 모두

출동을 한 상태라, 쉼터는 어느 때보다도 시끌벅적했다. 주방에서는 하객들에게 대접할 음식들이 만들어지고 있었다. 맛있는 냄새가 아이들의 코를 자극했다.

"선생님, 케이크도 있어요."

"그래?"

"아까 살짝 봤어요."

"결혼식 끝나면 우리 다 같이 먹자."

"네."

아이들의 볼을 쓰다듬어 주는 정윤의 표정은 무척 상기되어 있었다. 그녀는 한 남자의 아내가 된다는 사실이 아직 믿기지 않았다. 더불어 쉼터 아이들의 엄마가 된다는 생각에 어깨가 한없이 무겁고 가슴이 미어졌다. 잘해 낼 수 있을까 하는 걱정으로 며칠을 뜬눈으로 지새웠다. 그 순간 옆에서 힘이 되어 준 호준이 있었지만 여전히 그녀의 근심은 사그라지지 않았다.

"이 선생님, 이제 나가야 해요."

국장이 곁으로 다가왔다.

"너희들도 이젠 나가서 밖에 의자에 앉자."

"네."

아이들이 밖으로 나가자 국장이 그녀의 웨딩드레스를 잡아 주었다.

"곧 최 선생님이 입장할 거예요. 아버님도 기다리고 계세요."

"네."

남은 한 손으로 정윤의 손을 잡아 준 국장은 그녀가 사시나무

떨 듯하자 진정시키기 위해 손을 더 꽉 잡아 주었다.

"많이 떨리죠?"

"조금요."

"준비되면 말씀하세요. 심호흡 좀 하시고요."

"아뇨. 가야죠. 다들 기다리시잖아요."

정윤이 발걸음을 떼자 국장도 움직였다. 두 사람이 운동장에 모습을 보이자 저 멀리 하객들과 아이들, 그리고 호준이 정윤을 바라봤다. 정윤은 정신이 없었지만 마음을 다잡고 걸음을 재촉했다. 이윽고 음악이 흐르면서 호준이 입장을 시작했다. 그가 입장을 마칠 무렵 정윤도 헌재의 옆에 섰다.

"잘할 수 있을 거다. 최 선생님만 믿고 따르면 다 잘될 거야."

"네."

다시 음악이 흐르자 정윤과 헌재가 앞으로 나아갔다. 그 순간 정윤의 눈앞이 뿌옇게 흐려졌다. 그녀는 울지 않으려고 애썼지만 봇물처럼 터져 버린 눈물은 쉽게 멈출 생각을 하지 않았다. 앞이 보이지 않아 헌재에게 의지하면서 정윤은 더 흐느끼기 시작했다.

호준은 그녀가 울고 있자 가슴이 무너지는 것 같았다. 그녀가 짊어진 짐이 너무 큰 것은 아닐까 하는 염려로 마치 자신이 죄인 같았다.

정윤이 점점 앞으로 다가왔다. 헌재가 그녀의 손을 호준에게 넘겨주었다. 그 손을 잡는 호준의 손끝도 떨려 오긴 마찬가지였다.

나란히 주례 선생님 앞에 선 두 사람은 두 손을 꼭 잡고 손으로 서로의 마음을 읽고 있었다. 말하지 않아도, 묻지 않아도 서로의 마음이 전해지고 있었다. 정윤이 살며시 미소 지었다. 그의 손을 잡으니 걱정했던 모든 시름들이 한순간에 달아나는 것 같았다. 정윤이 호준의 엄지손가락을 꽉 잡자 호준이 그녀를 바라봤다. 정윤은 이내 울음을 멈추고 그를 향해 환하게 웃고 있었다. 호준이 그녀의 눈물을 손으로 닦아 주었다.

두 사람은 다시 겸허한 마음으로 주례사를 들으면서 앞으로 새롭게 펼쳐질 쉼터의 모습을 가만히 머릿속으로 그려 보았다.

늦은 밤, 홀로 방에 있던 호준은 늦은 시간까지 정윤이 방으로 들어올 생각을 하지 않자 사무실로 발걸음을 옮겼다.

정윤은 결혼식을 마치고 난 후부터 계속 분주하게 움직이고 있었다. 다음 날 아이들과 함께 워터파크로 신혼여행을 떠날 준비를 하는 정윤의 곁으로 호준이 다가와 앉았다.

"피곤하지 않아요?"

"아뇨. 아이들 수영복 체크하고 있어요. 국장님이 하셨는데 혹시 몰라서요."

정윤은 호준이 묻지도 않은 말을 하면서 그의 시선을 피하고 있었다.

"나 좀 봐요."

"지금 바빠요."

"바쁘지 않은 것 같은데……. 이만 가서 잡시다. 내일 일찍 가야 하는데 그만 자야죠."

"먼저 주무세요."

일은 이미 끝난 것 같은데 그녀는 또 체크를 하고 있었다.

"불편하면 아이들하고 잘래요?"

호준은 그녀를 배려하고 싶었다. 첫날밤이었지만 그녀를 힘들게 하고 싶지 않았다. 그녀가 일부러 자신을 피하고 있다는 걸 잘 알고 있었고, 어떤 이유에서인지도 잘 알고 있었기 때문에 최대한 그녀에게 맞춰 주고 싶었다. 시간은 충분했고, 그녀가 편해질 때까지 기다릴 수 있었다.

"아뇨. 선생님하고 함께 자야죠."

정윤은 부끄럽게 말하곤 자리에서 일어났다.

"가요."

그녀가 먼저 사무실을 나섰다. 그 뒤를 가만히 따르면서 호준이 걱정스런 표정을 지어 보였다.

방으로 들어온 정윤은 한쪽에 잘 깔아져 있는 새 이불을 바라보았다. 베개가 나란히 놓여 있자 다시 현실적인 일이 가슴에 와 닿았다. 도망치고 싶은 마음에 그녀는 호준이 뒤에 있다는 것도 모르고 그대로 뒤돌아 나가려다 그와 딱 부딪히고 말았다. 깜짝 놀란 호준이 엉거주춤 그녀의 팔을 붙잡고 있었다.

"아무래도 아이들하고 자는 게 편한 것 같네요. 내가 아이들하고 잘 테니까 정윤 씨가 이 방에서 자요. 잘 자요."

호준이 살며시 정윤의 볼에 입맞춤을 하고 돌아서려고 하자,

등 뒤에서 정윤이 그를 껴안았다.

"미안해요. 일부러 그러는 거 아니에요."

"알아요. 천천히 합시다."

그가 가만히 그녀의 손을 잡아 주었다.

"피곤할 테니 자요."

"같이 자요."

정윤이 먼저 방 안으로 들어가 그의 손을 이끌었다. 곧 이불 속으로 들어간 두 사람은 한 동안 천장만 보며 아무 말도 하지 않았다.

"불 끕니다."

호준이 일어나서 불을 끄고 다시 누웠다. 칠흑 같은 어둠에 휩싸였던 방은 잠시 후 시야가 트였다. 두 사람은 계속 그 자세였다. 눈을 멀뚱거린 채 숨소리조차 내지 않았다.

"정윤 씨, 잘 자요."

호준이 먼저 인사를 하고 눈을 감았다. 정윤이 살짝 고개를 돌려 그를 바라봤다. 그의 옆모습을 바라보던 정윤이 무슨 생각에서인지 옆으로 누워 그를 바라봤다. 곧 정윤의 손이 그의 흘러내린 머리카락에 머물렀다. 그리고 눈썹에서 코끝으로 넘어가며 마지막으로 그의 입술에 머물렀다. 그와 동시에 호준이 눈을 떴다. 호준의 시선도 정윤에게 머물러 있었다. 한동안 서로를 바라보던 두 사람은 짧은 입맞춤을 시작으로 서로를 품에 안으며 그렇게 가슴 미어지는 첫날밤을 보냈다.

다음 날, 쉼터엔 작은 변화가 생겼다. 은철이 약속대로 호칭을 바꿨다. 녀석이 호칭을 바꾸자 다른 아이들도 자연스럽게 두 사람을 어머니, 아버지라고 불렀다. 호준과 정윤도 당연하다고 생각했다. 그들도 아이들에게 아들과 딸이라는 호칭을 썼다.

"준비 다 되었으면 버스에 오르자. 큰 아들 덕분에 신혼여행도 가고……. 다시 한 번 고맙다."

"뭘요……."

은철이 쑥스러운 표정을 지으며 저만치 가려고 하자 정윤이 빠르게 녀석을 불렀다.

"아들! 이것 좀 들어 줄래?"

정윤이 은철을 부르자 녀석이 멋쩍어하며 그녀가 내민 가방을 받아 들었다. 녀석이 배시시 웃자 그녀가 머리를 쓰다듬어 주었다.

"함께 잘해 보자. 파이팅!"

은철도 주먹을 쥐어 보였다. 잠시 후 어린아이들이 정윤의 옆으로 몰려들었다.

"엄마, 한참 가야 해?"

수인이가 정윤을 엄마라고 부르자 민정과 지수도 따라 불렀다. 오늘따라 아이들은 그녀의 꽁무니에 붙어 떨어질 생각을 하지 않았다.

"어서 올라가자."

결국 호준이 수인이를 번쩍 안고 버스에 올랐다. 그 뒤로 정윤이 아이들을 하나씩 위로 올려 주고 마지막으로 자신도 버스에 올랐다. 자리에 앉은 아이들은 즐거운 꿈을 꾸듯 마냥 신이 난 표정을 짓고 있었다.

이윽고 버스가 출발을 했다. 차로 두 시간 거리에 있는 워터파크로 가는 동안 아이들은 쉴 새 없이 노래를 불렀다. 정윤도 조용히 따라 부르며 미소를 지어 보였다.

한참을 달리던 버스가 목적지에 도착을 했다. 이른 시간이었지만 주차장엔 이미 많은 차가 주차되어 있었다.

세 사람은 짐을 챙겨 들고 아이들을 인솔해 입구로 들어섰다. 아이들의 심장은 두 근 반, 세근 반 뛰고 있었다. 워터파크는 처음이라 낯선 환경이 무척이나 두렵게 다가온 모양이었다. 하지만 막상 안으로 들어가서는 누구보다도 즐거워하고 기뻐했다. 큰 녀석들은 준비운동도 하지 않은 채 물속으로 곧장 뛰어 들어갔다.

"준비운동해야지. 어서 나와!"

호준이 소리치자 아이들이 아쉬운 듯 밖으로 나왔다. 정윤은 한쪽에 어린아이들을 일렬로 세우고 큰 아이들이 모두 나와 뒤에 서자 준비운동을 시작했다. 열심히 따라 하는 아이들은 옅은 미소를 지으며 정윤과 호준에게서 시선을 떼지 않았다.

준비운동을 마친 호준이 신호를 보내자 큰 아이들이 일제히 물속으로 뛰어 들어갔다. 작은 녀석들도 마찬가지였으나 수인이와 지수는 정윤에게서 떨어질 생각을 하지 않았다.

"왜 안 들어가?"

국장이 손을 내밀었지만 아이들은 고개를 심하게 저으며 저항했다.

"제가 이따 데리고 들어갈게요. 국장님 먼저 들어가세요."

"그럴게요."

국장이 사라지자 아이들이 밀려오는 물을 손으로 만지작거렸다.

"물 무서워……."

수인이의 말에 정윤이 아이의 머리를 쓰다듬었다.

"엄마랑 같이 수영하자. 튜브 타고 있으면 절대 안 빠져. 정말이야."

"싫어."

"지수도 싫으니?"

"네."

정윤은 하는 수 없이 자리에 앉아 아이들과 물장구를 치며 물놀이를 하는 아이들을 바라봤다. 잠시 후 한편에서 아이 우는 소리가 들려왔다. 정윤과 아이들의 시선이 일제히 그곳에 닿았다. 7살쯤 되어 보이는 여자아이가 엄마에게 떼를 쓰고 있는 중이었다. 아이의 손에는 핫도그가 들려 있었는데 하나를 더 사 달라고 조르는 중이었고, 엄마는 안 된다고 하면서 작은 실랑이를 벌이고 있었다. 하지만 아이가 너무 울다 보니 결국 엄마가 지고 말았다. 엄마는 아이의 눈물을 닦아 주면서 볼에 입맞춤을 해 주었다.

정윤은 갑자기 가슴이 미어지자 수인과 지수를 바라봤다. 걱정했던 대로 아이들의 시선은 그곳에서 떨어질 줄 몰랐다. 잠시후에는 아이들의 시선이 온통 가족들에게 닿아 있었다. 휴일이라 가족들과 함께 온 사람들에게서, 그들의 사랑을 독차지하고 있는 아이에게서 수인과 지수는 눈을 떼지 못했다. 정윤은 지금 아이들이 무슨 생각을 하고 있는지 읽을 수 있었다.

"우리도 수영하자."

"응."

싫다던 수인이가 갑자기 자리에서 일어나 물속으로 성큼성큼 걸어 들어갔다. 그 뒤를 지수가 따랐다. 정윤도 서둘러 아이들의 뒤를 따라 들어가 한 명씩 튜브에 태웠다. 하지만 아이들은 아까와 다르게 표정이 무척이나 슬퍼 보였다. 어두운 그림자가 드리워져 있었고, 금방이라도 눈물을 쏟을 것처럼 눈시울은 촉촉하게 젖어 있었다. 그 눈망울을 본 순간 정윤은 저도 모르게 아이들의 시선을 외면해 버렸다. 아이들에게 부모가 되었지만 두 사람은 결코 친부모가 될 수 없다는 사실을 깨닫는 순간이었다. 정윤이 가만히 큰 녀석들을 바라보았다. 아이들 몇 명을 빼고는 녀석들 역시 다른 가족에게 시선이 닿아 있었다. 가슴이 아팠다. 너무 아파 숨이 막혀 오는 것 같았다.

어느샌가 호준이 곁으로 다가와 정신을 놓고 있는 정윤을 흔들었다.

"무슨 생각해요?"

"네? 아, 아니에요. 우리 점심 언제 먹어요?"

"12시쯤……. 수영해요. 수영 못해요?"

"못하는데……."

"내가 가르쳐 줄까요?"

"아이들 보셔야죠. 그럼 전 저쪽으로 갑니다. 빵빵……. 비키세요⋯⋯."

정윤이 수인이와 지수가 타고 있는 튜브를 밀고 저만치 멀어지자, 그녀의 얼굴에서 깊은 수심을 읽어 낸 호준이 긴 한숨을 뱉어 냈다.

한참을 놀던 아이들이 배가 고프다고 하나둘씩 물 밖으로 나오자 호준이 빠른 점심을 먹기로 결심했다. 식당으로 자리를 옮긴 그들은 녀석들을 자리에 앉히고 음식을 주문했다. 왁자지껄한 말소리가 울러 퍼지는 식당이었지만, 정윤은 좀처럼 슬픔에서 헤어 나올 수가 없었다. 그녀는 주문한 음식이 나오고 아이들이 식사를 시작하자 가만히 자리에서 일어나 밖으로 나갔다. 한적한 곳을 찾아 자리에 털썩 주저앉은 정윤의 눈에서는 금방 따뜻한 눈물이 흘러내렸다.

"왜 울어요?"

언제 왔는지 호준이 그녀의 곁에 앉았다.

"아니에요. 그냥⋯⋯."

"울지 말아요."

호준이 정윤의 볼에 흐르는 눈물을 닦아 주며 안타깝게 바라보았다.

"알았어요. 안 울게요."

정윤은 서둘러 눈물을 닦고는 억지로 미소를 지어 보였다. 그러고는 호준의 시선을 피해 다른 곳을 바라보다 또다시 어린아이가 엄마한테 투정을 부리는 모습을 발견했다. 그것을 보니 다시금 아까의 영상이 또렷하게 스쳐 갔다. 그녀는 가족과 함께 온 아이들을 바라보며 녀석들이 지었던 슬픈 표정을 오래도록 잊을 수가 없을 것 같았다.

하나같이 절망에 찬 눈망울, 원망, 시기, 부러움 등 온갖 미묘한 감정이 뒤섞인 그 눈빛을 보면서 정윤은 커다란 상실감을 느낄 수밖에 없었다. 왜 모두가 누리고 있는 행복을 우리 아이들만 누리지 못할까, 불온한 가정에서 태어나 자신도 모르게 버림을 받고, 한평생 가슴에 커다란 상처를 안고서 살아가야 하는지 그녀로서는 도저히 이해할 수 없는 신의 처사였다.

하나같이 천사 같은 녀석들인데, 그 아이들에게 무슨 잘못이 있어서 신은 왜 이 같은 형벌 아닌 형벌을 내렸는지 그녀는 두고두고 생각을 해 봐도 답을 찾을 수 없을 것 같았다. 깊은 절망감, 뭔지 모를 화가 그녀의 마음속에서 얼굴을 내밀고 있었다.

"정윤 씨, 아이들이 기다려요. 이만 갑시다."

호준이 일으켜 세웠다.

"네, 가야죠. 우리 아이들한테 가야죠. 가요, 선생님."

정윤이 자리에서 벌떡 일어났다. 그녀가 먼저 호준의 손을 잡고 아이들이 있는 곳으로 이끌었다. 아이들은 식사를 마치고 다시 물속으로 들어갈 채비를 하고 있었다.

"어디 다녀오셨어요? 식사하셔야죠."

"배고프지 않아요. 그것보다 어서 내려가야죠. 조금 있으면 가야 하잖아요. 놀 시간이 별로 없어요. 애들아, 또 수영하러 가자……."

정윤이 어린아이들의 손을 잡고 앞장서자 뒤로 큰 녀석들이

따랐다. 국장이 재빨리 발걸음을 옮기는 호준의 팔을 잡고 소곤
거렸다.

"여자 울리는 남자가 제일 못난 거 아세요?"

"네?"

"이 선생님 운 거 맞죠? 이 좋은 날 왜 울리세요? 한바탕 싸
우기라도 하신 거예요? 벌써 부부싸움하세요?"

국장이 쉬지도 않고 묻는 통에 호준은 얼이 나가는 것 같았
다. 그는 멀어져 가는 정윤과 아이들을 한 번 바라보고, 국장에
게 모든 게 자기 잘못이라고 둘러대고는 서둘러 그곳을 피했다.

정윤과 연애를 시작한 이후부터 국장의 시선이 예민하게 변했
다. 두 사람이 아이들에게 어떤 존재이고, 그들의 연애가 아이들
에게 어떤 영향을 끼치고 있는지 누구보다도 잘 알고 있어서 걱
정이 많은 그녀였다. 결혼까지 했으니 국장의 걱정은 더하면 더
했지 덜하진 않을 것이다.

때문에 호준은 이렇다 할 변명조차 할 수 없었다. 정윤이 눈
물을 흘리게 된 이유가 어떻든 간에 쉼터의 책임자로서 그에게
모든 잘못이 있었다. 그것은 여린 꽃잎에게 달려드는 비바람을
막아 주지 못한 책임이었다. 그녀가 헤쳐 나가야 할 숙제이기도
했지만 호준은 못내 가슴이 사무쳤다.

오랜만에 즐거운 나들이를 끝내고 쉼터로 돌아온 아이들은 일
찌감치 곯아떨어졌다. 정윤과 호준도 일찍 잠자리에 들었다. 오
늘은 정윤이 먼저 그에게 다가섰다. 그에게 팔베개를 해 달라고

한 것이다.

"좀 아프더라도 참으세요."

"하나도 안 아파요."

"아……. 좋다. 선생님 품은 참 따뜻해요."

"정윤 씨."

"네?"

"아까 왜 울었어요?"

"말 안 할래요. 그냥……. 내가 아이들한테 더 잘할래요. 그 방법밖에 없는 것 같아요."

"그래요……."

호준도 더는 묻지 않았다. 그 역시 아이들의 그림자를 보았다. 호준은 한두 번 겪은 상황이 아니기 때문에 단련이 되었지만 정윤은 그렇지 못했다. 그는 정윤도 이겨 낼 수 있을 거라 믿었다.

"정윤 씨는 강한 여자니까 우리 아이들한테 큰 나무 같은 엄마가 될 겁니다."

"큰 나무는 선생님이 하세요. 전 해가 될래요. 아이들 마음이 언제나 따뜻할 수 있도록 늘 곁에 있을 거예요."

"고마워요."

호준이 정윤을 더 품에 끌어당겼다. 두 사람 다 긴 한숨을 토해 냈지만, 낮에 있었던 설움이 한순간에 멀리 날아간 기분이었다.

11.

수인이

달칵.

월요일 오후, 수인이가 사무실 문을 열고 얼굴을 내밀었다.

"어머, 우리 수인이 왔네? 그림은 다 그렸니?"

"나 아파."

미간을 찌푸린 아이의 얼굴을 바라보는 정윤의 표정도 심상치 않게 굳어 갔다. 아이가 기력도 없고 얼굴도 창백했기 때문이다. 그녀는 아이 곁으로 빠르게 다가갔다.

"어디?"

아이는 가슴을 가리키며 인상을 찌푸렸다.

"숨을 못 쉬겠어."

"우리 소파에 좀 눕자."

정윤이 아이를 덥석 안고 소파에 눕혔다. 그러고는 아이의 이마와 자신의 이마를 번갈아 짚었다.

"한동안 괜찮았는데…… 또 아픈 거구나."

가끔 가슴이 아프다고 했었던 아이였지만 오늘처럼 심각한 수준은 아니었다. 아이는 심장이 두근거린다면서 숨을 못 쉬겠다고 했었다. 하지만 좀 쉬면 다시 원상태로 회복이 되었기 때문에 대수롭지 않게 생각을 했었다. 혹시나 하는 마음에 엑스레이도 찍고 피검사도 해 봤지만 뾰족하게 아픈 곳이 없었다.

"수인이 데리고 병원에 가 봐야 할 것 같아요. 열도 좀 있네요."

콜록.

아이는 기침을 하면서 정윤과 호준을 바라봤다.

"그럽시다. 진료 시간 끝나기 전에……"

호준도 걱정이 되긴 마찬가지였다.

정윤과 호준은 늦지 않게 병원에 도착했다. 4시를 조금 넘긴 시간이었지만 사람들이 많았다. 두 사람은 한쪽에 남은 자리에 앉아 순서를 기다렸다. 아이는 간간이 기침을 하면서 옆을 바라봤다. 자신의 또래쯤 되어 보이는 여자아이가 엄마에게 안겨 떼를 쓰고 있었다. 그 모습에서 수인이는 눈을 떼지 못했다.

"수인이 잘할 수 있지?"

"응. 쟤는 왜 울어?"

아이의 물음에 떼를 쓰는 아이의 엄마가 수인이를 바라보며 입을 열었다.

"참 예쁘게 생겼네? 떼도 안 쓰고……. 아이가 엄마 닮았네요."

"네? 아……. 네."

"우리 엄마 예쁘죠?"

"그래. 엄마가 결혼을 일찍하셨나 봐요."

"예."

정윤이 호준을 바라봤다. 그는 멋쩍은 듯 웃어 보였다. 아이의 이름을 부르자 여자는 딸을 데리고 진료실로 들어갔다.

"다음은 수인이 차례네. 저기 보이지? 대기 환자 최수인."

"응, 저게 내 이름이야."

"그래."

잠시 후 수인이의 이름이 호명되었다. 정윤과 호준은 아이를 데리고 진료실로 들어갔다.

"그래, 수인이, 어디 가 아프죠?"

정윤은 의사 선생님에게 아이의 상태를 차근차근 설명했다.

"어디 봅시다."

아이의 코 상태와 목 상태, 그리고 청진기를 대 본 의사는 별다른 이상이 없다는 듯 대수롭지 않게 말했다.

"감기입니다."

"지난번처럼 자꾸 가슴 쪽이 아프답니다. 큰 병원에 가 봐야 할까요?"

"청진기상으로 이상 없습니다. 기침 가래가 많아서 흉통이 있을 수 있고요. 약은 3일치 처방해 드릴 테니까 약 떨어지기 전에 다시 오세요. 정 걱정이 되시면 한 번 큰 병원에 다녀오세요."

"네, 고맙습니다."

병원은 나온 세 사람은 약국에 들른 후 곧장 쉼터로 향했다. 퇴근 시간과 맞물린 시간이라 서두르지 않으면 교통체증에 시달리기 때문이었다. 좀 더 일찍 나왔더라면 드라이브라도 했을 텐데 호준은 살짝 아쉬운 모양이었다.

"시간이 좀 있었으면 한 바퀴 돌았을 텐데요."

"시간은 많잖아요. 다음에 하면 되죠. 얼른 가요."

정윤은 쉼터로 빨리 돌아가 수인이를 쉬게 하고 싶었다.

부랴부랴 서둘러 쉼터에 도착했지만 이미 저녁 시간 때를 훌쩍 넘기고 있었다. 아이들은 모두 정윤의 부모가 다 먹여 놓은 상태였다. 두 사람은 늦은 저녁을 먹으면서 아이의 상태를 체크했다. 정윤이 수인이에게 밥을 먹여 주면서 말했다.

"수인아, 밥 먹고 약 먹자. 약 먹으면 금방 나을 거야."

"응, 나 멸치 줘."

"멸치는 아빠가 줄게."

호준은 빠르게 멸치를 수인이의 숟가락에 얹어 주었다. 녀석은 배가 고팠는지 한 그릇을 금방 비울 태세로 아주 맛있게 입을 오물거렸다. 하지만 어쩐 일인지 아이는 몇 숟가락 뜨지 못하고 그만 먹는다며 고개를 저었다.

"더 먹어야 하는데?"

"안 먹을래."

아이는 고개를 절레절레 흔들며 약병을 들었다.

"그럼 약 먹을까?"

"응, 나 졸려."

"그래, 약 먹고 잠자자."

아이에게 약을 먹인 정윤은 밥을 다 먹지도 못한 채 수인이를 안고 침실로 들어갔다. 아이는 잠자리에 들자마자 바로 깊은 수면에 빠져들었다. 그런 수인이를 보면서 정윤은 걱정스런 마음뿐이었다. 이마를 짚으니 아직 미열이 남아 있었다.

"수인이 자야 하니까 조금만 조용히 하자."

"수인이 아파요?"

"응, 감기에 걸렸어."

"저희 조용히 할 테니까 가서 일 보세요."

"그래, 무슨 일 있으면 부르고."

"네."

정윤은 아이를 뒤로하고 다시 주방을 찾았다. 호준이 숟가락을 놓고 기다리고 있었다.

"왜 안 드셨어요?"

"같이 먹어야죠. 혼자 먹으면 맛이 없잖아요. 나도 혼자 먹기 싫고요. 앉아요."

"네."

정윤이 다시 숟가락을 들자, 이어 호준도 다시 먹기 시작했다. 두 사람은 아무 말 없이 식사를 했다. 가끔 눈이 마주치면 서로 미소 지었다.

"메일 또 보냈는데 지난번 것도 확인 안 했죠?"

"아……. 잊고 있었어요. 죄송해요. 볼게요."

"천천히 봐요. 어디로 사라지는 거 아니니까."

정윤은 미안한 마음에 살며시 일어나 그의 볼에 뽀뽀를 해 주었다. 호준이 답례하듯 부드럽게 미소를 지어 보였다.

늦은 밤, 정윤은 수인이의 곁을 한시도 떠나지 않았다. 그녀는 호준의 이메일을 확인해야 한다는 것도 또다시 깜박 잊어버린 채 아이에게 올인했다. 해열제를 먹였지만 열은 계속 오르고 있었다. 하지만 아이는 아픈 아이 같지 않게 너무도 평온하게 잠이 들어 있었다.

"녀석, 순하기도 하지. 아파도 순하네……."

그녀는 아이의 손등을 어루만져 주며 조용히 자장가를 불러 주었다.

모두가 잠든 시간, 상담실엔 정윤 혼자였다. 그녀는 수인이 잠든 것을 확인하고 잠시 시간을 내 상담실을 찾았다. 호준이 보낸 이메일을 확인하기 위해서였다. 컴퓨터 앞에 앉자 벌써부터 가슴이 콩닥거리면서 설레었다.

그녀는 인터넷에 접속해 아이디와 비밀번호를 누르고 이메일을 확인했다. 10통의 메일이 와 있었다. 그중 호준이 보낸 메일이 3통이었다. 그는 한결같이 같은 시간인 새벽 5시에 메일을 보냈다. 제목은 '정윤 씨에게, 정윤 씨 보세요, 좋은 아침입니다.' 였다.

"사랑하는 정윤 씨는 하나도 없네?"

그녀는 혼잣말을 하며 피식 웃어 보이곤 첫 번째 메일을 확인하려고 마우스를 클릭했다. 그 순간 상담실의 문이 열리고 수인이가 모습을 보였다.

"어머, 수인아!"

정윤은 깜짝 놀랐다. 아이는 빠르게 그녀의 곁으로 다가와 품에 안겼다.

"아파……."

"뭐?"

그녀는 아이를 번쩍 안아 올려 자신의 무릎에 앉혔다. 그러고는 아이의 얼굴을 살폈다. 이마에는 식은땀이 맺혀 있고, 아이의 숨소리도 거칠었다.

"이러지 않았는데……."

덜컥 겁이 난 정윤이 빠르게 일어나 호준을 찾았다.

"선생님."

"네? 왜, 왜요?"

깜짝 놀라 눈을 뜬 호준은 그녀가 수인이를 안은 채 문 앞에 서 있자 당황스러웠다.

"무슨 일입니까?"

"병원에 가야 해요. 수인이가 이상해요."

정윤이 울먹이며 말을 이어 갔다.

"어떡하죠?"

"가야죠."

소란스런 소리에 다른 방에 있던 정윤의 부모가 밖으로 나왔다. 정윤은 빠르게 옥숙에게 상황을 설명하고 호준과 함께 병원으로 향했다.

근처에 큰 병원이 없어 그들은 한 시간을 달려 경기도에 위치한 대학병원을 찾았다. 하지만 병원 응급실에 도착했을 땐 인산인해가 따로 없었다. 그들은 남는 침대가 없다며 환자를 받을 수가 없다고 했다.

"아이가 많이 아픕니다."

"그래도 방법이 없습니다. 10분 거리에 있는 다른 병원으로 가보세요."

하는 수 없이 또다시 차를 몰고 다른 병원을 찾은 두 사람은 이번에는 남는 자리가 있기를 간절히 바랐다. 다행히도 그 병원엔 한 자리가 남아 있어 아이를 입원시킬 수 있었다.

"기본 검사하고 X—ray 찍어 볼게요. 잠시만 기다리세요."

기다리면서 검사를 하는 사이 아이는 점점 더 지쳐 갔다.

"수인이가 갑자기 왜 이럴까요? 이렇게 상태가 나쁘지 않았는데……."

결국 정윤이 눈물을 보이며 고개를 떨어뜨렸다. 호준은 아무말도 해 줄 수 없었다. 그도 당황스럽기는 마찬가지였다. 어린수인이의 상태가 갑자기 악화된 것이 마음을 놓을 수 없게 만들었다. 그 역시 공황 상태였다.

잠시 후 정윤의 휴대폰이 울렸다. 모친이었다.

"네, 엄마."

—아이는 어떠니?

"지금 검사하려고요."

—여긴 걱정하지 마. 내일은 학교 안 가는 토요일이니까 크게 신경 쓸 거 없어.

"고마워요, 엄마. 부탁 좀 드릴게요."

전화를 끊은 정윤이 눈물을 닦고 다시 수인이를 바라봤다. 아이는 눈을 감았다, 떴다 하면서 그녀를 바라보고 있었다. 그녀가 울고 있자 수인이가 고사리 같은 손으로 눈물을 닦아 주었다.

"울지 마."

"응, 알았어. 안 울게."

"나 금방 나을게."

"응, 엄마랑 약속해야 해."

"으응."

아이는 깊게 심호흡을 한 번 하더니 이내 눈을 감았다.

"잘 거니?"

"응, 졸려."

두 사람이 대화를 나누는 모습을 가만히 지켜보는 호준의 마음도 걱정으로 가득했다. 검사 결과가 나오면 속이라도 시원할 것 같았으나 한편으론 몹시 두려웠다.

그렇게 시간이 흘러 응급실에 온 지 3시간여 만에 검사 결과가 나왔다. 아까는 인턴만 있었는데 결과를 알리러 올 때는 의사가 여러 명이었다.

"외과 김 과장입니다. 수인이 결과가 나왔는데요. 더 정밀 검사를 해 봐야 하지만 지금으로서는 폐섬유증이 의심됩니다."

처음 듣는 병명에 두 사람 다 아무 말도 할 수 없었다. 그러자 의사가 말을 이어 갔다.

"폐에 염증이 생겨 폐 조직이 굳어 가는 병입니다. 희귀 난치병이죠."

"네?"

믿기 힘겨운 듯 정윤이 호준의 팔을 붙잡았다.

"건강하던 아이가 갑자기 왜 그런 겁니까?"

"원인은 불분명합니다. 오래전부터 진행이 되었던 건데, 이번 감기와 겹치면서 빠르게 악화된 것 같습니다. 내일 검사를 더 해 보면 어느 정도인지 자세히 알 수가 있을 겁니다. 입원 절차 밟으십시오."

"네, 알겠습니다."

의사가 가고 나자 정윤은 그대로 바닥에 주저앉고 말았다.

"여기 앉아요."

그가 정윤을 일으켜 의자에 앉히자 그녀가 기운 없는 목소리로 입을 열었다.

"다 내 탓이에요. 좀 더 빨리 왔어야 했는데……. 난 감기인 줄 알고……."

"정윤 씨, 탓 아닙니다. 자책하지 말아요."

말은 그렇게 했지만 심란한 건 호준도 마찬가지였다. 그는 잠들어 있는 수인이를 안쓰럽게 바라봤다. 어린 수인이의 삶은 아이가 감당하기엔 너무나도 비참하기만 했다. 부모한테 버림받은 것도 모자라 원인을 알 수 없는 병까지 걸렸다. 왜 신은 아무 죄 없는 아이에게 이 같은 시련을 주는지 원망스럽기만 했다.

　　잠시 후 간호사가 그들 곁으로 다가왔다.

　　"입원실 마련되었거든요. A동 504호 소아병동입니다. 그쪽으로 옮겨 드릴게요."

　　"네, 감사합니다."

　　입원실로 옮기고 난 후 두 사람은 뜬눈으로 밤을 지새웠다. 아이의 숨소리가 점점 더 거칠어졌다. 간호사가 수시로 찾아와 조치를 취하는 것 같았으나 아이의 상태는 호전되지 않았다. 날이 밝고 있었으나 새로운 하루를 맞이하는 게 두렵기까지 했다. 아이가 나아지는 기색이 보이면 그나마 마음을 놓을 텐데 그러지 못한 탓이었다.

　　오전 중에 검사를 하고 결과를 기다리는 두 사람의 마음은 온통 초조하기만 했다. 의사가 오진을 한 것이었으면……. 단순히 감기라고 했으면 얼마나 좋을까 싶었다. 하지만 그들의 바람은 이루어지지 않았다. 의사가 심각한 표정을 지은 채 두 사람 앞에 섰다.

　　"폐섬유증이 맞습니다."

　　"그럼, 어떻게 해야 하는 겁니까?"

　　"치료해야죠. 진행은 초기와 중기 사이 정도. 말기는 아니니까 잘만 치료하면 경과가 좋을 겁니다. 그래도 많이 늦지 않게 오신 겁니다."

"감사합니다."

치료가 가능하다는 말에 호준과 정윤은 두 손을 꼭 잡았다.

"가래부터 빼낼 겁니다. 안 그럼 폐렴으로 전의될 수가 있거든요. 그럼 상황은 심각해집니다."

다시금 의사는 섬뜩한 말을 뱉어 냈다. 두 사람은 천국과 지옥을 오가는 것 같았다.

쉼터의 아이들은 옥숙과 헌재가 힘들지 않도록 자신들 스스로 당번을 정해 두 사람을 도왔다. 청소부터 밥하는 일까지 아이들이 도와주니까 두 사람은 힘이 덜 들었다. 아이들은 정윤과 호준이 없는 사이 어른이 되어 있었다. 눈치도 빠르지만 무엇보다 심성이 착해 맡은 바 최선을 다했다. 하지만 어린아이들에게는 아무래도 무리인 모양이었다.

"나 공 차고 싶어."

"안 돼. 책 더 읽어. 물어볼 거야."

은철이 딱 잘라 말하자 아이가 인상을 잔뜩 찌푸렸다.

"아……. 진짜 싫다. 형이 선생님도 아니잖아."

"자꾸 까불어."

똑똑.

잠시 후 문이 열리고 옥숙이 들어섰다.

"주말인데 놀아야지. 공부하는 거니?"

"네."

"공부 그만하고 간식 먹자. 떡볶이 했다."

옥숙의 말에 어린아이들이 자리에서 벌떡 일어났다. 안 그래도 엉덩이가 들썩거리고 온몸이 쑤시는 중이었다.

"어서 가자."

그녀의 재촉에 아이들이 하나둘 방을 빠져나갔다. 은철도 그들의 뒤를 따라 주방으로 들어섰다.

주방 대형 솥에 떡볶이가 가득 담겨 있었다. 보기만 해도 군침이 돌았다. 어느새 여자아이들까지 합세했다. 주방은 금세 떠들썩했다.

"그릇에다 담아 줄 테니까 어서 앉자."

헌재가 국자를 들어 보였다. 아이들은 그가 내민 그릇을 받아 들고 입맛을 다셨다. 그러는 사이 국장이 자신의 아이들과 함께 쉼터에 모습을 보였다.

"안녕하셔요? 고생이 많으시네요."

"국장님 오셨어요?"

"최 선생님한테 전화 받았습니다. 두 분 선생님도 안 계신데 저라도 옆에 있어야죠."

"국장님 아이들도 어리고 주말엔 쉬셔야죠."

"두 분도 못 쉬고 계시잖아요."

국장은 헌재에게서 국자를 받아 들고 자신이 하겠다고 했다.

"앉으셔요. 나머진 제가 담을게요. 아버님도 드세요."

"제가 해도 됩니다."

"아니에요. 앉으세요."

국장은 직접 헌재를 의자에 앉혀 드리고, 나머지 아이들에게 떡볶이를 나눠 주었다. 그리고 마지막으로 자신의 그릇에도 떡볶이를 담고 자리에 앉았다.

"참, 국장님, 병원에 좀 다녀올게요. 두 사람, 아이 때문에 식사도 못하고 있을 것 같군요."

"네, 그렇겠네요. 다녀오세요."

옥숙은 떡볶이를 급하게 먹고는 자리에서 일어나 두 사람을 위해 도시락을 준비했다. 헌재와 국장도 그냥 앉아 있을 수 없어 옥숙을 도왔다.

냉장고에 있는 것으로 정성스럽게 반찬을 만들고, 따뜻한 국이 완성되자 두 사람은 서둘러 병원으로 가기 위해 차에 올랐다.

"국장님, 금방 다녀올게요. 수고하세요."

"조심해서 다녀오세요."

차가 출발하자 국장의 양미간이 살짝 찌푸려졌다. 그녀는 수인이도 걱정이었고, 정윤과 호준도 걱정이었다. 아이들은 어느 때보다도 성숙하게 행동을 하고 있어서 크게 신경 쓸 부분이 없었다.

"국장님, 저희랑 게임 한판 하실래요?"

언제 나왔는지 아이들이 국장을 에워싸며 빙그르 웃고 있었다.

"그럴까? 근데 무슨 게임?"

"오랜만에 줄넘기 어때요? 국장님 줄넘기 선수잖아요."

"좋아. 오랜만에 몸 좀 풀어 볼까?"

국장이 먼저 운동장 중앙으로 걸음을 옮기자 그 뒤로 아이들이 따랐다. 잠시 후 아이들이 여기저기서 다양하게 줄넘기를 하는 통에 운동장은 한바탕 먼지바람으로 요동을 쳤다. 국장은 큰 녀석들과 단체줄넘기를 하면서 땀을 흘리고 시름을 날려 버리고 있었다.

그 시각, 옥숙과 헌재는 병원에 도착을 했다. 병실 앞에 나와 있는 호준을 보고 옥숙이 조용히 그를 불렀다.

옥숙의 목소리를 듣고 호준이 숙였던 고개를 들고 자리에서 벌떡 일어났다.

"아, 여긴 어쩐 일이십니까?"

"자네 식사도 못했지?"

헌재가 호준의 어깨에 손을 얹고 걱정스럽게 물었다.

"괜찮습니다."

"정윤이는?"

"병실에요. 들어가 보세요."

정윤은 부모가 병실에 들어와 자신의 곁에 다가와도 알아차리지 못했다. 그녀의 시선은 아이에게 닿아 있었다. 아이는 힘들게 가래를 빼고 난 후 녹초가 되어 잠에 빠져 있었다.

"정윤아."

"어? 엄마. 아버지도 오셨네요."

하룻밤 사이에 두 사람 다 몰골이 말이 아니었다.

"여긴 내가 있을 테니까 휴게실 가서 밥 먹고 와."

"괜찮아요."

"네가 먹어야지, 최 서방도 먹을 거 아니니. 그리고 기운 차려야지. 언제 퇴원할지도 모른다면서."

"으응."

정윤은 결국 눈물을 보이고 말았다. 자신의 부모를 본 순간 울컥 감정이 솟구쳐 올랐다.

"천생 네 새끼다. 수인이가 네 딸이다. 수인이가 너 봐서 일어설 거다. 그러니까 어서 가서 밥 먹어."

옥숙의 재촉에 정윤은 호준과 함께 휴게실에서 식사를 하기 시작했다. 하지만 몇 끼를 굶었음에도 불구하고 도저히 넘어가지 않았다. 그러자 호준이 국에다 밥을 말았다.

"이렇게라도 한 술 뜹시다."

"네, 알았어요."

그녀는 그가 건네준 그릇을 들고 먹기 시작했다. 무슨 맛인지도 모른 채 그냥 꿀꺽 삼켜 버렸다.

잠시 후 병실에서 아이의 우는 소리가 들려왔다. 정윤은 숟가락도 놓지 못한 채 병실로 뛰어 들어갔다.

"수인아, 왜 그래?"

정윤은 사색이 되어 아이 곁에 섰다.

"너 간 줄 알고 우는 거다. 너 밖에서 밥 먹고 있다고 했는데 안 믿는다."

정윤은 그제야 마음을 놓고 아이를 향해 숟가락을 들어 보였다. 그러자 아이도 눈물을 뚝 그치고 그녀를 바라봤다.

"밥 먹었어?"

"응."

"다 먹었어?"

"응."

몇 술 뜨지 못했지만 정윤은 거짓말을 했다. 아이가 힘차게 우는 것은 아직 기운이 남아 있다는 증거였다. 그녀는 먹지 않아도 배가 부를 만큼 기분이 좋아졌다.

"더 먹어야 하는데……."

옥숙의 걱정에 정윤이 고개를 저었다.

"충분히 배 채웠어요. 고마워요, 엄마……."

"그래……. 우린 그만 가 볼게. 국장님이 혼자서 애들 보려면 힘들 거야. 수인아, 집에 가고 싶지?"

"응."

"그럼 약 잘 먹고, 밥 잘 먹어야 해. 엄마 말씀 잘 듣고, 치료 잘 받아. 알았지?"

"응."

"두 사람 고생이 많네. 대책을 세우든가 해야지. 자네까지 계속 쉼터를 비울 순 없는 노릇이잖아."

헌재의 말에 호준이 낮게 한숨을 뱉어 냈다. 그도 모르는 바 아니었지만 정윤 혼자 무거운 짐을 짊어지게 하는 게 죄스러운 것 같아 선뜻 결정을 내릴 수가 없었다.

"어쨌든 주말은 상관없으니까 두 사람이 잘 상의해서 결정해."

"알겠습니다."

"그럼 우린 이만 가 보겠네."

부모가 가고 난 후 아이는 정윤의 곁에서 아무 탈 없이 잘 지 냈다. 예비로 산소마스크를 준비했지만 아직 그것을 사용하지는 않았다.

"수인아, 뭐 먹고 싶어? 아빠가 사다 줄게."

"그래, 수인아, 밥도 얼마 안 먹었잖아."

"바나나."

"바나나? 알았어. 금방 다녀올게."

"네, 다녀오세요."

정윤은 아이의 손을 잡고 같이 흔들어 보였다. 그가 병실을 나서자 정윤이 말을 이었다.

"수인아, 아빠 되게 좋으시다. 수인이 맛있는 것도 사다 주시 고."

"응."

"이제 아빠 좋아할 거지?"

"응, 엄마랑 친하게 안 지내면……. 콜록."

"또 기침 나오니?"

"응, 콜록……."

아이는 몇 번 기침을 하더니 스스로 가래를 뱉어 냈다.

"잘했어……. 아이, 기특해."

그녀는 아이의 머리를 매만져 주고, 등을 쓰다듬어 주었다. 그러고는 다시 자신의 품에 안아 손을 꼭 잡아 주었다.

다시 하루가 지났다. 호준은 다른 아이들 때문에 쉼터로 돌아갈 수밖에 없었다.

"혼자서 괜찮겠어요?"

"네, 저는 신경 쓰지 마세요. 엄마가 들른다고 하셨잖아요."

"알았어요. 무슨 일 있으면 바로 전화해요."

"네."

"수고해요."

호준은 차마 발걸음이 떨어지지 않았다. 어린 수인이도 마음에 걸렸고, 식사를 제대로 하지 못하는 정윤도 마음에 걸렸다. 그는 그녀를 자신의 품에 안아 주고 싶었지만 수인이가 지켜보고 있어 그것마저도 할 수가 없었다. 괜히 아픈 아이를 울릴까 봐 조심스러웠다.

"밥 꼭 챙겨 먹어요."

"그럴게요."

"수인이도 엄마 말씀 잘 듣고, 밥 잘 먹어야 한다."

"응, 아빠는 빨리 가."

"그래, 갑니다."

인사만 몇 번씩 하고 돌아 나오는 호준의 가슴은 무거운 돌로 누르고 있는 것처럼 그렇게 무거울 수가 없었다.

쉼터에 돌아와서도 호준은 휴대폰을 놓을 수가 없었다. 언제 무슨 일이 일어날지 모르는 일이었다. 그는 잠자리에 들어서도 마음이 편하지 않았다. 정윤은 간이침대에 누워 불편한 잠을 자고 있기 때문이었다. 다시금 미안함이 밀려와 저도 모르게 한숨을 뱉어 냈다. 잠시 후 노크 소리가 들리고 은철이 문을 열고 들어섰다.

"저 잠시 들어갈게요."

"자는 거 아니었니?"

"네. 수인이는 괜찮아요?"

"괜찮을 거다. 걱정 많이 되지?"

"네, 빨리 나아서 퇴원했으면 좋겠어요. 어머니도 보고 싶고……. 수인이도 보고 싶어요."

"그럴 거다. 그만 자. 내일 학교 가야지."

"네."

그렇게 하루가 끝이 나고 있었다. 하지만 병원에 있는 정윤에게는 그날 밤이 너무나도 길었다. 수인이가 산소마스크를 착용했기 때문이었다. 아이는 밤 10시 무렵부터 갑자기 호흡곤란을 일으켰다. 심한 정도가 아니라고 하지만 그녀는 너무도 걱정스러웠다. 정윤은 그날 밤도 아이의 두 손을 꼭 잡은 채 뜬눈으로 지새웠다.

12.
절망, 그 끝은

원장님이 돌아가셨을 때보다 쉼터는 한층 더 가라앉았다. 정
윤의 빈자리도 너무 크게 다가왔다. 시간이 지날수록 많은 아이
들이 그녀의 빈자리를 느끼며 허전함을 달래고 있었다.

학교에선 학부모 방문의 날로 정해 행사를 진행하고 있었다.
정윤 대신 국장이 그 자리를 메웠지만 아이들은 반가운 기색이
없었다. 정윤이 오기 전까지도 종종 국장이 학교에 참석을 했지
만 지금은 그 의미가 다른 모양이었다.

학기 초에 정윤이 엄마 자격으로 학교를 찾았던 일이 다시금
떠올랐다. 그때만큼 행복했던 적이 없는 것 같았다. 자신들에게
도 엄마라는 사람이 있다는 걸 대놓고 자랑하고 싶은 순간이었
다. 하지만 그것이 한 번으로 끝났다는 것이 너무도 애석하게 다
가왔다. 실망하는 아이들에게 정윤 대신 국장이 힘을 실어 주면

서 파이팅을 외쳐 보고 꾸짖기도 했지만 소용없었다.

"선생님 언제 오세요? 우리 어머니 언제 오세요? 다음 주 참관수업 있다는데요."

"내가 갈 거야."

"또요? 그날만 국장님이 병원에 가시면 안 돼요?"

"수인이가 이 선생님만 따르잖니. 아픈 아이다. 안정이 최선이야."

"알아요. 우리도 다 안다고요. 그래도 자꾸만……."

녀석은 눈물까지 글썽이며 훌쩍거렸다. 그 아이 역시 한창 엄마 손길이 필요한 어린아이였다. 그것을 모르는 바 아니었지만 이번에도 국장은 매몰차게 말할 수밖에 없었다.

"다른 때는 투정도 안 부리더니……. 그만 뚝 그쳐. 이번만 내가 갈 거야. 다음엔 이 선생님이 가실 거니까 싫어도 참아. 수인이 그때 되면 나을 거야."

"안 나으면요?"

"나을 거야. 그러니까 그만 울어. 사내대장부가 눈물이 그렇게 많으면 어떡해."

국장은 녀석의 눈물을 닦아 주면서 나무랐다.

그 시각 정윤은 의사의 말을 들으며 미간을 찌푸리고 있었다. 그녀는 산소호흡기에 의지한 채 눈을 감고 있는 수인이를 바라보며 그의 말에 귀를 기울였다.

"폐렴 초기입니다. 가래가 도통 가라앉지를 않는군요. 중환자실로 옮기겠습니다."

"네? 선생님, 잠시만요. 중환자실로 옮기면 보호자가 들어갈
수도 없잖아요. 수인이 옆에는 제가 있어야 하는데요."

"오래 걸리지 않을 겁니다. 금방 중환자실에서 나올 테니 걱
정 놓으십시오."

"고맙습니다."

멍한 표정으로 아이를 바라보는 정윤의 입에서는 습관적으로
고맙다는 말이 튀어나왔다. 그의 말은 한 번도 맞은 적이 없었지
만, 언제나 그의 예측은 빗겨 나갔지만 그 끈을 놓을 수가 없었
다. 그녀가 믿을 수 있는 사람은 그래도 의사뿐이었다.

정윤은 두 손으로 입을 막고 눈물을 참으려고 애썼다. 눈을
감고 있는 수인이는 힘겹게 숨을 몰아쉬고 있었다.

"잘될 거야. 그래……. 우리 수인이는 일어날 거야. 그렇지?"

혼잣말을 뱉어 내는 그녀의 옆으로 중년의 여인이 다가왔다.

"아이 엄마, 그만 울어요. 그러다 엄마가 지쳐서 쓰러지겠네."

다른 환자의 보호자인 여인은 정윤을 안쓰럽게 바라보며 그녀
의 등을 토닥여 주었다.

"고맙습니다."

"기운 내요."

"네."

정윤은 이내 눈물을 닦고 밖으로 나와 호준에게 전화를 걸었
다. 그에게 이 상황을 전하기 위해서였다.

아이의 고사리 같은 손이 두 눈에 각인되어 잊히지 않았다. 정윤은 중환자실의 복도를 하염없이 바라보고 서 있었다. 한 발자국도 걸을 수가 없어 그 자리에 콕 박혀 있었다. 잠시 후 가쁜 숨을 몰아쉬고 뛰어온 호준이 그런 정윤을 발견했다.

"정윤 씨."

"오셨어요?"

"많이 늦었죠? 교통사고가 나서 달릴 수가 없었어요."

하필 퇴근 시간에 교통사고까지 나자 도로는 주차장이 따로 없었다. 한 시간이면 충분한 거리를 두 시간이 넘게 걸렸다.

"괜찮아요? 수인이는요?"

정윤은 말없이 손가락으로 복도 끝을 가리켰다.

"일단 여기에 좀 앉읍시다. 근데 왜 지금에서야 들어간 겁니까? 두 시간 전에 들어간다고 하지 않았어요?"

"남는 자리가 없어서……."

"네?"

"병원은 냉정한 곳이잖아요. 다른 급한 환자가 먼저니까……. 아니, 우리 수인이도 급한 환잔데……. 안 그래요?"

담담하게 뱉어 내던 정윤이 이내 눈물을 흘리며 횡설수설했다. 호준은 화가 치밀어 올랐다. 중환자실도 자리가 나야 들어갈 수 있는 곳이라니. 기가 찰 노릇이었다.

"의사 좀 만나고 오겠습니다."

그가 자리에서 벌떡 일어나자 정윤이 재빨리 눈물을 닦고 그의 팔을 붙잡았다.

"그러지 말아요. 수인이 생각해서 참아요."

정윤이 그렁그렁한 눈으로 애원을 하고 있었다.

"알았어요."

호준은 들릴 듯 말 듯 말하고는 다시 깊은 한숨을 뱉어 냈다. 그러고는 정윤을 자신의 품으로 끌어당겨 깊게 안았다. 그는 아무 말도 할 수가 없었다. 기운 내라고, 힘내라고, 수인이는 일어날 거라고, 너무도 많이 거짓말을 해 버린 뒤였다. 이젠 입이 아플 정도였다. 지금 그가 해 줄 수 있는 건 가만히 그녀의 머리와 등을 쓰다듬어 주는 것뿐이었다. 곧 그녀의 앙상한 등이 느껴졌다. 안 그래도 야윈 정윤은 더 말라 가고 있었다.

"면회 시간이 언제입니까?"

"오늘은 끝났어요. 내일 아침 6시에 볼 수 있어요. 이럴 줄 알았으면 오지 말라고 그럴 걸 괜히 전화를 드렸나 봐요. 다시 전화했어야 하는데 깜박 잊었어요."

정윤은 자책을 하며 몹시 미안해했다.

"밥은 먹었어요?"

"아뇨."

"정윤 씨, 밥 먹으러 갑시다."

"싫어요. 저 안 먹어도 괜찮아요."

"오늘 거울 봤어요? 정윤 씨 지금 모습이 어떤지 압니까?"

호준은 밥 먹을 시간도 없는 정윤에게 그런 질문을 한 자신이 참으로 우스웠다. 그래서 그 자신도 모르게 허탈하게 웃음이 삐져나왔다.

"그럼 김밥이라도 먹어요. 사 올 테니까 기다려요."

호준은 그녀를 의자에 앉히고 총총걸음으로 정윤의 시야에서 사라졌다 곧 다시 돌아왔다. 그는 여전히 중환자실 쪽을 바라보며 눈을 떼지 못하는 그녀의 손에 김밥을 건넸다.

"먹어요. 같이 먹읍시다."

그녀는 김밥과 호준을 번갈아 바라봤다. 그녀는 이제 배고픈 줄도 모를 정도였으나 호준을 보내려면 한 개라도 집어 먹어야만 할 것 같았다.

"먹을게요."

정윤이 입을 벌리고 김밥 한 개를 밀어 넣었다. 호준도 따라서 입안으로 밀어 넣었다. 이어 정윤이 김밥 한 개를 다시 입안에 밀어 넣었다. 그러고는 호준에게 남은 김밥을 건넸다.

"왜요?"

"두 개면 돼요. 더 이상은 강요하지 말아 주세요."

정윤은 자리에서 벌떡 일어나 호준의 손을 잡고 엘리베이터 앞으로 이끌었다. 그녀는 계속 입을 오물거리며 그의 시선을 피했다. 곧 엘리베이터의 문이 열렸다.

"더 있다가 갈 겁니다."

"가서 쉬세요. 저도 쉴래요."

"잠깐 바람이라도 쐐요."

호준이 정윤의 손을 이끌어 엘리베이터에 태웠다.

"하나만 더 먹어요."

정윤은 말없이 그가 내민 김밥을 받아먹었다.

"……."

땅. 엘리베이터의 문이 열리자 호준이 그녀의 손을 잡았다.
두 사람은 4층에 마련된 휴게실로 향했다. 휴게실에는 많은 사
람들이 있었다. 호준은 한적한 곳을 찾아 정윤을 의자에 앉히고
다시 김밥을 그녀의 입속으로 넣어 주었다.

"음료수도 마셔요."

호준이 시원하게 캔 뚜껑을 따서 빨대를 꽂았다. 곧 그녀의
입 주변으로 가져가자 이번에도 정윤은 말없이 먹기만 했다. 동
공이 풀린 듯 초점 없는 눈은 그녀가 무슨 생각을 하고 있는지
잘 말해 주고 있었다. 세상 다 산 사람처럼 의욕이라고는 조금도
찾아볼 수가 없었다. 해맑고 당차던 정윤의 모습은 저 멀리 사라
지고 없었다.

"정윤 씨."

"네."

달을 바라보면서 정윤이 힘없이 대답을 했다.

"이렇게 정신을 놓고 있으면 내가 어떻게 갑니까?"

"나 정신 안 놓았어요. 제가 정신을 놓으면 우리 수인이는 어
떡하라고요. 저 끄떡없어요."

"정윤 씨……."

"미안해요. 저 정신 똑바로 차릴게요."

정윤이 자세를 고쳐 앉고 손으로 눈을 비볐다. 머리를 매만지
고 다시 초롱거리는 눈빛을 보이며 호준을 안심시키려고 애썼
다.

"이제 됐죠? 그죠?"

"……후. 네."

마지못해 대답을 한 호준이 다시금 그녀의 입에 김밥을 넣어 주었다. 정윤은 아까와 다르게 맛있게 먹으면서 호준을 향해 미소 지었다.

"선생님도 드세요."

이번엔 정윤이 그의 입에 김밥을 넣어 주었다.

"어디 김밥이에요? 정말 맛있어요. 우리 수인이도 빨리 일어나서 먹었으면 좋겠는데……."

잠시 후 정윤의 눈시울이 붉어졌다. 아이를 떠올리자 목이 메는 모양이었다.

그녀는 힘이 들었다. 하루가 일 년처럼 너무도 길게 느껴졌으며, 아이를 대신해 자신이 아팠으면 좋겠다는 생각을 수십 번도 더 하고 있었다. 신이 원망스러웠고, 자신이 숨을 쉬고 있는 것조차도 죄스러웠다.

"안 그래도 불쌍한 아인데……. 왜 아프기까지 해야 하는 거죠? 신이 정말 있는 게 맞나요? 전 요즘 그 생각뿐이에요. 신이 없는 거 같아요. 신이 있다면 우리 수인이한테 그래선 안 돼요. 안 그래요?"

"정윤 씨, 진정해요."

이어 정윤이 자신의 답답한 가슴을 치며 눈물을 쏟아 내자 호준이 가만히 그녀를 자신의 품에 끌어안았다. 그날 밤, 호준은 오래도록 정윤을 끌어안고 놓지 않았다. 한참을 그의 품에서 울던 정윤의 흐느낌이 잦아들었다. 잠깐 사이 잠이 든 모양이었다. 울다 지쳐서 잠이 든 아기처럼 그녀는 자면서도 계속 흐느꼈다. 서러움이 사무친 그녀의 숨소리를 들으니 호준은 가슴을 칼로 도려내는 것 같은 아픔을 느꼈다. 그는 오래도록 그 아픔을 가슴 깊이 새기면서 원망스런 하늘을 올려다보았다.

다음 날, 호준과 교대를 하고 병원을 찾은 옥숙과 헌재가 중환자실 앞을 서성거리며 정윤을 찾았다. 의자에 앉아 있어야 할 딸이 보이자 않자 걱정이 들었다.

"엄마."

잠시 후 화장실에서 나오는 정윤을 보고 옥숙이 미소를 지어 보였다.

"화장실 갔다 왔어? 안 보여서 막 전화하려던 참이었다. 어이구, 얼굴이 왜 이 모양이냐? 노랗게 떠 가지고……. 밥은 먹었어?"

"네."

"먹긴 뭘 먹어. 보아하니 안 먹은 거 같구먼. 도시락 싸왔어. 휴게실 가서 먹자."

"정말 먹었어요."

옥숙은 억장이 무너지는 것 같았다. 자신의 자식도 아닌 아이를 위해 제 몸 망가트려 가며 헌신을 하고 있는 딸아이를 보고 있자니 울컥함이 치밀어 올랐다. 불구덩이에 딸을 몰아넣은 것만 같아 죄책감으로 눈물이 앞을 가렸다. 하지만 그것 또한 정윤이 이겨 낼 몫이었다.

"그럼 여긴 내가 있을게. 넌 쉼터 들어가."

"아니에요."

"고집 그만 피워. 다른 애들 생각 안 하니? 애들 얼굴이 말이 아니야. 웃는 모습을 통 볼 수가 없다. 수인이…… 일어날 거야. 어차피 중환자실은 네가 여기 있어도 해 줄 수 있는 게 없잖아. 내일 애들 학교 보내고 와. 어?"

"알았어요."

"여보, 정윤이 데려다 주고 당신은 오지 말고 주무세요."

"또 와야지. 말동무라도 해 줘야지. 내 걱정은 말아. 정윤아, 가자."

그녀는 부친의 손에 이끌려 수인에게서 멀어졌다. 몇 주 만에 처음으로 아이의 곁을 떠나는 순간이었다. 때문에 두려움이 한 순간에 밀려왔다.

"아빠……"

정윤이 손에 힘을 쥐고 걸음을 멈추었다.

"엄마 말 들어라."

현재도 단호했다. 언제나 딸의 편에 섰지만 지금만큼은 그도 그럴 수가 없었다. 이러다가 정윤이도 쓰러질 것만 같았다.

"다른 애들이 기다리고 있다."

부친의 말에 정윤도 더는 고집을 피우지 않았다. 그제야 그녀의 마음속에 다른 아이들의 얼굴이 하나씩 떠올랐다. 수인의 곁에 있는 동안 다른 애들은 안중에도 없던 것이 사실이었다. 이기

적이게도 그녀는 수인이 생각뿐이었다. 갑자기 미안해졌다. 다른 아이들을 잠시 잊었던 것이 죄스럽게 다가왔다. 온통 죄스러운 기분뿐이었다. 정윤은 이런 상황이 진절머리 나도록 싫었다.

쉼터에 차가 멈추자 미리 연락을 받은 호준이 차 문을 열었다.
"이불 깔아 놓았으니까 가서 푹 자요."
"애들은요?"
"작은 녀석들은 자고, 큰 녀석들 몇 명만 공부하고 있어요."
"네에……."
정윤이 희미하게 웃어 보였다. 그녀는 발걸음을 재촉했다. 다른 녀석들의 얼굴을 보고 싶어서였다. 그녀가 막 쉼터에 들어서자 영선과 지혜, 그리고 은철이 서 있었다. 그들은 서둘러 뛰어와 정윤의 품에 안겼다.
"어머니…… 보고 싶었어요."
"나도……. 미안해."
"수인이는요?"
"자고 있어. 너무 오래 자서 걱정이긴 하지만 곧 일어날 수 있을 거야."
정윤이 어깨를 으쓱해 보이며 담담하게 뱉어 냈다. 그녀는 여자아이들의 손을 잡고 그녀들의 방으로 들어갔다. 그러고는 잠들어 있는 어린아이들 옆으로 다가가 앉았다.
"동생들 학교는 잘 다니고 있니?"

"아뇨. 통 웃지를 않아요."

"그래……. 너희들은?"

"저희들은 괜찮아요. 걱정하지 마세요."

"그래, 고맙다."

"피곤하실 텐데 이만 주무세요."

"너희들하고 같이 자고 싶은데, 그래도 될까?"

"그럼요. 누우세요. 불 끌게요."

"너희들도 같이 자자. 불은 내가 끌게. 어서 누워."

"네."

정윤은 아이들이 눕자 불을 끄고 그 자신도 옆에 누웠다. 실로 오랜만에 발을 뻗고 누워 보는 것 같았다. 그동안 쌓였던 노곤한 피로가 한순간에 풀리는 것 같았지만 그녀는 오래 누워 있을 수가 없었다. 수인이 생각에 잠을 이루지 못했다. 마음이 편하지 못하니까 자꾸 뒤척이기만 하다 아이들까지 깨울까 봐 방을 나와 사무실에 들어섰다. 뜻밖에도 사무실엔 호준이 앉아 있었다. 그는 정윤이 온 줄도 모른 채 긴 사색에 잠겨 있었다. 벽에 걸려 있는 시계를 보니 희미하게 10시를 가리키는 것 같았다.

"뭐하세요?"

"어? 정윤 씨……. 안 자고 왜 나왔어요?"

그가 자리에서 벌떡 일어나 그녀의 곁으로 다가왔다. 그는 다시 가서 자라며 그녀의 손을 잡아 밖으로 이끌었다.

"잠이 안 와요. 억지로 자고 싶지 않아요. 이따가 잘게요."

"그럴래요. 그럼? 이쪽으로 좀 앉아요."

호준이 정윤을 의자에 앉히고 안쓰러운 표정으로 그녀를 바라봤다.

"마음 좀 편하게 가져 봐요. 우리 차 한 잔 할까요?"

"아뇨."

그녀의 대답을 끝으로 사무실에 긴 침묵이 흘렀다. 호준은 지금 그 어떤 말도 정윤에게 통하지 않을 거라는 걸 잘 알고 있었다. 그는 말없이 정윤을 바라봤다. 그녀의 흘러내린 앞머리를 위로 쓸어 올려 주고, 야윈 볼을 쓰다듬어 주면서 다시금 정윤이 먼저 말을 꺼내 주길 기다리고 있었다.

"미안해요. 나 자신 없어요. 미안해요……."

뜬금없는 정윤의 말에 호준의 미간이 잔뜩 일그러졌다.

"무슨 뜻입니까?"

"더 이상 슬픔을 견딜 자신이 없어요. 수인이처럼 다른 아이가 또 아프면……. 싫어요. 생각조차도 하고 싶지 않아요."

정윤은 몸서리치며 눈을 질끈 감았다.

"정윤 씨, 그럴 일 없을 겁니다."

"안 그런다는 보장이 어디 있어요? 여기 열악한 환경이고, 충분히 그럴 수 있잖아요. 왜 날 속이려고 하는 거예요? 내가 무슨 생각으로 선생님하고 결혼을 했는지……. 자격도 없으면서, 감당도 못할 거면서……. 이런 내 자신이 너무 원망스러워요."

정윤이 호준에게 소리를 치며 원망스럽게 바라봤다.

그녀에게 너무 큰 짐을 짊어 주었다. 아이의 병이 깊어 갈수록 그녀도 점점 지쳐 가고 있었음을 모르는 바 아니었지만, 그 끈을 놓을 줄은 미처 생각하지 못했다. 그녀가 신도 아닌데 너무 큰 기대를 한 탓일까. 호준은 어떻게 해야 할지 갈피를 잡을 수 없었다. 다시금 그녀가 입을 열었다.

"미안해요. 내가 생각이 짧았어요. 너무 힘이 들어서 나도 모르게……. 나 할 수 있어요. 수인이 일어날 거예요. 내가 한 말 잊어요. 해서는 안 되는 말이었는데……. 선생님하고 결혼한 거 후회한 적 한 번도 없어요."

정윤이 자리에서 일어났다. 그대로 사무실을 나서려는 그녀를 호준이 재빨리 잡았다. 그는 정윤을 자신의 품에 안았다. 하지만 어떤 말이라도 해 줘야 하는데, 입은 쉽게 열리지 못했다. 왠지 모를 두려움에 눈물이 앞을 가려 말을 할 수가 없었다. 그녀를 안심시키고 슬픔 속에서 헤어 나올 수 있게 이끌어 줘야 하는데, 그럴 수가 없었다. 그녀를 잃을 것만 같은 불길함이 그의 마음속을 가득 에워쌌다.

* * *

호준이 아이들의 아침을 준비하기 위해 자리에서 일어났다. 정윤 생각에 밤새 잠을 이루지 못해 눈이 천근만근 무거웠다. 그는 졸린 눈을 비비며 주방으로 들어서다 먼저 일어나 아이들의 아침을 준비하는 정윤을 발견했다.

"정윤 씨."

"일어나셨어요? 오랜만에 아침 준비하려니까 더디네요. 저 4시부터 준비한 건데 아직도 못한 거 있죠?"

어제와 다르게 정윤은 밝은 얼굴로 연신 웃고 있었다. 그녀의 웃는 얼굴을 참으로 오랜만에 보는 듯하다. 하지만 웃는 얼굴 뒤에 감춰진 슬픈 감정까진 숨겨지지 않았다. 호준은 애써 담담한 척 그녀의 곁에 섰다.

"내가 할게요. 정윤 씨는 쉬어요. 근데 김밥 싸려고요?"

"아이들 알림장 보니까 오늘 현장학습 가는 날이던데요."

"아⋯⋯. 차차⋯⋯. 국장님이 말해 주셨는데 내가 잊었어요. 이런, 큰일 날 뻔했네."

"앞으로 30줄만 더 싸면 돼요. 도시락 두 개는 완성했고요. 소풍 가는 날이 겹쳐서 이것도 만만치 않은데요? 참! 맛 좀 보실래요?"

정윤은 미리 싸 놓은 김밥 한 줄을 정성스럽게 썰고 접시에 담은 후 호준에게 내밀었다. 그는 말없이 김밥을 입안에 밀어 넣고 오물거렸다. 그리고 가만히 엄지손가락을 들어 보였다.

"합격?"

"네, 합격."

잠시 후 국장이 서둘러 주방으로 뛰어 들어왔다. 그녀는 두 사람에게 인사를 해 보이곤 손을 씻고 정윤의 옆에 섰다.

"언제 오셨어요?"

"어젯밤에요."

"잘하셨어요. 이런, 내가 싸려고 일부러 일찍 온 건데⋯⋯.

이 선생님이 다해 놓으셨네. 이거 하려고 어제 오신 거 아니잖아요. 선생님, 어서 이 선생님 모시고 들어가세요. 한숨 더 주무세요."

"아니에요. 저도 거들게요."

"안 돼요. 들어가세요."

국장이 완강하게 밀어붙이자 정윤은 어쩔 수 없이 안으로 들어갈 수밖에 없었다. 하지만 그녀는 자신의 방으로 들어가는 대신 아이들의 방을 찾았다. 그러고는 아이들 가방에 과자와 음료수, 그리고 기타 필요한 준비물을 하나하나 챙겨 넣었다. 잠시 후 부스럭대는 소리에 아이들 몇 명이 눈을 뜨고 일어났다.

"어? 선생님? 아니, 우리 엄마 맞아요?"

"귀신 아니야?"

어린아이들은 눈을 연신 비비며 정윤이 맞는지 확인하고 또 확인했다. 실로 오랜만에 그녀를 보는 거라 예상치 못한 일에 아이들도 당황한 모양이었다.

"엄마 맞는데……. 잘 지냈어?"

"와, 우리 엄마다. 엄마, 나 오늘 소풍 가요."

"응, 그래서 이렇게 가방 싸고 있잖아."

그녀가 과자봉지를 들어 보이며 미소 지었다. 아이들은 이불을 걷어차고 그녀의 곁으로 다가왔다.

"수인이는 나았어요? 그래서 엄마가 오신 거예요? 그러면 다음부터는 엄마가 학교에 올 수 있는 거죠?"

"학교?"

"참관수업 있었는데 국장님이 오셨어요……. 저만요. 다른 애들은 다 엄마가 오셨는데……."

"으응. 그랬구나……. 미안해. 다음엔 엄마가 꼭 갈게. 근데 조금 더 자는 게 좋을 것 같은데? 지금 6시밖에 안 되었어."

"아, 그래서 어둡구나. 근데 나 잠 다 깼는데요. 그치? 너도 안 졸리지?"

"응."

녀석들은 잠이 모두 달아난 모양인지 말똥말똥한 눈으로 정윤을 바라보며 히쭉거렸다. 아이들의 천진난만한 웃음이 그녀를 미소 짓게 만들었다.

아이들의 학교까지 정윤이 함께 동승했다. 가는 동안 아이들은 신이 나서 연신 동요를 불러 댔다. 호준도 아이들이 웃는 모습을 몇 주 만에 보는 거라 그렇게 반가울 수가 없었다.

"다 왔네. 즐겁게 놀고 김밥 다 먹고 와라."

"네!"

"엄마, 언제 또 오실 거예요?"

아이들은 정윤이 다시 병원에 가야 한다는 것을 알았지만 그 전처럼 애석해하지 않았다. 정윤과 단 몇 시간밖에 보내지 않았지만 그것으로도 만족할 줄 아는 아이들이었다.

"음. 약속은 할 수 없지만 되도록 빨리 올게."

"네! 수인이 잘 지켜 주세요."

"응."

아이들은 정윤과 하이 파이브를 하고선 정문을 향해 뛰어갔다. 뛰어가면서도 몇 번이나 뒤로 돌아 손을 흔들어 보였는지 모른다. 그녀는 아이들이 시야에서 사라질 때까지 계속 손을 흔들어 주었다.

"교실로 다 들어간 것 같은데요. 정윤 씨, 그만 타요."

그녀는 말없이 다시 차에 올라 안전벨트를 맸다.

"곧장 병원으로 가실 거죠?"

"그럽시다. 면회 시간이 언제였죠? 시간이……."

"지금 가면 10시 면회예요. 아까 엄마한테 문자 왔었어요. 수인이 더 나빠지지 않았대요."

"다행이군요. 빨리 갑시다."

그가 시동을 켜는 순간 전화벨이 울렸다. 국장에게서 걸려 온 전화였다.

"네, 국장님. 아…… 알겠습니다. 지금 병원으로 출발하려고 하거든요. 가서 만나 뵙겠습니다. 고맙습니다."

호준이 전화를 끊고 차를 출발시키자 정윤이 궁금한 듯 물었다.

"누구 만나기로 하셨어요?"

"간병인을 두려고요."

"간병인이요?"

정윤이 당황했는지 목소리 톤이 높아졌다.

"내가 할게요. 저 괜찮아요. 수인이 저 없으면 불안해해요."

"알아요. 간병인한테 24시간 맡기려는 거 아닙니다. 내가 해 줄 수 있는 게 별로 없어서, 정윤 씨 잠자는 것만큼은 편하게 재우고 싶어서요. 저녁 8시부터 아침까지만 부탁하려고 합니다. 같이 옆에서 자는 거만요. 그래도 안 됩니까?"

"그래도 불안해요."

호준은 깊은 숨을 토해 내고는 다시 정윤을 설득했다. 그는 솔직히 수인의 병이 언제 나을지 장담할 수 없다며 정윤에게 한 걸음 물러날 것을 권했다.

"이러다 정윤 씨도 쓰러질 것 같아서 그럽니다. 당신 스스로도 알잖아요. 많이 지쳤다는 거……. 우리 그렇게 합시다."

한참 동안 대답이 없던 정윤은 호준이 다시 입을 열려고 하자 힘들게 대답을 했다.

"알았어요."

"고마워요."

호준은 정윤의 손을 꼭 잡아 주었다. 그러고는 눈빛으로 그녀와 무언의 파이팅을 해 보였다.

병원에 도착하자 옥숙이 누군가와 대화를 하고 있었다. 상대방은 50대 초반의 여성으로, 호준과 만나기로 한 간병인이었다. 두 사람이 곁으로 다가오자 옥숙이 대화를 끊고 자리에서 일어났다.

"왔니? 왔나?"

"네, 어머니도 고생 많으십니다. 죄송합니다."

호준이 고개를 조아리며 난처한 표정을 지어 보였다.

"그런 소리 말아. 내가 남인가? 간병인을 두기로 했다면서? 근데 이런 인연이 다 있네. 정윤아, 이모 모르겠어? 엄마 친구…….우리 3년 전에 봤었잖아."

"엄마 친구요?"

그제야 정윤이 간병인 김 여인을 바라봤다.

"아, 이모……. 오랜만이에요."

정윤은 그녀를 보자 화색이 돌았다. 사는 게 바빠 자주 만날 수는 없지만 김 여인은 모친과 가장 친한 친구였다.

"그래, 엄마한테 다 들었다. 아유, 세상에 너 같은 애가 어디에 있니……. 기특한 것……."

김 여인은 그녀의 등을 토닥여 주며 안타까운 심정을 내비쳤다.

"여긴 걱정하지 마. 내가 아이 잘 돌볼게."

"아니에요. 밤 시간대에만 해 주시면 돼요. 아이가 저밖에 안 찾거든요."

"입원실로 옮기면 그렇게 하고, 지금은 중환자실에 있잖아. 그동안은 내가 있을 테니까 넌 면회할 때만 와. 얼굴이 많이 상했네. 쯧쯧."

이어 옥숙도 나서며 그녀를 설득했다.

"모르는 간병인도 아니니까 맘 놓아. 알았지?"

"네."

옆에서 그들을 지켜보던 호준의 입가에도 미소가 지어졌다. 사람 쓰는 일만큼 어려운 것도 없었는데 하늘이 도운 모양이었다.

잠시 후 면회 시간이 되자 간호사가 나왔다.

"두 명씩 들어가세요. 가운으로 갈아입으시고, 마스크도 착용해 주세요. 손 소독도 하시고요."

보호자들은 간호사의 지시대로 따랐다. 먼저 정윤과 김 여인이 안으로 들어갔다. 두 사람은 가운데 침대에 누워 있는 수인이의 곁으로 빠르게 다가갔다. 하루 사이에 아이의 얼굴이 더 홀쭉해졌다. 아이는 눈을 감은 채로 숨을 몰아쉬고 있었다.

"수인이에요."

"아이고, 예쁘게도 생겼네. 자는 모양이다."

김 여인이 아이를 살피는 동안 정윤이 지나가는 간호사를 붙잡았다.

"수인이 깨어났다가 다시 자는 건가요?"

"네, 아침에 깼는데 너무 고통스러워해서 다시 재웠습니다."

"다시 재우다니요?"

"면회 끝나면 의사 선생님 만나고 가세요."

간호사는 자신의 할 말만 하고는 그녀의 시야에서 사라졌다. 정윤은 다시 아이에게로 다가가 고사리 같은 수인의 손을 잡았다.

"상태가 많이 안 좋으니까 약으로 재우는가 보네. 우리 시아버지도 그랬는데……. 정윤아, 어쩔 수 없다. 마음 단단히 먹어야 한다."

그녀의 말에 정윤의 눈시울이 붉게 물들었다.

"엄…… 엄마가 미안해. 그만 아프고 이제 일어나자."

정윤은 하염없이 눈물을 흘리며 아무 반응 없는 아이의 손등에 입을 맞추었다.

　면회가 끝나고 난 후 담당 주치의가 그들의 곁에 섰다. 그는 수인이의 상태를 설명하기 시작했다.

　"깨어 있으면 아이가 너무 고통스러워서 다시 재웠습니다. 당분간 그렇게 해야 할 것 같습니다."

　"그럼 저희는 수인이가 깨어 있는 모습을 볼 수 없다는 건가요?"

　정윤이 다급하게 물었다.

　"안타깝게도 그렇습니다."

　"선생님, 왜 자꾸 거짓말하세요? 중환자실에 들어가기 전에 저한테 뭐라고 하셨어요? 곧 입원실로 옮길 거라고 하셨잖아요. 근데 왜 자꾸 상태가 안 좋아지는 거예요?"

　정윤이 목소리를 높여 하소연하듯 뱉어 냈지만 의사는 묵묵부답으로 일관했다. 그러자 호준이 병원을 옮기겠다고 말했다.

　"그건 어렵습니다. 지금 기계에 의지하고 있는데 저것을 빼면 옮기는 중에 사망할 겁니다. 좀 더 지켜보시죠. 아직 희망은 있습니다."

　그의 말에 정윤이 눈을 찡그리며 한숨을 뱉었다. 의사가 인사를 하고 다시 중환자실로 들어가자 네 사람은 하염없이 복도를 바라봤다. 누구 하나 말이 없었다. 잠시 후 김 여인이 정윤의 손을 잡으며 입을 열었다.

"넌 그만 들어가라. 여긴 내가 있을게. 무슨 일 있으면 전화할 테니까 걱정하지 마."

"그래, 정윤아. 들어가. 이보게, 그만 데리고 들어가게나."

"알겠습니다. 부탁 좀 드리겠습니다."

정윤은 발이 떨어지지 않았지만 어쩔 수 없이 병원 문을 나섰다.

차를 타고 오는 동안에도 정윤은 말이 없었다. 그녀는 생각에 젖어 있었다. 세상 모든 엄마들의 마음이 절실히 이해되고 있는 듯했다. 갑자기 정윤이 호준에게 차를 돌리라며 소리쳤다. 그러자 호준이 다급하게 갓길에다 차를 세웠다.

"왜 그래요?"

"다시 병원으로 가세요. 저 수인이 옆에 있을 거예요. 다른 아이들한테는 정말 미안하지만 설득시키세요. 아이가 아프면 엄마가 당연히 옆에 있는 거예요. 다른 가족들은 그 희생을 감수할 의무가 있다고요. 간병인을 둘 수는 없어요. 내가 아는 사람이라고 해도 안 돼요. 선생님을 따로 구하세요."

"정윤 씨……."

"어느 부모가 아픈 자식 옆에 간병인을 두나요? 아니잖아요. 나 수인이 엄마잖아요. 수인이도 내가 곁에 있다고 믿고 있을 거예요. 믿음을 저버리게 하고 싶지 않아요. 그럴 수 없어요."

정윤은 눈물을 뚝뚝 흘리며 반대로 호준을 설득하고 있었다.

"내 말뜻 모르겠어요?"

"아니, 알아요. 그래요. 당신 말이 맞아요. 내 생각이 틀렸습니다. 미안합니다."

호준이 정윤의 눈물을 닦아 주며 계속해서 미안하다고 말했다. 그럼에도 정윤은 감정이 복받쳐 올라 눈물을 멈출 수가 없었다. 그녀의 눈물에 호준도 그만 눈물을 흘리고 말았다.

"말로만 아이들 부모라고 했나 봅니다. 내 마음은 그렇지 않았나 봐요. 난 정말 못난 사람입니다."

정윤이 눈물을 닦으며 미소 지었다. 그러고는 그의 품에 안겨 긴 숨을 토해 냈다.

"나 이젠 울지 않을 거예요. 선생님도 울지 말아요. 미안해요."

"알았습니다. 다시 병원으로 갑시다."

두 사람이 다시 병원에 모습을 보이자 김 여인과 옥숙이 의아한 표정을 지어 보였다.

"왜 뭐 놓고 갔어?"

옥숙의 물음에 정윤이 고개를 저었다.

"엄마, 엄마는 내가 수인이라면 어땠을 것 같아? 엄마 힘들다고 간병인 둘 거야?"

"뭐? 얘가 무슨 소리야……."

"아니잖아. 엄마, 나 아프면 옆에 계속 있을 거잖아. 나도 그래. 나 수인이 엄마잖아."

"아이고……. 그래, 알았다, 알았어. 네 고집을 누가 꺾겠냐……."

그제야 옥숙도 정윤이 왜 다시 돌아왔는지 알 것 같았다. 하지만 김 여인은 정윤을 혼자 두고 갈 수 없다며 곁에 있어 주겠다고 했다.

"어차피 간병인 일을 하는 것도 돈 때문에 하는 거 아니니까. 봉사하는 셈치고 도와줄게. 혼자 하는 것보단 낫겠지. 그래, 자더라도 여기서 자."

"아냐. 내가 할게."

옥숙의 말에 두 사람 사이에 작은 실랑이가 벌어졌다.

"난 남편도 없고, 애들도 다 결혼했잖아. 어차피 집에 가면 혼자니까 여기서 정윤이랑 같이 있어도 돼. 넌 쉼터에 가서 다른 애들 챙겨. 나도 좋은 일 좀 하자."

"알았다. 그럼 난 이만 들어갈게."

"선생님도 가세요. 광고 내세요. 아셨죠?"

"네, 그럴게요. 그럼 부탁 좀 드리겠습니다. 정윤 씨, 식사 좀 잘 챙겨 주세요."

"걱정 말고 가세요."

"그럼 엄마 갈게."

"네."

두 사람을 배웅하는 정윤의 마음이 한결 가벼워졌다. 그리고 곁에 김 여인이 함께 있어 더 힘이 되었다. 엄마 같은 그녀 덕분에 정윤은 조금 더 웃을 수 있었다.

쉼터에 도착한 호준은 국장과 상의를 하고 사람 구하는 광고

부터 냈다.

"아이들도 이해할 거예요. 이 선생님 말씀이 맞네요. 우리가 스스로 벽을 만든 셈이에요."

국장도 자신의 생각이 짧았다며 씁쓸한 표정을 지어 보였다. 잠시 후 누군가가 사무실 문을 두드렸다.

"누구지? 누구세요?"

국장이 문을 열자 혜림이 인사를 해 보였다.

"안녕하세요."

"네, 들어오세요. 선생님, 혜림 씨……."

호준은 자리에서 일어나 다가오는 혜림을 바라봤다.

"그렇게 볼 필요 없잖아. 순수한 마음으로 온 거야. 국장님한 테 얘기 다 들었어. 애가 아프다면서?"

"그…… 그래."

호준이 국장을 바라보며 대답했다. 국장은 그의 눈을 피하며 살며시 자리를 벗어났다.

"나 그냥 세워 둘 거야?"

"앉아."

그가 소파로 혜림을 안내했다. 그녀는 자리에 앉아 호준을 바라보며 미소 지었다.

"얼굴이 많이 상했어."

그녀의 말에 호준이 손으로 얼굴을 쓸었다.

"정윤 씨가 많이 힘들겠어. 나 같으면 못 했을 거야."

"……"

"나 더 이상 나쁜 사람 아니다."

"뭐?"

"오늘은 정말 순수한 마음으로 온 거니까 내 마음 받아 달라는 뜻이야. 자……. 이거 병원비에 보태. 통장 잔고 바닥이라면서……."

검사비와 수술비, 그리고 입원비……. 중간 정산을 두 번 했더니 통장의 잔고는 점점 바닥을 보이고 있었다. 다음 달 병원비도 정산을 하려면 적자는 불가피했다. 하지만 방법이 없었다. 그는 마지막 수단으로 쉼터를 처분할 생각까지 하고 있었다.

"얼마나 더 걸릴지 모르잖아. 중간 정산 못하면 쫓겨나는 거 몰라?"

"……."

"나도 좋은 일 한번 하자. 응?"

"……."

"다른 애들 생각은 안 할 거니?"

"그…… 그래. 고맙다."

어쩔 수 없이 봉투를 받아 든 호준이 미간을 잔뜩 찌푸렸다. 가장이라는 사람이 이렇게 능력이 없다니……. 절망적인 생각이 드는 찰나 혜림이 다시 입을 열었다.

"아이들만 생각해. 쉼터 후원 없으면 힘든 거 누구보다 당신이 잘 알잖아. 일반 가정도 환자 있으면 힘든 법이야. 하물며 여긴 두말할 것도 없고."

"잘 쓸게."

"받아 줘서 고마워. 이제야 나도 마음이 편하다. 그동안 잘못된 방법으로 아이들한테 상처만 준 것 같아서 찜찜하고 힘들었는데……."

혜림이 환하게 웃어 보였다. 잠시 후 전화벨이 울렸다.

"네, 쉼터입니다. 예……. 맞습니다. 경력은요?"

호준이 광고를 보고 걸려 온 전화를 받은 동안 혜림은 메모를 하고선 그의 앞에다 내밀었다.

그만 갈게. 수고해.

그가 메모를 보고 쳐다보자 혜림이 손을 흔들어 보였다. 그리고 그가 붙잡기도 전에 문을 열고 사라졌다. 통화를 마치고 뒤따라 나갔지만 이미 혜림은 가고 난 후였다. 그는 씁쓸한 표정을 짓다가 시계를 보고 다시 아이들을 데리러 차에 올랐다.

정윤이 없어도 쉼터는 정신없이 흘러가고 있었다. 정윤이 잠깐 다녀간 효과는 며칠 동안 계속 발휘가 되었다. 아이들은 어둡지 않았고, 밝아졌다.

"다녀왔습니다."

큰 녀석들까지 모두 일찍 귀가한 수요일.

호준은 아이들을 불러 놓고 얘기를 시작했다.

"우린 모두 가족이야. 그렇지?"

"네."

"사실은 병원에 간병인을 두고 엄마를 너희들 곁에 두려고 했는데⋯⋯."

　호준의 얘기를 진지하게 경청하던 아이들은 마지막 대목에서 흐느끼기 시작했다. 아이들에게도 가족과 엄마라는 단어는 늘 심금을 울리게 마련이었다.

　"저희는 괜찮아요. 어머니는 수인이 곁에 있어야 해요. 다른 선생님 오셔도 잘할게요. 말썽 안 부릴게요. 걱정 마세요."

　아이들의 약속과 격려 앞에서 호준은 또 한 번 눈시울을 붉혔다.

13.
희망

4개월이라는 긴 시간이 흘렀다. 수인이에게 올인한 정윤의 몰
골도 말이 아니었다. 하지만 아이는 그녀의 노력에 대답하듯 점
점 호전을 보였다. 산소호흡기에 의지하는 퍼센트가 점점 더 줄
어들었다. 보름 전엔 50%, 지금은 30%였다. 그만큼 아이의 상
태가 좋아지고 있다는 신호였다. 얼마 전부터는 깨어 있는 아이
의 얼굴을 볼 수 있었다. 오래 볼 수는 없었지만, 아이는 덜 고
통스러워하고 있었다.

"10%까지 내려가면 일반실로 옮길 겁니다. 엑스레이상으로도
폐가 많이 깨끗해졌어요. 기적에 가까운데요."

의사도 믿기지 않은지 겸연쩍은 듯 웃어 보였다.

"엄마의 사랑만큼 위대한 건 없어요. 하늘이 도왔지요."

옆에서 김 여인이 정윤의 손을 잡으며 흐뭇하게 웃어 보였다.

"맞습니다. 수인이 완쾌되어서 곧 집으로 갈 수 있을 겁니다."

의사의 말에 정윤도 미소 지었다. 이번만큼은 그의 말이 진심으로 들려왔다. 그의 말이 맞을 것 같고, 내일이라도 수인이가 벌떡 일어나 쉼터에 가자고 떼를 쓸 것만 같았다.

다음 날, 아이는 중환자답지 않게 밝은 얼굴로 정윤이 오기만을 기다렸다. 드디어 면회 시간이 되자 정윤이 김 여인과 함께 안으로 들어왔다. 아이는 정윤이 가까이 오기도 전에 해맑게 웃으며 '엄마' 라고 불렀다.

"일어났네. 언제 깼어?"

"아까……."

"어디 아픈 데 없어?"

"응. 나 다 나았어. 하나도 안 아파. 숨도 잘 쉬잖아."

그들의 대화를 가만히 듣고 있던 의사가 내일 일반실로 옮기자고 했다.

"정말요?"

"문제없을 겁니다. 병실 마련해 두겠습니다."

"네."

정윤은 지금도 믿기지 않았다. 죽음의 문턱에서 힘겹게 싸웠던 아이가 다시 해맑게 웃고 있는 모습을 보니 꿈을 꾸고 있는 것만 같았다. 하지만 그것은 꿈이 아닌 현실이었다.

아이의 소식을 들은 쉼터에서도 한바탕 웃음꽃이 피었다. 그동안 어른들과 마찬가지로 마음고생이 심했던 녀석들은 한순간에 가슴이 뻥 뚫리는 것 같았다. 자신들의 기도가 하늘에 닿았다는 생각에 말없이 하늘을 올려다보며 미소 지었다.

다음 날, 일반 병실로 옮겨진 수인은 산소호흡기를 떼고 하루 단식을 한 후 미음부터 식사를 하기 시작했다. 아이는 오랫동안 식사를 못해서 그런지 미음을 삼키는 것도 힘들어했다. 하지만 수인이는 그사이 너무도 어른스러워졌다. 먹지 않으면 안 된다는 걸 아이도 알고 있었다.

"나 이거 다 먹고 빨리 쉼터 갈 거야."

"그래야지."

"병원 이제 싫어. 다시는 안 올 거야. 주사도 아프고, 약도 써. 이제는 잠자는 것도 싫어."

아이는 입을 삐죽 내밀고 고개를 절레절레 흔들었다. 언제 왔는지 그런 아이를 호준이 미소를 지으며 바라보고 있었다. 그의 손에는 커다란 곰 인형이 들려 있었다.

"어? 아빠다. 어어……. 그거 나 줄 거예요?"

"이런 들켜 버렸네?"

호준이 인형을 내밀자 수인이가 한 손으로 받아 자신의 품에 안았다. 그러고는 다시 입을 벌려 미음을 받아먹었다.

"오늘 수인이 생일이잖아."

"생일? 어……. 그럼 케이크도 먹어야 하는데."

"케이크는 퇴원하면 사 줄게. 지금은 먹으면 안 된대."

"응. 근데 아이스크림도 먹고 싶다."

아이는 애교를 부리며 겸연쩍게 웃어 보였다. 그러자 호준이 퇴원하면 뭐든지 사 주겠다며 약속을 했다.

"정말이죠? 나 다 사 줄 거죠?"

"응."

아이는 이제 더 이상 아프지 않았다. 핏기 없는 얼굴은 사라지고, 혈색도 좋아졌다. 무엇보다 씩씩하고 기운이 솟아나는지 연신 웃고 있었다.

며칠 후 의사와 상담을 하는 호준과 정윤의 얼굴에 화색이 돌았다.

"온전히 치유가 된 건 아닙니다. 억제된 염증이 불시에 재발할 수 있습니다. 그러니까 감기에 걸리지 않게 조심해야 하고, 특히 폐렴을 조심해야 합니다. 주기적으로 검사받으러 오셔서 병이 더 진행이 되는지 확인해야 하고요. 앞으로도 위험성은 여전히 존재합니다."

"고맙습니다."

"살아 있는 것만으로도 기적입니다. 잘 보살펴 주세요. 저도 수인이 오랫동안 볼 수 있었으면 좋겠습니다."

"그런 말씀 마세요. 수인이 이젠 병원에 올 일 없을 거예요. 제가 아프지 않게 잘 키울 거예요."

정윤이 눈물을 흘리며 다짐을 해 보였다.

4개월 만에 쉼터로 향하는 수인이의 입에서는 노래가 끊이지 않고 흘러나왔다. 아이는 곰 인형을 안은 채로 '곰 세 마리' 노래를 부르며 어서 빨리 쉼터에 도착하기를 바랐다.

이윽고 차가 쉼터에 멈추자 기다리고 있던 아이들이 차에서 내리는 수인이를 향해 폭죽을 터트리며 박수를 쳤다.

"수인아, 퇴원 축하해."

"보고 싶었어."

"이젠 아프지 마."

저마다 인사를 건네며 어린 수인이를 꼭 껴안아 주었다. 수인이는 오랫동안 보지 못한 오빠와 언니들을 보니 감정이 복받쳐 오른 모양이었다. 아이의 눈에서는 금세 닭똥 같은 눈물이 흘러내렸다.

"울지 마……."

호준이 아이를 번쩍 안고 눈물을 닦아 주었다.

"슬퍼서 우는 거 아냐. 기뻐서 우는 거야."

아이는 눈물을 닦고 바닥에 내려 주기를 바랐다. 호준이 바닥에 내려놓자 아이는 큰 녀석들과 손을 잡고 안으로 들어갔다.

"우리도 들어갑시다."

"네."

정윤과 호준도 두 손을 꼭 잡고 녀석들의 뒤를 따랐다.

* * *

수인이가 병원에 있는 동안 계절이 두 번 바뀌고 가을이 찾아왔다. 쉼터로 돌아온 정윤은 조금도 쉴 시간이 없었다. 그동안 자신의 손길이 닿지 않은 곳을 찾아 정리를 하기 시작했다. 서랍의 민소매 옷을 꺼내 박스에 넣고, 다시 긴 옷을 정리해서 꺼내 놓았다. 창문 밖 운동장에선 아이들의 웃음소리가 들려왔다. 간간이 호준의 목소리도 들려왔다.

"호일로 잘 감싸야 해."

"나는 왜 안 돼요? 내 거도 해 주세요. 얘는 하나 다 싸고 또 싸고 있잖아요. 어서요."

어린 녀석이 떼를 쓰며 악을 썼다. 아련하게 들려오는 그들의 목소리에 귀를 기울이던 정윤이 고개를 들어 수인이를 바라봤다. 아직 면역력이 회복되지 못한 수인이는 창문틀에 매달려 밖에서 눈을 떼지 못하고 있었다.

"수인이도 나가고 싶지?"

"아니."

"정말?"

"엄마, 아기는 언제 태어나?"

"아기?"

"응. 언니, 오빠가 그랬어. 엄마 아기 태어날지도 모른대. 그럼 수인이 엄마 할 수 없는 거야?"

정윤은 깜짝 놀랐다. 시무룩한 표정을 짓고 있는 수인이를 보고 밖에 나가서 놀지 못해 그런 줄 알았는데 전혀 다른 문제였다.

"아냐……. 수인아. 엄마는 수인이 엄마야. 수인이는 엄마 딸이고……."

"그래?"

"그럼!"

"아기는?"

"아기는 없어. 수인이도 있고, 언니, 오빠들도 많잖아."

그녀는 단 한 번도 아기를 생각해 본 적이 없었다. 호준도 아기에 대해서 언급을 한 적이 없었기 때문에 그런 일은 두 사람의 계획에 없었다. 그들에겐 지금의 아이들이 전부였다.

"아냐. 나도 동생 만들어 줘. 나도 동생 있었으면 좋겠어. 유치원 친구들은 다 동생 있는데 나만 없어. 애들이 놀려."

"그랬어?"

잠시 후 호준이 안으로 들어왔다. 그는 호일로 감싼 고구마를 들고 있었다.

"수인아……."

호준이 부드럽게 부르자 수인이가 방긋 웃어 보였다.

"이거 수인이 고구마야. 모닥불에 넣어야지. 수인이가 직접 넣으라고 가져왔어."

"응, 내가 넣을게. 언니한테 도와 달라고 해야지."

아이가 빠르게 상담실을 빠져나가자 호준이 궁금한 듯 물었다.

"수인이하고 뭐 했어요?"

"얘기요."

"무슨 얘기?"

"저보고 아기 언제 태어나냐고 물었어요. 아기가 태어나면 저를 잃을까 봐 걱정했나 봐요."

"아……."

호준은 할 말을 잃었다. 수인이가 걱정하는 부분이 어떤 것인지 알았지만 그러고 보니 그 역시 아기 생각은 단 한 번도 해 본 적이 없었다.

"아기 안 가지려고 했었는데……."

정윤의 뜻밖의 말에 호준이 두 눈을 동그랗게 뜨고 바라봤다.

"정윤 씨, 그건……."

"했었는데 가질 거라고요. 수인이가 동생 빨리 생겼으면 좋겠대요."

"정윤 씨……."

"왜요? 선생님은 싫으세요? 아기 원하지 않으세요?"

"아뇨, 아닙니다. 정말 그런 거 아니니까 오해하지 말아요."

호준은 정윤을 너무도 사랑했다. 가슴으로 낳은 아이들이 곁에 있지만 그녀를 꼭 닮은 아이가 태어난다면……. 어쩔 수 없이 낳고 싶은 마음을 부인할 수는 없을 것 같았다. 욕심이라도 해도, 사치라고 해도 욕심이 나는 건 어쩔 수 없었다.

"고구마 내 거도 있죠? 다 정리했으니까 우리도 나가요."

정윤이 자리에서 일어나 방을 나서려고 하자 호준이 그녀의 팔을 붙잡아 돌려세웠다.

호준이 빠르게 그녀를 자신의 앞으로 잡아당겨 입술을 부딪쳤다. 정윤은 너무 놀라 눈도 감지 못했다. 오랜만에 그와 키스를 나눴기 때문이었다.

잠시 후 그가 입술을 떼자 정윤이 시선을 피했다.

"사랑합니다."

"······저 그만 갈게요."

정윤이 팔을 빼려고 하자 호준이 더 꽉 붙잡았다. 그녀는 어쩔 줄 몰라 하며 난감해했다.

"정윤 씨······."

"저도 물론 선생님 사랑해요. 하지만 지금은 타이밍이 안 맞았어요. 애들이 기다리잖아요. 어서 가요."

정윤이 빠르게 방을 빠져나가자 호준이 허탈하게 웃어 보였다. 빨갛게 상기되었던 그녀의 볼과 당황한 눈빛이 오래도록 잊히지 않았다.

늦은 밤, 호준이 먼저 잠자리에 들어 정윤을 기다렸다. 잠시 후 정윤이 방으로 들어왔다. 그녀는 간단하게 로션을 바르고 호준의 곁에 누웠다.

"우리 얘기 좀 합시다."

"뭔데요?"

정윤이 자세를 바꿔 호준을 바라봤다.

"우리 부부 맞죠?"

"그럼요."

"우리 그동안 많이 뜸했는데······."

"아······. 그래요."

"수인이 동생은 언제 만들어 줄 겁니까?"

"만들어지겠죠."

"별을 안 보는데, 무슨 수로 만듭니까?"

"그래도 싫어요. 단도직입적으로 물으시면 어떡해요? 그런 건 그냥 자연스럽게 하는 거라고요."

정윤이 살짝 눈을 흘기며 돌아눕자 호준이 그녀의 허리를 감싸 안았다. 정윤이 깜짝 놀라 몸을 웅크렸다. 이어 그녀의 몸이 가느다랗게 떨려 오자 호준이 더 파고들며 그녀의 머리에 얼굴을 묻었다.

"도대체 이메일 확인은 언제 할 겁니까?"

"이메일이요? 무슨……. 어머, 잊고 있었어요."

"내가 말 안 했으면 계속 잊고 있었을 거 아닙니까? 결혼한 지가 언젠데……. 일기도 아니고 정말 너무한다."

"미안해요. 확인할게요."

"미안하면 내 볼에 뽀뽀라도 해 주든가."

"하지만……."

"그럼 계속 이러고 있을 겁니다."

호준이 속삭이듯 귓가를 간질이자 정윤이 호탕하게 웃어 보였다. 그녀는 간지럼을 못 참는다면서 그의 품에서 벗어나려고 발버둥을 쳤다.

"그러니까 뽀뽀 한 번만……."

호준도 집요했다. 그는 기어코 받아야 한다면서 볼을 내밀었다. 결국 정윤이 그의 볼에 입맞춤을 하는 것으로 끝이 났지만 호준은 오래도록 그녀를 품에 안은 채 놓지 않았다. 잠시 후 호준이 코를 골자 정윤이 살짝 그의 품에서 벗어났다. 그러고는 방을 빠져나와 사무실로 들어갔다.

잠시 후 정윤이 컴퓨터를 켜고 이메일을 확인했다. 한동안 확인을 하지 못해 메일은 100통도 넘게 와 있었다. 그중에 30통이 호준이 보낸 편지였다.

정윤은 하나하나 읽어 내려가기 시작했다. 그녀는 그것을 읽으면서 미소를 지었다가 눈시울을 붉혔다 했다. 수인이가 아팠을 때 보낸 편지는 결국 눈물을 흘리게 만들었다. 30통이 넘는 편지를 읽는 동안 정윤의 가슴속은 뜨거움으로 가득 찼다. 그가 자신을 얼마나 믿고 의지하고 사랑하는지 알 것 같았다.

✳   ✳   ✳

며칠 후, 아이들을 모두 학교에 보내 놓고 건물 뒤편에 자리를 잡고 앉은 옥숙과 국장, 그리고 정윤이 총각김치를 담기 위해 야채 손질을 하고 있다. 아이들이 가장 좋아하는 김치이기 때문에 세 사람은 꽤 많은 양의 야채를 손질해야만 했다. 하지만 힘든 것보다는 아이들이 먹을 음식을 장만하는 일이라 무엇보다 뿌듯하고 즐거웠다.

"어머, 저 하늘 좀 봐요. 진짜 가을이네."

국장의 말에 정윤과 옥숙이 고개를 들어 하늘을 올려다봤다. 높고 청명한 가을 하늘에 구름이 뭉게뭉게 피어올랐다. 잠시 후 두둥실 떠가는 구름을 바라보던 정윤이 갑자기 아찔한 현기증이 밀려오자 눈을 껌벅거리고 정신을 차리려고 했다.

"왜 그래?"

옥숙이 걱정스럽게 물었다.

"갑자기 현기증이 나서요……. 이제 괜찮아요."

"이 선생님 요즘 통 못 드시던데, 빈혈 생긴 거 아니에요?"

국장의 물음에 정윤이 고개를 저었다.

"제가 얼마나 튼튼한데요. 빈혈 아니에요."

"그래도 모르니까 또 그러거든 병원에 가 봐."

"알았어요."

"추석 음식도 장만해야죠. 저는 큰집에 가야 해서 미리 준비했으면 좋겠네요."

국장의 말에 옥숙이 정윤을 바라봤다.

"엄마도 큰집 가야 하는데, 최 서방이랑 같이할 수 있겠어?"

"애들 있잖아요. 걱정하지 마세요."

"음식 하는 건 엄마가 해 주고 가겠지만, 두 사람이 차례 지내고 애들 챙겨 먹이려면 여간 힘든 게 아닐 텐데……. 봉사하시는 분들도 그날은 못 오실 테고……. 설날은 원장님 돌아가셔서 못 지냈잖아. 이번이 처음 하는 건데 엄마는 벌써부터 걱정이다."

"그래도 할 수 있어요. 어깨 너머로 많이 봐서 알아요. 걱정 마시고 다녀오세요."

"이 선생님 잘할 거예요. 그렇죠?"

"그럼요."

정윤은 두 사람을 안심시키려고 일부러 태연한 척했지만 사실 걱정이 태산이었다. 요즘 몸도 쉽게 피로하고 상태가 좋지 않았기 때문에 더 걸리는 게 많았다. 몸이라도 개운하면 걱정이 덜할 텐데, 행여나 자신 때문에 차례를 망칠까 걱정스러웠다.

그녀가 시름에 잠겨 있는 사이, 호준이 호수를 연결하기 위해 밖으로 나왔다. 그는 바깥 수도에 호수를 연결하고 세 사람 곁에 섰다.

"씻는 건 제가 하겠습니다."

"절여 놔야죠. 아직 멀었어요."

국장이 대야에 물을 담고 다듬은 채소를 넣었다.

"거기 소금 좀 주세요."

"여기요."

"감사합니다. 참, 최 선생님, 이 선생님 몸이 많이 안 좋은 거 같은데 병원에 다녀오세요."

"저, 괜찮아요."

"정윤 씨, 아파요?"

"아까 현기증 나서 쓰러질 뻔했어요."

국장이 조금 과장되게 말하자 정윤이 난처한 표정을 지어 보였다.

"그래, 애들 오기 전에 다녀와. 오면서 데리고 오면 되겠네. 마무리는 국장님하고 하면 돼. 다녀와."

"괜찮은데……."

"애들이 너만 바라보고 있는데 아프면 안 된다. 엄마는 아프면 안 되는 거야."

"지당하신 말씀입니다. 그럼 다녀오겠습니다. 정윤 씨, 가요."

호준이 손을 잡아끌자 정윤은 어쩔 수 없이 자리에서 일어났다. 그녀는 옥숙의 말을 상기하고는 그가 이끄는 대로 따라갔다.

차에 오르자 호준이 주머니에서 초콜릿을 꺼냈다. 어젯밤에 정윤이 초콜릿이 먹고 싶다고 했던 말을 기억하고는 아이들 등교를 해 주고 사 가지고 온 것이었다.

"이거 맞죠?"

"어머……. 기억하고 계셨네요?"

"그럼요. 어젯밤에 못 사다 준 게 한이 되더라고요. 그래서 일찍 주려고 했는데, 눈치가 보여서……."

호준이 머리를 긁적였다. 그는 정윤을 많이 사랑하지만 애정 표현에 있어서는 많이 서투른 사람이었다.

"잘 먹을게요."

초콜릿을 먹는 정윤의 입가에는 금방 맛있는 미소가 번졌다. 차를 타고 가는 동안 정윤은 그가 사 준 초콜릿을 쉴 새 없이 먹었지만, 다 먹고 난 후에는 오히려 개운한 표정이 아니었다. 아직 뭔가가 부족한 듯했다.

"왜 이렇게 단걸 찾는 거지? 아직……. 어머!"

정윤이 깜짝 놀라 하자 호준이 두 눈을 동그랗게 뜨고 물었다.

"왜요?"

"아…… 아니에요."

정윤이 입을 꽉 다물고 굳은 표정을 하자 호준은 더 궁금해졌다. 그는 갓길에 차를 세우고 다시 그녀를 바라봤다.

"왜 그러는데요?"

"아뇨……. 아직 잘 모르겠지만 내과가 아니라 산……."

"산? 산, 뭐요?"

"산부인과."

"산부인과? 네?"

"아직 몰라요. 2주 정도 안 해서요. 혹시나 하고요."

정윤이 몹시 부끄러워하면서 말을 하자 호준도 더는 묻지 않았다. 병원으로 직행하면 금방 알 수 있는 문제였으니까 빨리 진찰을 받아야만 했다. 호준은 차를 출발시키고 빠르게 산부인과로 향했다.

❊　❊　❊

병원을 나서는 두 사람의 얼굴에 밝은 빛이 역력했다. 정윤의 볼은 붉게 상기되어 있었고, 눈빛 속에는 그 누구보다도 행복함이 가득 묻어 있었다.

차를 타고 오는 동안 두 사람 다 말이 없었다. 병원에서 의사가 한 말을 계속 떠올리며 생각에 젖어 있었다. 이제 6주라고 했다. 아기집도, 아기도 잘 자리를 잡았다면서 축하한다고 했던 의사의 목소리가 메아리처럼 울려 퍼졌다. 감회가 새로웠다.

학교 앞에 도착하자 일찍 끝난 아이들이 우르르 차에 올랐다. 녀석들은 정윤이 함께 있자 반가운 표정을 지어 보였다.

"두 분 데이트하고 오신 거예요?"

짓궂은 녀석의 질문에 정윤이 말없이 미소 지었다. 마지막으로 유치원에서 끝난 수인이와 지수, 민정이 차에 오르자 호준이 출발을 하기 위해 안전벨트를 맸다.

"다 앉았지?"

"네!"

"그럼 출발한다."

쉼터로 돌아가는 길, 아이들의 대화 소리가 떠들썩하게 들려왔다. 호준이 가만히 정윤의 손을 잡았다. 그의 옆모습에 행복한 미소가 묻어 있었다.

두 사람의 대화가 다시 시작된 건 쉼터에 도착해서였다. 아이들이 차에서 내리자 호준이 먼저 입을 열었다.

"어른들한테는 제가 말씀드릴게요. 그래도 되죠?"

"그럼요. 선생님이 하세요."

"정윤 씨, 무리하면 안 되는 거 잘 알고 있죠?"

"네."

"힘든 건 무조건 나한테 맡기기. 정신적인 문제 역시. 알았죠?"

"네. 선생님 믿고 있을 테니까 걱정하지 마세요."

"좋아요. 이만 내립시다. 잠깐만 그대로 있어요."

호준이 빠르게 문을 열고 나와 조수석으로 뛰어갔다. 그러고는 정윤이 내릴 수 있게 차 문을 열어 주고, 손도 잡아 주었다. 그 모습을 마당 정리를 하던 헌재가 발견을 하고는 곁으로 다가와 의아한 듯 물었다.

"자네, 무슨 일 있나? 우리 정윤이가 많이 아픈 거야?"

"아, 아버님……. 왜 나와 계십니까?"

"운동장 쓰레기 정리 좀 했지."

"그런 건 애들을 시키시죠."

"놀면 뭐 하나. 소일거리 삼아 하는 거지. 그나저나 정윤이 표정이 별로 안 좋구나. 병원에서 뭐라고 하나?"

"……."

헌재가 물었지만 호준은 금방 입이 떨어지지 않았다.

"안으로 들어가서 말씀드리겠습니다. 들어가시죠."

"심각한 거야?"

"아, 아닙니다."

"그럼 애라도 생긴 건가?"

"네?"

헌재가 정확히 집어내자 호준이 얼떨떨한 표정을 지어 보였다.

"맞구먼. 언제 소식 오나 걱정 많이 했는데, 잘되었다. 그래, 얼마나 된 거래?"

"6주랍니다."

"6주. 한참 조심할 때네. 어서 들어가자."

헌재와 호준의 부축을 받으며 안으로 들어서는 정윤을 보고 옥숙이 놀라 물었다.

"왜? 많이 아픈 거라니?"

"여보, 우리 정윤이가 임신이라는군."

"임신이요?"

"엄마, 임신이 뭐야?"

수인이가 묻자 옥숙이 뱃속에 아기가 있다고 설명을 해 주었다.

"아기? 그럼 내 동생 태어나는 거야?"

"그래."

아이의 표정이 일순간 굳어졌다. 하지만 그것도 잠시, 수인이는 다시 빙그레 웃고는 언니, 오빠한테 알려 준다며 방으로 뛰어갔다.

"파티라도 해야겠습니다."

"그러시게."

그날 밤, 쉼터는 늦은 밤까지 웃음소리가 떠나지 않았다. 11시에 잠자리에 든 정윤은 피곤함이 한순간에 몰려오자 긴 하품을 했다.

"많이 피곤하죠?"

"아뇨. 이제 자면 돼요."

"어서 잡시다."

호준이 팔베개를 해 주자 정윤이 그의 품에 안겼다. 곧 눈이 감겨 왔다. 밖에는 들리는 귀뚜라미 소리가 정겹게 들리자 자장가가 따로 없었다. 정윤은 금방 잠이 들었지만 호준은 아직도 꿈을 꾸는 것만 같아 깊은 밤까지 잠을 이루지 못했다.

14.

나락의 끝

악몽을 꾸고 있었다. 마른하늘에 비가 내리기 시작했다. 쉼터의 작은 창문을 모조리 깨부술 태세로 세차게 내리던 비는 끝내 무서운 홍수로 변해 쉼터를 집어삼키려 했다. 온통 흙탕물로 범벅이 된 그들의 차가 둥둥 떠다니며 쉼터를 향해 돌진했다. '쿵' 소리와 함께 차가 건물에 부딪히자 다시 '쾅' 소리가 났다. 건물은 순식간에 무너지고 말았다. 어디서 지켜보는지도 모른 채 눈앞에 펼쳐진 처참한 모습을 보면서 정윤이 울부짖었다. 모두 그 안에 그대로 있는데……. 아무도 보이지 않는다. 불러도 대답이 없다. 언덕에 혼자 서 있는 정윤은 숨이 넘어갈 듯하다.

고통을 느끼며 그 순간 잠에서 깨어났다.

식은땀을 닦으며 정윤이 눈을 떴다. 현실인 것마냥 가슴이 콩닥거렸다. 그녀가 빠르게 고개를 돌려 자고 있는 호준을 바라봤다. 꿈이었다. 하지만 한낱 꿈이라고 하기엔 너무도 생생했다. 마치 방금 전 겪은 일인 것마냥 두렵기까지 했다. 정윤이 서둘러 호준의 품에 안겼다. 그녀의 몸이 떨려 오자 잠결인데도 호준은 금방 느낄 수 있었다. 그가 깜짝 놀라 눈을 뜨고 정윤을 바라봤다.

"왜 그래요?"

"꿈을 꿨어요. 무서워요."

"이런……."

호준이 정윤을 더 세게 끌어안았다. 이불을 끌어당겨 잘 덮어 주고 가만히 등을 토닥여 주었다.

"책에서 보니까 원래 임신하면 악몽을 많이 꾼다고 합니다. 꿈이니까 걱정 말고 잊어버리세요."

다시 눈을 감은 정윤이 마른침을 삼켰다. 아직도 두려웠지만 호준의 품에 있으니까 한결 마음이 편해졌다.

다시 하루가 시작되었다. 정윤은 새벽녘에 꾸었던 꿈은 잊어버리고 바쁘게 움직이고 있었다.

점심 식사를 마치고 호준이 아이들을 데리러 학교에 갈 채비를 했다. 정윤의 손을 잡고 차가 있는 곳까지 걸어 나오던 호준이 그녀의 손에 초콜릿을 건네주고는 미소를 지어 보였다. 유독 초콜릿만 찾는 정윤 때문에 그의 주머니에선 초콜릿이 떨어질 날이 없을 정도였다.

"이렇게 많이 먹어도 되는 건가?"

"괜찮을 걸요? 우리 엄마가 저 가져서 초콜릿만 드셨대요."

"아……. 그럼 괜찮겠네. 정윤 씨 닮은 예쁜 딸 태어나는 거 아닌가? 그랬으면 좋겠는데요."

"전 선생님 닮은 아들 낳고 싶어요."

"우리 아기가 누구 소원 들어줄라나……."

호준이 그녀의 배에 손을 대고 쓰다듬어 주었다.

"언제 발길질하는 거죠?"

"아직 멀었어요. 어서 다녀오세요. 애들 기다리겠어요."

"네, 알겠습니다. 다녀올게요."

"조심하세요."

그의 차가 시야에서 멀어질 때까지 손을 흔들어 보이던 정윤은 별안간 비가 내리자 하늘을 올려다봤다.

"일기예보에도 없던 비가 내리네? 지나가는 비였으면 좋겠다."

혼잣말을 중얼거리며 걸음을 재촉하던 정윤의 머릿속에 불현듯 다시 꿈이 떠올랐다. 하지만 그녀는 머리를 세차게 흔들었다. 그건 꿈일 뿐이었다.

건물 안으로 들어가자 빗줄기가 더 굵어졌다.

"무슨 비래요? 소나기인가?"

국장도 창문 밖으로 하늘을 올려다보고는 미간을 찌푸렸다.

"맑던 하늘이 금방 시커멓게 됐네. 어지간히 쏟을 모양이네."

창문을 닫고 자리로 돌아온 국장이 정윤에게 따뜻한 차를 건넸다.

"비도 오는데 간식으로 부침개 해 먹을까요?"

"그럴까요?"

정윤은 초조해졌지만 일부러 내색을 하지 않았다.

"우리 방금 밥 먹었는데⋯⋯. 이 선생님은 임신해서 그렇다 치고 난 뭐야⋯⋯. 살 또 찌려나⋯⋯."

"부침개가 드시고 싶으세요?"

복도를 지나가던 옥숙이 들었는지 그녀가 열린 사무실 문으로 고개를 내밀고 물었다.

"네? 저희가 해서 먹을게요."

"제가 해 드릴게요. 조금만 기다리세요."

옥숙이 웃으며 문을 닫고 가자 국장도 자리에 앉아 서류를 들여다봤다. 정윤도 다시 컴퓨터에 시선을 고정시킨 채 업무에 열중했다. 그래야만 꿈을 잊을 수 있었다. 안 좋은 생각을 떠오르지 않게 하기 위해선 바쁜 게 최고였다.

얼마쯤 지났을까. 옥숙이 부침개 접시를 들고 사무실로 들어섰다.

"맛 좀 보세요. 정윤아, 먹어 봐라."

"네⋯⋯."

"애들 올 시간 다 되었네. 빨리 더 부쳐야겠다."

"드시고 하세요."

"하면서 먹고 있으니까 걱정 말고 드세요."

옥숙이 해 준 부침개를 먹으며 국장과 정윤은 창문을 때리는 빗소리에 미간을 찌푸렸다. 정윤은 신경이 예민해지는 것 같았다. 멈춰야 할 비가 야속하게도 계속 내리고 있었다. 호준에게 전화를 걸어 조심히 운전하라고 말해 주고 싶었지만, 시계를 보니 운전 중이라 그럴 수가 없었다.

"애들 우산 안 가져갔는데 도착하면 전화하겠죠?"

국장의 물음에 정윤이 아무렇지 않게 대답했다.

"그럼요."

하지만 도착할 시간이 한참 지났음에도 불구하고 호준과 아이들은 깜깜무소식이었다.

"비가 와서 길이 막히나 본데……. 전화해 볼까요?"

"제가 해 볼게요."

한계에 다다른 정윤이 자리에서 일어난 순간, 막 전화벨이 울렸다.

"최 선생님인가 봐요."

"제가 받을게요."

정윤이 빠르게 수화기를 들었다.

"네, 쉼터입니다. 그런데요. 네……. 그게 무슨 소리예요? 지금 뭐라고 하신 거예요?"

전화기를 붙잡고 있는 정윤의 손이 파르르 떨려 왔다. 하는 수 없이 옆에 있던 국장이 사색이 되어 있는 정윤의 손에서 수화기를 뺏어 들었다.

"내가 받을게요. 여보세요. 다시 말씀 좀 해 주시겠어요?"

—교통사고입니다. 아이들은 중경상을 입었지만 생명에는 지장이 없고요. 운전기사가 생명이 위독한 상태입니다. S병원이니

까 빨리 오십시오.

통화를 마친 국장도 사색이 되긴 마찬가지였다. 마른하늘에 날벼락도 유분수지. 어떻게 방금 전까지만 해도 웃으며 대화를 나누던 사람이 사경을 헤매고 있단 말인지. 국장은 기가 막혀 말이 나오지 않았다. 하지만 곧 정신을 차렸다. 정윤을 위해서 정신을 똑바로 차려야만 했다.

"여기 좀 앉아요."

"가서 확인해야겠어요. 아닐 거예요. 좀 전에 내 눈 앞에 있던 사람이에요. 그럴 일 없어요. 아닐 거예요."

정윤이 눈물을 닦고 나가려고 하자 국장이 제지했다.

"진정 좀 하고요. 5분 만 있다가 가요. 어머님, 아버님 모셔올게요."

국장이 빠르게 사무실을 빠져나갔다. 잠시 후 세 사람이 뛰어오는 소리가 복도 끝에서 요란하게 들려왔다.

"정윤아!"

옥숙이 부르는 소리에도 정윤은 대답을 하지 못했다. 방금 전 전화를 받은 것이 꿈인지 생시인지 분간조차 가지 않았다. 차라리 이것이 한낱 꿈이라면, 악몽을 꾼 것이라면, 그렇다면 이렇게 아파하지 않아도 될 텐데…… 울다가 웃으면 그만일 텐데…… 정윤은 꿈이 아니라는 것을 믿고 싶지 않은 듯 고개를 세차게 흔들었다.

"가서 확인하자. 아닐 수도 있잖아. 아니다. 넌 여기에 있어. 아버지랑 내가 다녀오마."

"같이 가요. 제 눈으로 확인해야겠어요."

정윤이 먼저 자리에서 일어났다. 하지만 갑자기 현기증이 몰려와 그대로 소파로 쓰러지고 말았다. 요즘 부쩍 빈혈이 심해지고 있던 차에 너무 놀라 충격을 받았기 때문이었다.

"정윤아! 얘!"

옥숙이 정윤의 볼을 살짝 때리며 흔들었다. 잠시 후 그녀가 눈을 떴다.

"아무래도 넌 여기 있어야겠다."

"갈 수 있어요. 가게 해 주세요. 제 눈으로 봐야 한다고요."

"……"

정윤이 눈물을 쏟아 내며 몸부림을 치자 옥숙과 헌재도 어쩔 줄 몰라 하며 눈시울을 붉혔다.

"가세요. 제가 운전할게요."

"큰 애들은요?"

"가면서 큰 애들 학교에 연락하면 돼요."

그렇게 어렵게 자리를 뜬 네 사람은 한 시간 거리에 있는 병원으로 향했다.

병원 응급실 안으로 들어서자 곳곳에서 울음소리가 들려왔다.

"수인이 아니에요?"

코앞에 있는 침대에서 소리가 나자 정윤이 커튼을 걷었다.

"수인아?"

수인이는 정윤을 보자마자 더 악을 쓰며 울었다.

"잠시만 나가 계세요. 가벼운 찰과상을 입은 거예요."

"엄마!"

"제가 달랠게요. 죄송합니다."

정윤이 빠르게 우는 아이를 안았다. 그녀가 안자 수인이는 곧 진정을 했고, 치료하기가 한결 수월해지자 간호사도 더는 나가라고 하지 않았다.

"다른 애들은요?"

"크게 다친 아이들은 없습니다. 한 아이만 다리가 부러졌고요. 그건 깁스하고 치료받으면 금방 나을 거예요. 걱정하지 마세요."

"……."

정윤은 호준에 대해서도 묻고 싶었지만 차마 입이 떨어지지 않았다. 잠시 후 다른 편에서 호준의 보호자를 찾는 간호사의 목소리가 애타게 들려왔다.

"최호준 씨, 보호자 이정윤 씨 안 오셨어요?"

"여기, 여기 있어요."

정윤이 아이를 안은 채 모습을 보이자 간호사가 황급히 그녀에게 손짓했다.

"수인이는 이리 주세요."

국장이 수인이를 받아 안자 정윤이 간호사를 따라갔다.

그곳에 그가 있었다. 머리에 피를 흘린 채, 얼굴에 깊은 상처를 입고 온전한 곳 없는 몸 곳곳에는 피가 흐르고 있었다. 얼굴을 너무 많이 다쳐 그가 맞는지조차도 알 수가 없었으나 그가 다친 눈을 가까스로 뜨고 정윤에게 손짓했다. 그가 무슨 말을 하긴 하는데, 목소리가 너무 작아 들리지 않았다.

"생명이 위독해요. 마음 준비를 하셔야 합니다. 더 늦기 전에 마지막 인사하십시오."

의사가 다가와 멍하니 서 있는 정윤을 호준의 옆으로 데려다 주었다. 그의 시선이 정윤에게 닿아 있었다. 힘들게 숨을 몰아쉬던 호준이 손을 뻗었다. 정윤은 눈물을 흘리며 아무것도 할 수가 없었다. 그의 손을 잡아 주어야 하는데, 그렇게 되면 그가 마음을 놓고 영영 가버릴 것만 같아 그러지 못했다.

"살아요. 죽지 말아요. 나 그 손 안 잡을래요. 내 손 잡고 싶으면 일어나요."

"미…… 미안……."

호준의 손이 떨려 왔다. 눈도 감기려고 하고, 맥박은 점점 더 떨어지고 있었다. 그 순간 정윤이 그의 손을 잡았다.

"놓지 말아요. 제발……. 살아야 해요. 나 놓고 가면 어떡해요……."

정윤이 눈물을 흘리며 애원을 하는 사이, 호준도 죽음과 사투를 벌이고 있었다. 그도 살고 싶었다. 살고 싶어 감기는 눈을 억지로 뜨고 있었고, 가슴을 조여 오는 통증이 한낱 고통에 불과하다고 생각하면서 이것은 꿈이라고, 현실이 아니라고 자신에게 주입을 시키고 있었지만 죽음의 문턱은 성큼 앞으로 다가올 뿐이었다.

"사……랑합니다."

결국 호준은 아주 작은 목소리로 겨우 그 말을 뱉어 내고는 눈을 감았다. 정윤은 믿기지가 않아 울 수도 없었다. 그의 손은 아직 온기가 가득한데, 맥박은 멈춰 버렸다고 기계가 요란하게 '삐' 소리를 내며 정윤에게 그의 죽음을 알리고 있었다. 그녀의 옆으로 국장과 부모가 모습을 보였다. 사고 처리를 한 경찰이 옆에 서서 조용히 상황을 설명하기 시작했다.

"덤프트럭하고 부딪혔습니다. 기사 말로는 브레이크가 말을 듣지 않았답니다. 운전수가 아이들 살리려고 차를 옆으로 꺾은 모양입니다. 아이들이 무사한 건 기적이라고 보시면 됩니다. 운전기사 덕분에……."

더 이상 듣지 않아도 알 것 같았다. 그 짧은 순간에 호준은 아이들을 보호하기 위해 자신을 희생한 것이었다.

왜 불길한 마음은 항상 빗겨 가지 못하고 맞아떨어질까. 한낱 꿈에 불과한 악몽은 왜 현실이 되었을까. 초대하지도 않았는데 멋대로 찾아와 들쑤시는 이유가 도대체 뭔지. 정윤은 숨이 넘어갈 것만 같았다.

옥숙이 긴 한숨을 토해 내며 정윤의 손을 잡았다. 떠난 사람도 불쌍하고, 남은 아이들도 불쌍하고, 젊고 젊은 나이에 혼자가 된 정윤도 불쌍했다. 딸의 어깨가 더 무거워진 것은 두말할 것도 없지만 당장 이 슬픔을 어떻게 견뎌 낼지 눈앞이 다 캄캄해지는 것 같았다.

잠시 후 호준의 얼굴에 하얀 천이 덮여지자 정윤이 그만 자리에 주저앉아 버렸다.

"가서 좀 앉자."

옥숙의 말에도 불구하고 정윤은 꼼짝도 하지 않았다.

"그래, 정윤아. 엄마 말씀 들어라. 뱃속 아기 생각해야지."

"꿈일 거야. 내가 꿈을 꾸고 있는 걸 거야……."

정윤이 혼잣말로 뱉어 내며 정신을 놓으려고 하자 옥숙이 그런 딸을 가슴에 안았다.

"그래, 꿈이야. 꿈이니까 얼른 깨어나……."

옥숙의 품에서 눈을 꼭 감은 정윤은 다시 눈을 떴을 때 호준이 웃으면서 곁에 있기를 바랐다. 그것이 한낱 꿈이라는 걸 잘 알면서도 그녀는 인정을 할 수가 없었다. 눈을 감고 귀를 막고 가슴속에 있는 진실까지 외면하면서 그렇게 기억을 지우고 싶었다.

✳ ✳ ✳

정윤의 푸석하게 마른 볼 위로 또다시 눈물 한 방울이 또르르 흘러내렸다. 그녀는 정신을 놓은 사람처럼 초점 없는 눈으로 앞으로 걸어 나갈 뿐이었다. 아이들이 운구를 들고 가는 모습이 잠깐 눈에 들어왔다. 다시 눈을 감으니 아이들의 흐느끼는 울음소리가 아득하게 들려왔다. 한 공간 안에 있지만 그녀는 다른 세상에 있는 것만 같았다. 옥숙이 부축을 해 주고 있지만, 그녀의 손길조차 느껴지지가 않았다. 눈물은 나오는데 너무 기가 막혀 웃음이 튀어나올 것만 같았다. 다시금 앞이 뿌옇게 흐려지면서 앞이 보이지 않았다. 그녀가 휘청거리자 옥숙이 정윤의 팔을 꽉 붙잡았다.

"괜찮아?"

"……."

"정신 놓으면 안 돼. 알았지? 불쌍한 내 새끼……."

옥숙 또한 가슴이 미어지고 터질 것 같은 건 마찬가지였다. 하지만 그녀는 마음을 다잡았다. 누구보다 고통스러울 정윤에게 힘이 되고 싶었기 때문이었다.

활활 타오르는 불길 속으로 관이 밀려 들어갔다.

큰 녀석들은 두 번씩이나 사랑하는 사람을 떠나보내야만 했다.

은철은 그가 남긴 마지막 말을 되새기며 눈물을 닦았다. 비록 그가 직접 듣지는 못했지만 영원히 돌아올 수 없는 곳으로 사라지고 있는 호준을 보며 죽을 때까지 가슴에 새기며 살겠다고 다시 한 번 약속을 했다.

호준은 마지막을 예감하고 한 녀석을 붙들고 간신히 입을 떼었다. 은철에게 정윤과 아이들을 부탁한다고 말했던 것이다.

"네 어깨가 많이 무겁겠구나."

헌재가 곁으로 다가와 은철의 머리를 쓰다듬어 주었다. 은철이 희미하게 미소를 지었다. 하지만 정윤이 다시 혼절을 하는 바람에 슬픔도 잠시, 그녀를 챙겨야만 했다. 은철이 정윤을 업고 나와 의자에 눕혔다.

"어머니……."

"정윤아, 왜 자꾸 정신을 놓고 그래……."

어렵게 눈을 뜬 정윤의 눈에 은철의 모습이 보였다.

"미안해. 조금만 울게. 오늘은 울어도 되잖아……."

정윤이 또다시 눈물을 쏟자 은철이 그녀의 손을 잡아 주었다.

"마음껏 우세요. 제가 지켜 드릴게요."

며칠 사이 은철은 어른이 되어 있었다. 애라고만 생각했는데, 아이는 호준의 뒤를 이어 의젓하게 쉼터의 그늘이 되고 있었다.

어떻게 장례를 치렀는지도 모른 채 하루가 끝이 났다. 쉼터에 돌아와 그의 옷을 정리하는 정윤의 손끝이 몹시 떨려 왔다. 금방이라도 그가 문을 열고 들어와 환한 미소를 지으며 웃어 줄 거 같은데, 그 바람은 이루어지지 않을 모양이었다. 그 대신 옥숙과 헌재가 방으로 들어와 그녀가 꺼내 놓은 호준의 옷을 가방에 넣었다.

"쉬고 있어. 옷이라도 태워 줘야 가는 길 안 춥지……."

"네."

"정신 놓지 마. 알았지? 그 사람인들 마음이 편하겠어? 너라도 잘 갈 수 있게 보내 줘야 그나마 한시름 놓지. 죽었다고 모를 거 같아? 아냐. 지금도 네 옆에서 못 떠나고 있을지도 모른다."

"야속한 사람……."

정윤이 눈물을 쏟았다.

"한 번만 더 울게요. 그리고 다시는 울지 않을 거예요. 그 사람 잘 갈 수 있게 그만 울게요."

"그래……."

정윤은 오래도록 옥숙의 품에 안겨 마지막으로 호준을 떠나보
내고 있었다.

                    *   *   *

그는 이제 쉼터에 없지만 정윤은 계속 숨을 쉬어야만 했다.
그가 남긴 아이들이 있었고, 또 그의 유일한 혈육이 곧 있으면
세상 밖으로 나올 준비를 하고 있었다.

"엄마! 빨리 와."

수인이가 손짓하자 정윤이 활짝 웃으며 입을 열었다.

"응."

아이는 다시 앞을 보고 뛰기 시작했다. 큰 녀석들 사이를 지
나 수인이가 제일 먼저 학교 정문을 통과했다. 정문 위에는 '봄
운동회'라고 큼지막하게 적힌 현수막이 걸려 있었다.

형형색색의 태극기가 하늘 위에서 펄럭이고 있었다. 그들보다
일찍 도착한 가족들은 벌써 돗자리를 펴고 앉은 채 담소를 나누
고 있었다.

"저 자리가 좋겠어요."

국장이 먼저 뛰어가 나무 그늘 밑에다 큼지막한 돗자리를 펼
쳐 놓았다. 두 개의 돗자리가 자리를 잡자, 아이들이 신발을 벗
고 그 위로 올라갔다. 정윤도 신발을 벗고 안으로 들어와 한쪽에
도시락을 놓았다.

"너희들은 교실로 들어가야지. 우린 여기에 있을게. 찾을 수 있지?"

"네!"

"우린 유치원으로 안 들어가요?"

"선생님이 알려 주실 거예요. 10시쯤 유치원 앞으로 가면 돼요."

국장과 정윤은 수인이와 지수, 민정과 율동을 함께해 줘야 했다. 그리고 올해는 1학년 아이들도 부모와 함께 율동을 해야 하기 때문에 며칠 동안 두 사람도 아이들과 함께 동영상을 보면서 준비를 했다.

옆 자리에선 부모들이 율동 연습을 하느냐고 정신이 없었다. 정윤은 어색하게 율동을 하며 미소 짓는 남자를 보고 쓴웃음을 지었다. 호준의 빈자리가 크게 다가오는 순간이었지만, 정윤은 애써 생각하지 않으려 했다. 그 사람이라고 애달프지 않을까. 자신이 힘들어하면 그 사람은 하늘나라에서 더 힘들어할지도 모른다는 생각에 마음을 다잡았다.

"어휴……. 우리 애들 때는 부모 참여도 없었는데, 갈수록 운동회가 가족 위주로 되네요. 좋은 점도 있지만, 부모가 없는 애들은 어쩌라는 건지……. 그래도 우리 애들이 밝아서 다행이에요."

"그러게요."

잠시 후 쉼터의 뒷정리를 마치고 정윤의 부모도 모습을 보였다.

"운동회도 오랜만이네. 여기도 우리가 할 게 있나? 정윤이 어렸을 적엔 노인들 참여하는 게임도 있었잖아. 그래서 우리 아버지가 치약도 타 오고 그러셨는데……."

헌재가 회상을 하며 얘기를 하자 정윤이 순서가 적힌 종이를 펼쳐 보았다.

"여기 있네요. 할아버지, 할머니 게임."

"좋았어. 내가 나가서 큼지막한 선물 타 올게."

"그러셔요."

"가정의 달이라고 선물도 많이 준비한 모양이에요."

"좋은 학교야."

네 사람이 호탕하게 웃는 사이, 운동회가 시작되었다. 배가 부른 정윤을 대신해 국장이 자리에서 일어나 카메라를 들었다.

"애들 찍고 올게요."

"다녀오세요."

국장이 멀어지자 옥숙이 정윤의 배를 가리켰다.

"율동할 수 있겠어? 예정일 일주일도 안 남았는데? 내가 나갈까?"

"걱정 마세요. 지금 태어나도 아무 문제없으니까."

"율동하다가 병원에 실려 가는 건 아닌가 모르겠다. 애들 운동회는 다 마쳐야 하잖아."

옥숙의 우스갯소리에 정윤이 한술 더 뜨며 입을 열었다.

"운동회 끝날 때까지 꾹 참을게요."

"애들하고 같이 있더니 말만 늘었어. 괜히 위험하게 만들지

말고 조금이라도 이상 있으면 얘기해. 어제도 배가 뭉쳤다면
서?"

"알았어요."

걱정스런 눈길로 정윤을 바라보던 옥숙의 눈가가 이내 촉촉해
졌다. 호준 없이 아이를 낳을 딸 생각에 가슴이 미어졌다.

첫 순서는 달리기 시합이었다. 쉼터의 아이들은 하나같이 운
동신경이 발달해 1등 아니면 2등으로 골인을 했다. 국장과 함께
한 달리기에서도 단연 1등이었다. 두루뭉술한 몸매와는 달리 국
장이 제법 잘 뛰어 주었기 때문이었다.

차례대로 순서를 마치고 아이들과의 율동까지 모두 마친 후,
계주를 남기고 점심시간이 시작되었다. 각자 반에 모여 있던 아
이들이 우르르 가족의 품으로 달려왔다. 쉼터의 아이들도 옹기
종기 모여 맛있는 점심을 먹으며 손등에 찍힌 도장을 연신 바라
보며 즐거워했다.

그 순간, 정윤이 배를 움켜쥐었다.

"왜 그래요?"

국장이 먼저 그녀의 표정을 읽고 물었다.

"아니에요."

"배 아픈 거 아냐? 진통이니?"

옥숙의 물음에 정윤이 아리송한 표정을 지어 보였다.

"애를 낳아 봤어야 알지요……."

국장이 호탕하게 웃으며 정윤의 배를 쓰다듬어 주었다.

"언제라도 달려갈 수 있으니까 걱정 마세요. 이제 시작인 거 같은데요."

"엄마, 아기 태어나?"

수인이가 김밥을 씹으며 오물거리며 묻자, 다른 곳에 관심을 돌렸던 아이들이 일제히 정윤의 배를 바라봤다.

"아직은 모르겠지만 곧 태어날 거 같아."

"와……. 신난다."

"나도 안아 볼 거예요."

"저도요."

아기의 탄생을 누구보다 기다리던 아이들이었다. 정윤은 곧 태어날 아기에게 많은 언니, 오빠들이 있다는 것도 큰 축복이라고 생각했다. 호준을 대신해 아빠의 빈자리를 녀석들이 든든하게 채워 줄 거라 믿고 있기 때문이었다.

그날 저녁, 정윤은 부모와 함께 병원으로 향했다. 은철과 지혜도 함께했다. 정윤은 배가 몹시 아파 와 참을 수 없이 고통스러웠지만, 은철과 지혜가 두 손을 꼭 잡아 주어서 큰 힘이 되었다.

"어머니, 많이 아프시죠?"

은철의 물음에 정윤이 고개를 저었다.

"참을 만해."

"병원에 도착하면 더 아프지. 이제 거의 다 왔나 보다."

잠시 후 병원에 도착하자 그들은 빠르게 분만실로 들어갔다.

정윤이 옥숙의 도움을 받으며 옷을 갈아입는 사이, 은철과 지혜, 헌재는 초조하게 대기실에 앉아 있었다.

"동생 태어나니까 좋으냐?"

헌재의 물음에 두 녀석 다 고개를 끄덕거렸다.

"많이 도와줄 거지?"

"그럼요."

"그래, 고맙다."

헌재 역시 가슴이 먹먹한 건 마찬가지였다. 비어 있는 옆자리에 호준이 앉아 있으면 얼마나 좋을까 잠깐 생각했지만, 그것이 부질없는 소망이라는 걸 곧 깨닫고는 자리에서 일어났다.

드르륵, 문이 열리고 옥숙이 모습을 보였다.

"왜?"

"분만실로 들어갔어요. 자궁이 다 열렸대요."

"벌써?"

"그러게, 아까 오전부터 그런 거라니까요. 늦게 왔으면 큰일 났겠어요."

그들이 대화를 나누는 사이, 정윤은 온 힘을 쏟으며 분만에 힘쓰고 있었다. 의사의 목소리와 수간호사의 목소리가 뒤엉켜 그녀의 귀를 울렸다. 정신이 아득해질 무렵, 다시 의사의 목소리가 들려왔다. 이어 정신을 차리고 힘을 쏟기를 수없이 하고 난후, 아기의 머리가 보인다는 말을 듣고 그녀는 남은 힘을 모두 쏟아부었다. 이윽고 뭔가가 쑥 그녀의 몸을 빠져나갔다. 곧 아기의 울음소리가 아련하게 울려 퍼졌다.

"3.2kg의 건강한 아들입니다. 축하드립니다."

그제야 아기의 우렁찬 울음소리가 힘차게 들려왔다.

"안아 보세요."

수간호사가 정윤의 품에 아기를 안겨 주었다. 그녀는 또 다른 시작을 알리는 아기의 존재를 품에 안고 다시 눈물을 쏟아 냈다. 다시는 울지 않겠다고 했지만 가슴이 뭉클거려 도저히 참을 수가 없었다. 그녀의 머릿속에 많은 얼굴들이 주마등처럼 스쳐 지나갔다. 쉼터에서 있었던 지난 일들까지 파노라마처럼 빠르게 지나가면서 그녀의 머릿속에 많은 생각을 떠오르게 했다. 아이들과의 첫 만남, 호준과의 인연, 상담 일지, 곤경에 빠졌던 일, 그리고 수인이의 병원 생활과 호준의 마지막 모습까지……. 많은 추억과 아픔이 있는 쉼터는 이제 새로운 추억으로 다시 채워 가야 했다.

잠시 후 회복실로 옮긴 그녀의 곁으로 부모와 은철, 지혜가 곁으로 다가왔다.

"수고했다."

두 아이는 아무 말 없이 미소를 짓고 있었다.

"아기가 아버지를 꼭 닮았어요."

은철이 눈시울을 붉히며 입을 열었다.

"그래?"

"저희가 많이 도와드릴 테니까 기운 내세요."

"그래……. 고마워."

정윤이 손을 뻗어 은철과 지혜의 손을 잡아 주었다. 비록 대화는 나누지 않지만 손끝으로 전해지는 서로의 마음은 또렷이 느낄 수 있었다. 무언의 약속, 신뢰가 바탕이 된 그들 사이엔 또 다른 삶의 이유가 생겼다. 언제나 그랬던 것처럼 그들은 행복이라는 단어를 가슴속에 떠올리며 가만히 미소를 지었다.

에필로그

　사진 속의 두 사람은 영원히 살아 있는 듯했다. 정윤은 가만
히 액자를 들어 호준을 손끝으로 느끼고 있었다. 차디찬 느낌만
이 전해지고, 그의 온기는 하나도 느낄 수 없다는 것이 몹시 애
석했지만 다 부질없는 일이라는 것을 깨닫고는 씁쓸하게 웃었
다.

　이미 오랜 시간이 지났음에도 불구하고 하루가 다르게 호준을
쏙 빼닮아 가는 아들을 볼 때마다 잃어버린 기억은 불쑥 고개를
내밀었다. 가만히 옛 생각에 젖은 정윤은 그를 처음 만났을 때를
떠올리며 긴 사색에 빠져들고 있었다.

　미소가 지어졌다. 그의 서글서글한 눈매가 정겹게 다가왔고,
그의 투박한 손등이 가슴을 아리게 했다. 정윤의 기억 속에 그는

여전히 살아 있는 듯했다. 어느 것 하나 잊을 수 없을 만큼 소중한 사람이라 그의 털끝조차도 생생하게 머릿속에 남아 있었다. 시간이 지나면 점점 잊힌다는데 아무래도 낭설인 모양이었다.

"엄마, 엄마……."

옆에서 자고 있던 아이가 별안간 눈을 뜨고 정윤을 애타게 찾았다.

"호정이 깼구나. 엄마 여기 있어."

현실로 돌아온 정윤이 액자를 손에 쥔 채 아이에게 다가섰다. 그녀는 부드럽게 아이의 머리를 쓰다듬어 주었다.

"뭐야?"

"응?"

아이가 그녀의 손에서 액자를 뺏어 들었다. 고사리 같은 손으로 자신의 손보다 더 큰 액자를 꼭 쥐고 한참을 바라보던 아이가 씩씩한 목소리로 입을 열었다.

"아빠?"

"그래, 아빠……."

아이는 사진을 한 번 쓱 보고는 다시 정윤에게 건네주었다. 그러고는 자리를 털고 일어나 옆에 있는 장난감으로 관심을 돌렸다. 아이는 호준을 알지 못했다. 정윤이 아빠라고 가르쳐 줘서 그를 아빠라고 부르는 것뿐이었다. 아이는 아빠라는 존재가 무엇인지도 알지 못했다. 대신 아빠라는 존재보다 형과 누나와 더 친숙했다. 태어났을 때 자신을 반겨 준 사람도 그들이었고, 사람을 구별할 수 있을 나이가 되었을 때도 그들이 함께했고, 아장아

장 걸으면서 그들 사이에서 재롱부리며 자란 아이었다. 그런 아
이는 유독 은철을 잘 따랐고, 은철도 그런 아이를 큰 가슴으로
보듬어 주었다.

"다녀왔습니다."

"응, 왔니?"

근처 대학교에 다니는 은철은 오전 수업을 마치고 나면 다른
일정을 갖지 않은 채 쉼터로 돌아와 정윤을 도왔다. 녀석이 왜
그런지 너무도 잘 알기 때문에 정윤은 은철을 볼 때마다 속이
상했다.

"친구들하고 놀다 오지 그랬어?"

"늘 똑같은데요. 뭐……. 술 마시러 가는 거 전 별루예요. 여
기가 편해요."

"동아리 활동도 없어?"

"네."

녀석이 빠르게 대답을 하고 호정을 번쩍 안아 들었다.

"우리 형하고 누나들 데리러 갔다 올까?"

"응!"

"다녀올게요."

"그래."

"엄마, 빠빠."

"잘 다녀와."

은철이 아이를 데리고 나가자 외출을 나갔던 국장이 들어섰
다.

"다녀왔습니다. 날이 꽤 추운데 호정이 괜찮겠어요?"

"차 타고 가는데요, 뭐……."

"11월인데도 너무 춥다."

국장이 몸을 한 번 부르르 떨더니 난로 가까이 다가갔다. 정윤이 애처로운 눈빛으로 창문 밖 멀어져 가는 차를 바라보며 입을 열었다.

"은철이 보면 안쓰러워요. 너무 어린 나이에 큰 짐을 짊어지게 한 것 같아요."

"은철이가 원하는 거예요. 그래서 의예과 포기하고 사회복지과를 선택한 거잖아요. 안쓰러워도 솔직한 마음으론 너무 든든해요. 최 선생님 빈자리를 아이가 잘 채워 주고 있잖아요."

정윤이 희미하게 웃었다.

"그나저나, 그 선생님은 어쩌실 거예요?"

"누구요?"

"목동 부원장님이요."

"아……. 그 선생님이요. 아직 고백한 것도 아닌데요."

정윤은 대수롭지 않다는 표정이다.

"고백 안 했어도 아이들이 다 알 정도예요. 그 선생님 여기에 자주 오시는 건 이 선생님한테 마음이 있는 거예요. 선생님도 아시잖아요."

"그러다가 마시겠죠. 그런 분 아니잖아요."

몇 회 전 쉼터와 인연을 맺게 해 준 그 남자를 두고 하는 말이었다. 그는 정윤이 혼자되었다는 것을 알고 난 후 자주 연락을 취해 왔었다. 짧은 시간 동안 힘든 일을 여러 번 겪은 그녀를 처음엔 동정으로 대하는 줄 알았으나, 차츰 다른 마음이 생긴 모양인지 일을 핑계로 자주 쉼터를 찾아오곤 했다.

"쉽지 않을 것 같던데요. 듣기론 그분이 독신주의자래요. 그런 분이 계속 결혼 생각 안 하고 있다가 이 선생님한테 마음 뺏긴 거 보면, 보통 마음은 아닌 것 같은데요. 차라리 그 마음 받아 주는 건 어때요? 이 선생님 아직 젊고, 그 선생님도 좋은 분이잖아요."

"농담이시죠?"

정윤이 웃으며 묻자 국장이 금방 농담이라고 대답했다. 오랜 시간 함께하다 보니 정윤의 눈빛만 봐도 그녀가 무슨 생각을 하는지, 어떤 걸 원하는지 읽을 수 있었다. 몇 년 사이 정윤은 많이 달라졌다. 성격도 더 강직해졌고, 이젠 약한 모습은 온데간데 없고 강한 여자일 뿐이었다.

"미안해요. 농담이었으니까 맘에 두지 마세요."

"국장님이 염려하시는 마음 충분히 알고 있어요. 그래서 더 고맙고 죄송하지만, 전 지금 이대로가 행복해요."

"알죠……. 그 마음 다 알아요."

국장이 겸연쩍은 표정을 지었다.

"오늘이 며칠이죠?"

"14일이요. 17일이 최 선생님 기일이죠?"

"네……. 세월이 참 빨라요. 벌써 3년이 흘렀어요."

회색빛 하늘을 올려다보는 정윤의 표정에 왠지 모를 어둠이

깔려 있자 국장이 조금 호들갑스럽게 입을 열었다.

"우리 이번에도 바닷가 가는 거죠?"

"그럼요. 이번에는 어디로 갈까요?"

"음…… 동해, 서해는 갔다 왔고, 남해를 아직 못 갔네요. 남해는 머니까 1박 2일로 일정을 잡아야겠지요. 그곳에 저희 친정이 있으니까 숙식은 별로 어렵지 않을 거예요."

두 사람이 여행 계획을 세우는 동안 사무실 문이 열리고 옥숙이 모습을 드러냈다.

"곧 있으면 최 서방 기일인데 어떻게 할 거니? 올해에도 너혼자 음식 준비할 거니?"

"네."

"고집도……. 엄마가 거들어 주면 좀 좋으니?"

"엄마도 아시잖아요. 그렇게 해서라도 미안한 마음을 덜고 싶어서 그래요."

정윤은 지금도 그를 먼저 보낸 것이 마음에 걸렸다. 그 대신 쉼터를 맡아서 하고 있지만, 아직도 자신의 자리가 아닌 것만 같고 아이들에게서 아빠를 빼앗은 것만 같아서 미안함뿐이었다. 그녀의 잘못이 아니었지만 정윤은 끝까지 함께하지 못하는 애석함을 그렇게 달래려 하고 있었다.

"그래……. 그럼 재료 준비만 엄마가 해 줄게."

"그것도 제가 할게요."

덜컹 소리와 함께 운동장에 차가 멈춰 섰다.

"아이들 오나 보네요."

정윤이 카디건을 걸치고 나서자, 그 뒤를 국장이 따랐다. 옥숙은 어쩔 수 없다는 표정을 지으며 창문 밖 아이들의 모습을 가만히 바라보았다.

운동장을 지나 아이들이 걸어오고 있었다. 은철의 품에는 호정이 있었다. 그 뒤로 그 남자의 모습도 보였다.

"또 오셨네. 일주일에 2번은 기본인 것 같아요……."

"국장님, 애들 좀 데리고 먼저 들어가 주세요. 오늘은 제가 꼭 말씀을 드려야겠어요."

"그러세요."

정윤이 먼저 남자의 곁으로 다가갔다.

"너희들은 어서 들어가. 날씨가 춥다."

"안녕하세요?"

남자가 먼저 인사를 건넸다.

"안녕하세요. 오늘은 저랑 벤치에 앉아서 대화 좀 나누실래요."

"네?"

남자가 많이 당황한 듯했다. 정윤은 어리둥절한 표정을 지으며 자신을 바라보는 남자를 뒤로하고 먼저 자리를 옮겨 한쪽에 놓여 있는 벤츠로 다가가 앉았다.

"추울 텐데요."

"괜찮아요. 앉으세요."

"제 겉옷이라도 깔고 앉으시죠."

그가 겉옷을 벗으려고 하자 정윤이 빠르게 제지했다.

"그냥 앉으세요."

"네. 그럼 앉겠습니다."

막상 정윤의 옆에 앉았으나 남자는 몹시 긴장한 상태였다. 그녀와 단둘이 있어 본 것도 오랜만이고, 오늘은 정윤이 뭔가를 작정한 듯 먼저 대화를 청했기 때문이었다.

"하실 말씀은 무엇인지……."

"선생님……."

"네, 말씀하십시오."

"저랑 연애하고 싶으세요? 아니면 결혼하고 싶으세요?"

정윤이 단도직입적으로 물어 남자의 얼굴엔 당황함이 역력했지만, 그의 대답은 씩씩하기만 했다.

"둘 다 하고 싶습니다."

그의 대답에 정윤이 알 수 없는 미소를 지어 보였다. 그러고는 잠시 후 조용히 입을 열었다.

"말씀만으로도 감사합니다. 하지만 저는 그 마음 받을 수가 없습니다. 그러니까 더는 이러지 않으셨으면 좋겠습니다."

"선생님……."

남자의 말을 자르고 정윤이 다시 입을 열었다.

"저 숨고 싶지 않습니다. 아이들하고 이곳 쉼터에서 오래도록 함께하고 싶어요. 여기 쉼터가 저한테 어떤 곳인지 잘 아시잖아요. 난처하게 하지 말아 주세요."

"네?"

남자의 얼굴에 실망감이 역력했다.

"제 말씀 아시겠죠?"

"……잘 알겠습니다. 죄송합니다. 하지만…… 좋은 동료 사이는 변함이 없는 거죠?"

"물론입니다. 그거라면 대환영이에요."

정윤이 환하게 미소 짓자 남자의 굳었던 얼굴에 옅은 미소가 번졌다. 그가 인사를 하고 자리에서 일어나 뒤돌아섰다.

"선생님!"

"네?"

돌아섰던 남자가 황급히 그녀를 바라봤다.

"언제라도 들러 주세요."

"물론입니다."

돌아서 나오는 남자의 가슴이 먹먹해졌다. 그는 거짓말을 했다. 정윤의 심기를 건드리고 싶지 않아 그렇게 하겠노라고 했다. 하지만 포기하고 싶지 않았다. 예상했던 결과였다. 자신이 고백했을 때 그녀가 단번에 받아 줄 거라는 생각은 단 한 번도 해 보지 않았다.

오늘의 거절에 마음이 쓰리기는 하나 이것이 끝이 아니란 생각에 아픔 따윈 깨끗이 지울 수 있었다. 오랜 시간이 걸린다고 해도 남자는 포기하지 않을 것이다. 그것이 영원히 이루어질 수 없는 꿈이라고 해도 정윤을 마음에 품는 것만으로도 행복할 것 같았다.

그러면 충분하다고 자신을 달래며 차에 오르던 남자가 건물에서 뛰어나오는 호정의 목소리를 듣고 행동을 멈추었다. 자연스레 그의 시선이 아이에게 닿았다. 아이가 천진난만한 웃음을 지으며 정윤에게 뛰어갔다. 그런 아이의 얼굴에서 남자는 호준을 보았다. 커 갈수록 아이는 호준을 너무도 닮아 갔다. 태어난 순간에도 호준을 닮았지만, 이제는 부정하려고 해도 할 수가 없을 정도로 리틀 호준이었다.

뛰어서 자신의 앞에 도착한 아이를 정윤이 번쩍 안아 들었다. 그녀가 아이를 품에 안은 채 자리에서 한 바퀴 빙그르 돌았다. 아이의 웃음소리가 숨이 넘어갈 정도로 까르르거린다. 남자는 그 모습을 가만히 보면서 행복으로 똘똘 뭉친 그 안으로 과연 자신이 들어갈 자리가 있을까, 아까와는 다르게 갑작스럽게 의문이 들기 시작했다. 그런 남자의 곁으로 정윤이 다가왔다.

"어서 가셔야죠. 호정아, 선생님한테 인사해야지."

"선생님. 빠빠!"

"그래. 호정아, 나중에 또 보자."

남자는 정윤과 호정을 번갈아 바라보면서 씁쓸하게 미소 지었다. 그러고는 두 사람의 눈을 보고는 사적인 감정을 모두 지워야겠다고 생각했다. 옆에라도 있고 싶은 마음에 동료 사이를 운운했으나, 역시 그것은 꿈으로만 끝날 모양이었다. 하지만 이젠 마음을 비워야 했다. 두 사람의 마음속에 호준이 있는 이상 그가 들어갈 빈자리는 없다는 것을…… 그에게도 미안한 일이라는 걸 뒤늦게 깨달았다.

정윤은 남자가 가고 나자 긴 한숨을 토해 냈다. 사람의 마음을 거절하는 것만큼 힘든 건 없는 것 같았다.

초겨울 하늘을 올려다보니 쓸쓸하다. 주위를 둘러봐도 서늘한 기운뿐이다. 가을의 끝자락에 나뭇잎이 애달프게 달려 있었다.

찬바람이 휙 불며 정윤의 온몸을 감쌌다. 그녀가 아이를 다시 번쩍 안아 들었다.

"호정이 춥니?"

아이가 대답 대신 도리질을 한다. 그러고는 묻는다.

"엄마 추워?"

"아니, 엄마도 안 추워."

그녀의 몸이 점점 따뜻해지고 있었다. 그의 기일 때가 되면 어김없이 찾아오는 따뜻함, 그는 정윤과 함께하고 있었다. 살며시 눈을 감자 그의 모습이 선명하게 느껴지는 것 같았다. 뒤에서 가만히 자신을 끌어안고 있는 호준도 똑같이 눈을 감고 있다.

정윤이 마음속으로 말한다.

'우린 언제 다시 만날 수 있는 거죠?'

호준이 대답한다.

'우린 늘 함께하고 있어요. 이 세상이 끝나지 않는 이상 계속 만날 수 있습니다.'

정윤이 가만히 미소 지었다. 참 재미있는 사람이었다. 참 고마운 사람이었다. 그래서 힘들지 않았고, 살 수 있었고, 그로 인해 웃을 수 있었다.

＊　＊　＊

이른 새벽, 아기의 울음소리에 정윤이 빠르게 눈을 떴다. 그녀는 자신이 꿈을 꾼 것이라고 생각했지만 아기의 울음소리가 다시 또렷이 들려왔다. 서둘러 자리에서 일어나 방문을 열고 나오니 옥숙과 헌재도 모습을 보였다.

"들었니? 아기 울음소리 맞지?"

"그런 거 같아요."

"어서 나가자."

세 사람이 빠르게 건물 밖으로 나가자 문 앞에 작은 바구니가 놓여 있었다. 정윤이 빠르게 바구니를 들여다보니 아기가 울고 있었다.

"어마나, 세상에……. 이 추운 날씨에 애를 다 버리고 가네. 맡기고 가면 좀 좋아."

옥숙이 놀라 아기를 자신의 품에 안았다. 정윤은 아기 옆에 남겨진 쪽지를 발견하고는 주위를 두리번거리면서 혹시나 남아 있는 그림자를 찾았다. 분명 이 모습을 지켜보고 있을 거라 생각했지만 꽁꽁 숨어 버렸는지 그 어디에서도 찾을 수 없었다.

"일단 들어가자."

옥숙이 먼저 안으로 들어갔다. 정윤도 그 뒤를 따르면서 자꾸 뒤돌아봤다.

쉼터에 아기가 이렇게 버려진 것도 몇 십 년만이었기 때문에 많이 당황스러웠다.

안으로 들어와서도 정윤은 창밖에 시선을 고정시켰다.

"편지에 뭐라고 쓰여 있니?"

"네? 아……. 읽어 볼게요."

정윤이 빠르게 쪽지를 펼쳐 보았다. 거기에는 '최문수 원장님에게'라고 분명하게 쓰여 있었다.

"어머……."

정윤은 놀라지 않을 수 없었다. 아기를 놓고 간 사람은 다름아닌 장지영이었다. 그녀는 사채업자에게 시달렸던 짧은 순간을 떠올리고는 어금니를 사리물었다. 그러고는 다시 지영을 떠올리며 안쓰러운 표정을 지어 보였다. 호준의 말대로 어둠의 사각지대에 갇혀 있는 건 아닌가 싶었다. 자신과 똑같이 아기를 고아원에 버리고 갈 정도라면 지영이 지금 어떤 상황인지 가늠할 수 있을 것 같았다. 정윤은 지영의 선택을 부정하고 싶었다. 자신처럼 아기를 그렇게 살게 하면 안 된다고 똑똑히 알려 주고 싶었다.

정윤이 무작정 밖으로 뛰쳐나갔다. 아직 지영이 그곳에 있을 거라 생각했다. 예상대로 막 정문을 빠져나가는 그림자를 보았다.

"지영아, 잠깐만!"

정윤이 뛰어가며 아이를 불렀다. 하지만 지영은 더 힘차게 달려 나갈 뿐이었다. 그 순간 정윤이 원장과 호준의 죽음을 알렸다. 그러자 뒤도 안 돌아보고 뛰어가던 지영이 발걸음을 멈추었다. 하지만 아이는 쉽게 뒤돌아보지 못했다. 이윽고 정윤이 아이의 곁에 다가섰다.

"새벽부터 뛰었더니 심장이 터질 것 같다. 우리 여기 좀 앉
자."

정윤은 지영의 손을 잡고 바닥에 털썩 주저앉았다. 아이는 그
대로 서 있었다.

"앉자. 선생님 목 아프다."

정윤이 부드럽게 끌어당기자 그제야 지영이 마지못해 자리에
앉았다.

"나 누군지 모르지?"

"……."

아이는 대답이 없었다. 정윤을 바라보지도 않았다.

"나는……."

"두 분이 돌아가셨다는 말인가요?"

"그래."

"왜요?"

그제야 지영이 고개를 들었다. 아이의 눈에는 눈물이 가득 고
여 있었다.

"원장님은 병으로 돌아가셨고, 최 선생님은 교통사고로……."

"어떻게…… 그럴 수 있죠?"

지영이 무릎에 얼굴을 묻고 통곡을 하기 시작했다. 정윤이 가
만히 아이의 등을 어루만져 주었다.

"들어가자. 춥다."

"……."

"우리 여기서 같이 살자. 네 아이 네가 키워야지. 아빠는 없더라도 엄마는 있어야 하지 않을까? 그래야 아이의 상처가 덜할 거야. 네가 더 잘 알 거 같은데……."

"죄송해요. 갈 곳이 없었어요. 찜질방을 전전했는데 아기한테 너무 몹쓸 짓인 거 같아서요. 염치없지만 어쩔 수 없이 찾아온 거예요. 우리 아기 굶어 죽게 할 순 없잖아요."

"잘 왔어. 내일 최 선생님 기일인데 아무래도 선생님이 널 이곳으로 이끌었나 봐."

지영은 아직 흐느끼고 있었다. 아직 두 사람의 죽음을 받아들일 수 없는 모양이었다.

"선생님은 언제 여기로 오셨어요?"

"3년 전에……. 그리고 최 선생님하고 결혼했어."

"결혼이요?"

"응. 안 그래도 적적했는데 새 식구 생기니까 좋다. 아기 키워 본 지도 너무 오래되었다. 엄마랑 잘 키워 보자."

"엄마요?"

"그래, 너도 이젠 내 딸이야……."

정윤이 가만히 지영을 가슴으로 끌어당겨 안았다. 그녀의 품 속에서 지영은 또 한 번 눈물을 흘렸다. 엄마라는 단어는 너무도 생소했다. 딸이라는 단어도 생소하기만 했다.

"들어가자. 할 말이 참 많아."

정윤은 방황하고 갈 곳 없는 지영을 호준이 자신의 곁으로 보내 준 거라고 믿었다. 항상 마음에 걸려 했던 아이였는데, 이제야 그들의 품에 돌아온 것이 다행스럽게 여겨졌다. 정윤은 오래도록 아이의 등을 쓰다듬어 주면서 호준의 얼굴을 가만히 떠올렸다.

쉼터로 돌아온 지영이 다시 아기를 품에 안았다. 아기는 젖을 찾는 모양인지 지영의 가슴으로 파고들었다.

"아직 젖도 못 떼었구나……."

정윤이 소파에 지영을 앉혔다. 그 옆으로 옥숙이 앉으면서 지영이 편한 자세를 취할 수 있도록 쿠션을 받혀 주었다.

"아이고, 잘 먹는다……."

옥숙은 더 말하지 않았다. 지영의 상처가 어떨지 가늠할 수 있기 때문에 다른 말은 필요치 않았다. 다시 아기에게 돌아와 준 것만으로도 감사할 일이었다.

사무실 문 틈으로 큰 녀석들이 얼굴을 살짝 내밀었다. 별안간 아기 울음소리에 녀석들도 잠을 깬 모양이었다.

"누구예요?"

은철이 조심스럽게 물었다.

"장지영 누나야. 너희들은 알지?"

"지영 누나요? 진짜요?"

녀석의 질문에 고개를 숙였던 지영이 녀석을 바라봤다.

"진짜네? 누나, 그동안 어디 갔었어?"

"어머, 언니. 나 지혜야. 기억해?"

"응."

지영이 수줍게 고개를 끄덕였다.

"아기도…… 낳은 거야?"

은철이 조심스럽게 묻자 지영이 가만히 고개를 끄덕이고는 시선을 돌렸다. 녀석도 더는 묻지 않았다. 상황이 어떻게 흘러가고 있는지 안 물어봐도 알 것 같았다.

은철이 가만히 한숨을 뱉어 냈다.

그는 그녀가 원하는 대로 사회로 나가게 되면 잘 살 거라고 생각했다. 반항을 많이 하고 사고를 많이 치긴 했지만 워낙 강한 사람이라고 생각했기 때문에 어떤 어려운 상황도 견디면서 잘 살 거라고 여겼다. 하지만 그것은 오산이었다. 대학 생활을 시작하면서 은철도 세상을 알게 되었다. 언젠가 호준이 사회는 더 냉정하다고 했던 말이 뼈저리게 느껴지는 순간이었다. 지영 역시……. 그 세상과 싸우다가 결국 몸과 마음을 다쳤다. 은철은 그녀가 이곳에서 다시 마음의 안정을 찾길 바랐다.

"누나, 여기서 살려고 온 거지?"

"……."

지영이 대답이 없다.

"여기서 살아야 해. 누나 할 일 많아. 알았지?"

"은철아, 걱정 하지 마. 누나 여기서 살 거야."

정윤의 말에 은철과 지혜가 미소 지었다.

"가족이 두 사람이나 더 늘었네요."

"그래."

세 사람의 대화를 가만히 들으면서 지영은 다시 눈물을 흘렸다. 춥고 배고팠던 지난 시간들, 사채업자에게 쫓기며 숨어들었던 골목길……. 그리고 사랑 없이 자신의 몸만 원했던 몹쓸 남자……. 악몽 같았던 일들이 주마등처럼 스쳐 지나갔다.

쉼터는 언제나 따뜻한 곳이었는데……. 그곳을 왜 거부하고 뛰쳐나왔는지. 지영은 자신이 너무도 미웠다. 이곳을 떠나지 않았으면 그런 모진 삶을 살지 않아도 되었을 텐데, 하는 아쉬움뿐이었다. 하지만 이렇게 다시 쉼터의 가족들이 반갑게 맞아 주니까 마음 한구석이 따뜻해지는 것 같았다. 얼음장 같았던 세상과 안녕하고 이곳에서 살고 싶은 마음이 간절했다.

"여기서 살 거지?"

"그래도 될까요?"

"그럼, 네 집으로 돌아온 거야."

"고맙습니다."

쉼터는 예전이나 지금이나 여전히 엄마 품처럼 따뜻한 곳이었다.

출근을 한 국장도 지영을 보고는 반가워 한 걸음에 달려와 품에 안아 주었다. 하지만 아기를 보고는 그만 눈물을 쏟고 말았다. 울지 말아야 하는데, 안타까워 눈물을 숨길 수가 없었다.

"어떡하다가……. 아니지. 내가 이러면 안 되지. 잘 왔어. 이제라도 와서 얼마나 다행인지 모른다."

"죄송해요, 국장님……."

"그런 말 하지 마. 안 좋은 기억들을 싹 잊어버리고 다시 시작해. 그러면 되는 거야."

"네."

"우리 지영이는 강한 아이니까 잘할 거야."

오전 동안 지영이와 함께 시간을 보낸 쉼터 식구들은 내내 미소를 지었다.

"아기 이름은 뭐니?"

"아직요……."

"아직? 그럼 내가 지어 줄까? 음……. 여자아이니까 윤서 어떨까? 최윤서."

"예뻐요."

별안간 '으앙' 하는 아기 울음소리에 세 사람이 깜짝 놀랐다. 그들이 대화를 하는 사이 언제 일어났는지 호정이 아기의 얼굴을 손가락으로 콕콕 찌르고 있었다.

"호정아, 그러면 안 돼."

"예뻐."

"예쁘면 이렇게 쓰다듬어 줘야지."

정윤이 자신의 손으로 아기의 볼을 쓰다듬어 주면서 시범을 보였다.

"내가, 내가."

지영이 품에서 울음을 그친 아기를 다시 호정이 손으로 쓰다듬어 주었다.

"호정이 동생 생겨서 좋지?"

"예뻐."

호정이도 좋은지 연신 아기의 볼을 쓰다듬어 주며 까르르 웃었다.

호준의 기일 날, 저녁을 먹고 난 후 정윤이 아무도 없는 주방을 찾았다. 그녀는 냉장고에서 미리 손질한 음식들을 식탁에 차례대로 꺼내 놓았다. 11시에 제사를 지내려면 빨리 움직여야만 했다. 하지만 전혀 급하지 않았다. 그녀의 손놀림은 예전처럼 느리지 않았다.

전을 부치기 위해 준비하는 정윤의 표정이 살아 숨 쉬고 있었다. 진지한 표정으로 음식을 준비하는 정윤의 손끝에 정성이 가득 담겨 있었다. 그녀가 제사 음식을 준비하는 동안 국장도 퇴근을 미루고 옥숙과 함께 어린아이들을 돌보고 있었다. 공부방과 놀이방에서 시간을 보내고 있는 그들의 콧속으로 맛있는 전 냄새가 풍겨 왔다.

"냄새만으로도 이 선생님의 정성이 다 느껴지는데요."

"다 그렇겠지요……."

옥숙이 가만히 호정을 바라보며 눈시울을 붉혔다. 그녀는 지금도 혼자 된 정윤이 안쓰러워 하루도 마음이 편하지 않을 날이 없었다. 오늘 같은 기일 날은 더더욱 그랬다.

옥숙이 한숨을 길게 뱉어 냈다. 방금 전 국장을 통해 정윤이 목동 부원장의 마음을 거절했다는 얘기를 전해 들었다. 그녀도 그가 정윤을 마음에 들어 하는 것을 눈치채고는 솔직한 마음으로 잘되었으면 하고 바랐다. 호준에겐 미안한 일이었지만, 이제 서른밖에 안 된 정윤을 계속 혼자 살게 하고 싶지 않았기 때문이다.

하지만 딸의 고집인지…… 아니면 딸의 진실을 외면하고 싶었던 자신의 알량한 이기심인지……. 이렇게 마음이 착잡한 걸보면 둘 다인 모양이었다. 이러지도 저러지도 못하는 자신의 마음과는 달리 정윤의 마음은 오로지 하나뿐인데, 그것을 애써 외면하면서까지 정윤이 마음을 돌렸으면 하고 바랐던 부모의 마음이었다. 시간이 지나면 고집이 꺾일 줄 알았던 것과 달리 정윤은 전혀 흔들림이 없었다. 이제는 옥숙 자신이 정윤의 마음을 외면하지 말아야 할 것 같았다.

뚝딱뚝딱. 일사천리로 음식을 준비하는 정윤의 곁으로 은철과 지혜, 영선이 다가왔다.

"제기 닦을까요?"

"그럴래? 거의 다 되었으니까 영선이하고 지혜는 과일 좀 깨끗이 닦아 줘."

"네."

정윤은 아이들의 도움은 거절하지 않았다. 자신보다 호준과 남다른 인연이 있는 아이들이기 때문이었다.

"저도 할게요."

언제 왔는지 지영이 수줍게 미소를 지으며 서 있었다.

"아기는?"

"자요."

"그럼…… 우리 큰딸은 이 나물 좀 무쳐 줄래?"

"네."

지영이 서둘러 안으로 들어와 그녀가 내민 둥그런 볼을 받아 들었다.

"여기 갖은 양념 있으니까 잘해 봐."

"네."

아이들이 만든 음식을 그릇에 담는 사이 정윤은 마지막으로 탕국에 두부를 썰어 넣었다. 그것으로 모든 준비는 끝났다. 이젠 은철이가 바빠질 차례였다. 아이는 너무도 익숙하게 제사상을 차리고 향을 피우고 초를 켰다.

"준비 다 되었어요."

"그럼 아이들 불러오자."

"네."

영선이와 지혜가 다른 아이들을 부르러 간 사이 정윤이 은철의 옷매무새를 만져 주었다.

"됐다."

은철이 웃어 보이자 정윤이 녀석이 머리를 매만져 주었다.

"지영아, 은철이 많이 컸지?"

"네."

"너희들이 있어서 얼마나 든든한지 몰라. 엄마는 밥 안 먹어도 배불러."

"저도요."

지영은 대답 대신 가만히 미소 지었다. 그러는 사이 아이들이 우르르 큰 방으로 들어섰다.

"자, 여기 일렬로 두 줄로 서자."

아이들이 많아 한 줄로는 부족했다. 두 줄 세 줄 엉킨 아이들이 비좁게 자리를 차지하고는 가만히 은철의 행동을 눈으로 좇았다.

매번 볼 때마다 느끼는 것이지만 어른스럽게 술을 따르고 주도를 하는 모습이 영락없이 호준이다. 어쩜 피 한 방울 안 섞인 남인데도 저렇게 닮을 수 있는지 뒤에서 지켜보는 국장과 옥숙은 신기할 따름이었다.

은철의 손짓에 아이들이 일제히 엎드려 절을 했다. 한 무리의 아이들이 그를 향해 절을 하고 있었다. 지켜보고 있는 호준은 얼마나 행복할까. 정윤은 대한민국에 호준처럼 이렇게 많은 자식을 둔 사람이 또 있을까 싶었다. 그녀는 반듯하게 장성한 아들, 딸들의 환한 미소를 보고 있으면 먼저 간 그도 덜 슬퍼할 거라고 믿었다.

늦은 시간이었지만 아이들의 눈망울은 초롱초롱 빛이 났다. 그 빛을 따라 양쪽에 켜 둔 촛불도 밝은 빛을 내며 타닥타닥 타들어 갔다.

—the end

Scarlet

스칼렛

Scarlet
스칼렛